D1720764

Walter Wippersberg

EIN NÜTZLICHER IDIOT

Roman

Walter Wippersberg

EIN NÜTZLICHER IDIOT

Roman

OTTO MÜLLER VERLAG SALZBURG

Die Deutsche Bibliothek – CIP-Einheitsaufnahme

Wippersberg, Walter J. M.:
Ein nützlicher Idiot: Roman / Walter Wippersberg. - Salzburg ; Wien : Müller,
ISBN 3-7013-0990-6

ISBN 3-7013-0990-6

Umschlaggestaltung: Leo Fellinger
Satz: Fotosatz Rizner, Salzburg
Druck und Bindung: Wiener Verlag, Himberg

1

Er hätte blind sein müssen, das zu übersehen, daß sie ihn auf den ersten Blick ablehnte, fast vor ihm zurückschreckte, daß sie Leute wie ihn verachtete.

Ihr allererster Blick freilich, als sie mit Wanek aus dem Bürogebäude kam, galt gar nicht ihm. Instinktiv ging sie auf Gratzer zu, der wischte, wie jeden Morgen ehe er losfuhr, gerade noch einmal – kein Stäubchen sollte man sehen! – mit einem Lappen über die Motorhaube des Fünfhunderter-Mercedes, an den er selbst an seinen freien Tagen keinen anderen heranließ. Angetan mit grauem Flanell und Krawatte fehlte ihm nur die Schirmmütze zum Bilderbuch-Chauffeur. Aber Wanek deutete auf Axel, der neben dem Renault Espace stand, und dann sah Axel diesen Blick, der ihn im Sekundenbruchteil maß, taxierte, katalogisierte, verwarf, alles gleichzeitig, alles in einem.

Sie faßte Wanek am Arm, zog ihn zwei Schritte zum Bürogebäude zurück, redete auf ihn ein und nannte Axel, er konnte es nicht überhören, »diesen langhaarigen Affen«. An einem anderen Tag hätte es ihn gekränkt.

Wanek selbst redete leise, peinlich berührt, da er Axel gut leiden konnte, erklärte ihr vermutlich, daß er, was stimmte, im Augenblick keinen anderen Fahrer habe und ihr Gratzer nicht geben könne, weil der seit drei Wochen schon exklusiv für einen Baumeister fuhr, der für sechs Wochen seinen Führerschein verloren hatte. Vielleicht erklärte Wanek ihr noch, daß er allenfalls einen Ägypter anbieten könne, den er als Aushilfsfahrer beschäftige, den sie aber vermutlich noch vehementer ablehnen würde. Es kümmerte Axel übrigens nicht, was Wanek ihr erklärte, und noch weniger kümmerte ihn, was sie über ihn dachte. Heute nicht mehr, sagte er sich, seit gestern kann mir das wurscht sein.

(Später, nach Axels Tod, im Zuge nicht nur der polizeilichen Ermittlungen wird Kommerzialrat Hermann Wanek aussagen, die beiden seien von Anfang an ein Herz und eine Seele gewesen; von Sympathie auf den allerersten Blick wird er reden und nachdrücklich hinzufügen, dies sei verblüffend genug gewesen – bei zwei aufs erste Hinsehen doch so grundverschiedenen Menschen.)

Sie saß jetzt hinter Axel im Auto, und sie steckten auf dem Gürtel in der Nähe des Westbahnhofs im Stau, und Axel überlegte, ob der Hinweis sie wohl trösten würde, daß sie ihn nur diese eine Woche ertragen müßte, nur den Rest dieser einen Woche, dann nämlich würde er, wovon Wanek noch nichts wußte, diesen Job ohnehin sausen lassen. Aber er wollte, plötzlich abergläubisch, den Gedanken, der noch so neu war für ihn, nicht aussprechen, er wollte nichts verschreien. Es würde klappen am Samstag, ganz bestimmt, seit gestern am Abend war alles fix, aber mit der da hinten würde er nicht darüber reden.

Sonst unterhielt er sich gern mit den Leuten, die er chauffierte. Er war, ohne daß er sich dagegen hätte wehren können, abhängig von den Launen seiner Fahrgäste. Stiegen sie mürrisch oder verdrießlich zu ihm in den Wagen, so war ihm, er konnte nichts tun dagegen, selber die Laune verdorben, oft für den ganzen Tag, also versuchte er, wie er es für sich nannte, Stimmung zu machen. Die meisten redeten, zumal wenn sie gutgelaunt waren, selbst so viel, daß er kaum zu Wort kam, aber manche, wenige nur, hörten lieber zu. Dann erzählte er von der Band, in der er spielte. Oder von seinem Jahr in Afrika. Oder wie er, als er diesen Job angenommen hatte, die Wiener Straßen auswendig gelernt hatte, um nicht gleich als Provinzler abgestempelt zu werden. An den Unterlagen eines Taxilenker-Kurses sei er gescheitert und habe dann einfach einen Stadtplan auswendig gelernt, ebenso stur wie systematisch, die Ring- und die großen Radialstraßen zuerst, dann die kleineren Straßen wie seinerzeit in der Schule die linken und rechten Nebenflüsse der Salzach. Er habe, erzählte er oft, diesen einen Stadtplan jetzt buchstäblich im Kopf, einschließlich des Koordinatensystems: Wenn er Sobieskigasse höre, denke er F2/F3.

Da er seinen Stadtplan im Handschuhfach liegen hatte, ließ er sich manchmal von Fahrgästen prüfen, und die Trefferquote lag, wenn es sich nicht gerade um Straßen jenseits der Donau handelte, bei neunzig Prozent.

Diesmal aber würde er schweigen, die ganzen vier Tage lang, wenn es sein mußte. Und die da hinten sollte ruhig glauben, daß sie die ganzen fünf Wochen, die Wanek ihr den Wagen zur Verfügung stellte, mit ihm auskommen müßte. Er selbst wußte es besser, seit gestern am Abend erst, und an diese eine Wirkung von Gickos guter Nachricht hatte er bisher noch gar nicht richtig gedacht: Tussis wie die da hinten konnten ihm nun völlig egal sein. Gute sechs Monate lang hatte er sich darum bemüht, von seinen Fahrgästen akzeptiert zu werden, bis zur Arschkriecherei, dachte er nun zum allerersten Mal, waren diese Bemühungen manchmal gediehen, damit war Schluß, und der da hinten konnte er, falls sie es dringend wünschen sollte, ungeniert seine Meinung sagen. Aber wozu eigentlich? Sie war's nicht wert.

Wie sie hieß, stand auf einem Zettel, der im Handschuhfach lag, was ging's ihn an! Sollte er sie einmal ansprechen müssen, so würde er sie, wie Wanek es getan hatte, Frau Doktor nennen. Sie mochte um die fünfzig sein, Axel konnte, er war fünfundzwanzig, Leute jenseits der dreißig nur schwer schätzen. Attraktiv war sie für ihr Alter, aber ja: Noch ganz attraktiv, elegant, aber leider vor allem arrogant, eine arrogante alte Kuh, basta! Schnelle Etikettierung gegen schnelle Etikettierung.

Die Ampel vorne an der Kreuzung zeigte längst Grün, aber nichts bewegte sich. Im Rückspiegel sah Axel die Frau Doktor von ihren Papieren aufblicken. Wollte sie etwas sagen? Sie tat es nicht, zum Schweigen entschlossen anscheinend auch sie; Axel hatte nichts dagegen, Ablehnung gegen Ablehnung, warum nicht? Ein paar Tage frostiges Klima konnte er jetzt leicht ertragen.

Die Liste der Adressen, zu der die Alte da hinten zu bringen war, lag auf dem Beifahrersitz, er würde von einer zur nächsten fahren und würde, der Gedanke gefiel ihm plötzlich, einen schweigsamen Tag verbringen.

Er hatte sich, wie Wanek ihn kurz vor dem Wegfahren flüsternd gebeten hatte, die schulterlangen Haare mit einem Gummiring zu einem Pferdeschwanz zusammengebunden, weitere Konzessionen würde er nicht machen, anbiedern würde er sich nicht, jetzt nicht mehr, nicht mehr in den allerletzten Tagen.

Die roten Bremslichter vor ihm erlöschten, der Verkehr rollte auf drei Fahrspuren an, aber ehe sie die Kreuzung erreichten, war die Ampel schon wieder rot, und es dauerte noch eine halbe Stunde, bis sie die erste Adresse im sechzehnten Bezirk erreichten.

Axel war versucht auszusteigen, um den Wagen herumzugehen und der Frau Doktor die Tür aufzuhalten, aber – einer solchen Tussi gegenüber keine Höflichkeiten mehr! – er blieb sitzen, sah ihr durch den Rückspiegel beim Aussteigen zu, sah dann durch die Windschutzscheibe, wie sie auf ein Haus zuging, an dem ein POLIZEI-Schild hing.

2

Frau Dr. Hildegard Beranek-Schnötzinger hatte nie zuvor ein Polizeiwachzimmer betreten, aber alles kam ihr vertraut vor, aus irgendeinem Fernsehfilm vielleicht: ein paar Schreibtische, Aktenschränke, ein paar Schreibmaschinen, Kaffeemaschine, Computer, Telefone, ein Faxgerät, Bilder des Bundespräsidenten und des Wiener Bürgermeisters, ein Gummibaum. Durch eine offene Tür sah sie in ein zweites Zimmer mit nur einem Schreibtisch.

Nie hatte sie sich für die Dienstgrade und Rangabzeichen der Polizei interessiert, sie mußte es, nahm sie sich jetzt vor, unbedingt nachholen, sie mußte die Männer mit ihrem Dienstgrad ansprechen können.

Fünf Polizisten warteten auf sie, und der offenbar Ranghöchste, der Postenkommandant oder wie immer er sich nennen mochte, hielt einen gewaltigen Blumenstrauß in der Hand, einen gelb-blau-grünen Buschen, den er, wie die Beranek vermutete, vielleicht von seiner Frau hatte besorgen lassen und mit dem er sich nun allem Anschein nach blöd vorkam.

Die Beranek erbarmte sich seiner, nahm ihm die Blumen ab, sagte »Nein, so eine Überraschung, das wäre wirklich nicht notwendig gewesen!«, und der Postenkommandant murmelte etwas von »großer Ehre« und »hohem Besuch« und holte einen Stuhl für die Beranek heran, aber sie hatte sich schon auf die Ecke eines Schreibtisches gesetzt, da nahmen auch die Polizisten Platz.

Der jüngste von ihnen stand noch einmal auf, wollte die Blumen ins Wasser stellen, und die Beranek sagte: »Danke! Wirklich nett!«

Eine Pause trat ein. Die Beranek tat, als wisse sie nicht, wie beginnen, sie zog kokett den Rock übers Knie hinunter, schwieg weiter, und erst als der Postenkommandant aussah, als fühle er sich verpflichtet, etwas in die Stille hinein zu sagen, da fing sie an.

»Meine Herren«, sagte sie lächelnd, »warum ich zu euch Trotteln komme, das hat seinen Grund darin, daß ihr … naja, eben Trotteln seid.«

Wieder eine Pause. Sie lächelte die verblüfften Polizistengesichter an und wußte: Sie hatte gewonnen, alles würde nach Plan laufen.

»Idioten«, sagte sie dann, plötzlich mit ernster Miene. »Vollidioten. Volltrotteln. – Vollkoffer, glaub ich, sagt man heut.«

Und da lachte endlich einer der Polizisten, gleich darauf lachten sie alle, unsicher zwar, aber immerhin.

»Die Idioten der Nation«, fuhr die Beranek fort, und die Angst, sie könnte ihren Text vergessen haben, war verflogen.

Der Text saß und würde seine Wirkung tun. »Ihr könnts machen, was' wollts, ihr werdet immer als Teppen hingestellt. Ihr kriegts die Watschen, von der einen Seite und von der anderen.«

Die Gesichter der Polizisten entspannten sich, endlich schienen sie zu begreifen, worauf die Beranek hinauswollte.

»Euch kann man ...«, sagte sie, ein wenig stärker dialektgefärbt als zuvor, »euch kann man herwatschen, daß eure Schädel nur so wackeln, aber wehe, wenn ihr einmal einem eine Watschen gebts! Dann seids Prügelpolizisten. Oder es heißt gar, daß bei euch da gefoltert wird. Und das ist auch ganz richtig so, oder? Einem Raubmörder, der eine Pensionistin wegen hundert Schilling umgebracht hat, oder einem Kinderschänder kann man nicht einfach eine Watschen geben! Das gehört sich nicht. Auch so eine Drecksau hat ein Recht auf menschenwürdige Behandlung!«

Sie sah grimmige Entschlossenheit in den Gesichtern, die sie da anstarrten, und fragte: »Aber wer, bitte, hat euch denn das angeschafft, daß ihr zur Polizei gehts? Hättets euch um einen Posten bei der Nationalbank umgeschaut! Achtzehn oder zwanzig Gehälter im Jahr, und man tut sich nicht weh bei der Arbeit – außer man ist so blöd und verletzt sich beim Bleistiftspitzen.«

Allmählich kam Stimmung auf, und die Beranek registrierte es zufrieden. Vor ein paar Wachmännern zu reden, das war, sie hatte es geahnt und wußte es jetzt, nicht schwieriger als vor einer Klasse von Siebzehn-, Achtzehnjährigen zu stehen; die einen wie die anderen ließen sich, wenn man es darauf anlegte, wohin auch immer führen. Und hier mußte sie, anders als etwa in einer Maturaklasse, auch nicht damit rechnen, daß irgendeiner aus querulantischem Prinzip sich weigern würde, die angebotene Denkrichtung einzuschlagen ...

Der Postenkommandant wollte es sich eine halbe Stunde später nicht nehmen lassen, sie persönlich hinaus zu ihrem Wagen zu begleiten, die Beranek bedankte sich artig, sie müsse aber vorher noch telefonieren. In der Handtasche trug sie seit gestern ein Handy, sie würde, hatte man ihr gesagt, jetzt unbedingt eines brauchen, sie hatte gelernt, es zu bedienen, aber sie mochte es nicht, würde gewöhnliche Telefonapparate wohl immer vorziehen. Der Kommandant wollte, was die Beranek übertrieben fand, für sie wählen, sie tat ihm aber den Gefallen und sagte ihm die Nummer an, die sie erst in einem Notizbuch suchen mußte, und ließ sich dann den Hörer reichen.

Ein Herr Krennhofer, von dem sie gehört hatte, den sie aber noch nicht kannte, meldete sich, und die Beranek sagte ihm, daß er sich mit dem Kommerzialrat Wanek in Verbindung setzen müsse, sie wolle einen anderen Fahrer, morgen schon und unbedingt, Krennhofer solle sich keinesfalls mit Ausreden abspeisen lassen.

(»Die Gnädigste ist ungnädig«, sagte Krennhofer, als die Beranek aufgelegt hatte. »Der Fahrer, den ihr der Kommerzialrat Wanek gegeben hat, konveniert ihr nicht. Sie geniert sich, sagt sie, wenn sie mit so einem durch die Stadt fahren muß. Ich soll den Wanek anrufen ...«

»Und? Machst du's?« fragte Isolde, die hinter dem anderen Schreibtisch saß.

»Muß ich ja. Sonst beschwert sie sich beim Chef. Und der reißt mir dann den Arsch auf, wenn ich seinen neuen Liebling schlecht behandle.«

»Und was sagst dem Wanek?«

»Daß alles wunderbar paßt. Und ich bedank mich noch einmal bei ihm, weil er so großzügig ist ...«

Und genau das tat Krennhofer dann auch. Die Frau Doktor, sagte er, sei anscheinend ein bisserl schwierig, naja, eine Lehrerin halt, aber sie werde sich gewiß an den jungen Mann gewöhnen.

Vielleicht könne er, sagte ihm Wanek, den Axel in ein paar Tagen, nächste Woche möglicherweise, gegen einen anderen Fahrer austauschen, aber Krennhofer bat ihn, sich nicht zu bemühen, man müsse den Launen älterer Damen ganz bestimmt nicht immer nachgeben, wie es sei, so sei es schon in Ordnung: »Und wenn die Frau Doktor wirklich so zimperlich ist, dann wird sie sich das in den nächsten Wochen sowieso schnell abgewöhnen, weil sie nämlich draufkommen wird, daß die Politik ein hartes Geschäft ist.«

Wanek betonte noch, daß dieser Axel Kessler ein sehr zuverlässiger junger Mann sei, geschätzt bei allen, die er bisher gefahren habe, nie habe es Klagen gegeben, manche Kundschaften verlangten im Gegenteil immer wieder ausdrücklich ihn. Seine langen Haare, mein Gott, die jungen Leute heutzutage!, die einen ließen sich Glatzen scheren, den anderen reichten die Haare bis zum Arsch hinunter, verglichen damit sehe, fand der Kommerzialrat Wanek, der Axel eh fast zivilisiert aus; der Ausdruck »langhaariger Affe«, wie die Frau Doktor ihn gebraucht habe, scheine ihm jedenfalls doch sehr hart, eigentlich sogar ungerecht.)

3

Axel konnte schlafen, wann immer er wollte und wo auch immer.

Er erwachte jetzt, als die Frau Doktor in den Wagen stieg. Den Blumenstrauß, den sie mitbrachte, warf sie nach hinten auf die dritte Sitzbank.

»Achtzehnter Bezirk?« fragte Axel nach einem Blick auf die Adreßliste.

»Ja«, sagte die Frau Doktor, »und ein bissel schneller als vorhin, wenn's geht, ich bin spät dran.«

Axel dachte über einen Umweg nach, der die Fahrt verzögert hätte, aber dann, Quatsch!, fuhr er den direkten Weg, zehn Minuten später kamen sie an der neuen Adresse an, und wieder war es ein Haus mit einem POLIZEI-Schild.

Nach einer dreiviertel Stunde kehrte die Dame wieder mit einem Blumenstrauß zurück, und gegen halb sechs am Abend, die Alte hatte sich keine Mittagspause gegönnt, lagen acht Blumensträuße auf der hintersten Sitzbank.

»Wohin jetzt?« fragte Axel, da die Liste leer war.

Die Frau Doktor sagte »Billrothstraße« und fügte hinzu: »Neunzehnter Bezirk.«

»Ist mir bekannt«, sagte Axel. »Wieder ein Wachzimmer?«

»Nein«, sagte die Frau Doktor.

Es war ein langweiliger Tag gewesen für Axel, den allerersten Tagen in diesem Job nicht unähnlich, der manchmal fast nur aus Warten bestand. Sein Traumjob war es nie gewesen, immer nur etwas Vorübergehendes, eine Überbrückung, bis sich halt etwas anderes ergeben würde. Er lernte, das sah er als Vorteil des Jobs, in seinem Auto eine Menge Leute kennen, und irgendjemand, so hatte er lange gehofft, würde ihm vielleicht einmal einen ganz anderen Job anbieten oder wenigstens einen für ihn wissen. Die ersten Monate hatte er jeden, der bei ihm einstieg, daraufhin angesehen, ob der es vielleicht wäre, der ihn woanders hin mitnehmen, woanders hin schicken könnte. Er hatte es aufgegeben, er wartete nicht mehr, und seither fand er den Job ganz erträglich, es gab wahrlich Schlimmeres. Er hätte ihn, seit er die Hoffnung auf Veränderung auf unbestimmte Zeit verschoben hatte, noch ein weiteres halbes Jahr ertragen und noch länger vielleicht, aber nun, da das Ende in Sicht war, hatte er wieder wie ganz am Anfang das Gefühl, hier nur seine Zeit zu verplempern.

Er hatte an diesem Tag immer wieder – vor ein paar Wochen schon hatte er die CD fürs Auto auf Kassette überspielt – FIVE von Lenny Kravitz gehört, da gab es ein Saxophonsolo von mehr als einer Minute, das hatte er am frühen Nachmittag viermal hintereinander gehört – und wußte immer noch nicht, ob es nun das schlechteste oder vielleicht doch das beste Saxophonsolo war, das er je gehört hatte.

Ein paarmal hatte er den Tag über versucht, übers Autotelefon Sandra zu erreichen. Sie wußte von der guten Nachricht schon seit gestern abend, und für sie war es, was immer sie auch sagte, keine gute Nachricht, weil sie bedeutete, daß Axel lange weg sein würde. Er wollte mit ihr darüber reden, ihr vielleicht anbieten, sie könne ja hierhin oder dorthin mitkommen. Er wollte ihr sagen, daß vorläufig ja nur *eine* Tournee geplant sei und falls andere nachkämen, bestimmt große Pausen dazwischen wären, die er in Wien verbringen würde, und da würden sie dann ganz anders leben als bisher ... Aber nie hatte er Sandra erreichen können. Mit ihr zu reden, hätte ihm immerhin die Zeit vertrieben.

Die Versuchung, sich auszumalen, wie das von nächster Woche an sein, wie sein Leben sich verändern würde, diese Versuchung war groß und verlockend, aber er widerstand ihr; zu oft war, was er sich lebhaft ausgemalt hatte, dann doch nicht so gekommen. Diesmal würde er sich nichts ausmalen, diesmal würde er es einfach kommen und geschehen lassen, und eben deshalb, dachte er beschwörend, würde es diesmal auch klappen.

Morgen würde er sich ein Buch mitnehmen, er hatte vor ein paar Tagen einen Roman von Doris Lessing zu lesen angefangen, weil er in Zimbabwe, damals noch Rhodesien, spielte. Er mochte es, wenn er sich, was er las, auch wirklich vorstellen konnte, weil er manche Schauplätze kannte, aber das Land, das in diesem Roman beschrieben wurde, hatte wenig gemein mit dem, das Axel kannte, und er hatte eigentlich gar nicht weiterlesen wollen, aber die nächsten Tage würde er Zeit genug dafür haben.

Es war jetzt sechs vorbei, der Verkehr auf der Landesgerichtsstraße war am Zusammenbrechen, es dauerte zwei oder drei Ampelphasen, bis sie jeweils über die nächste Kreuzung kamen.

Er dachte daran, aus Zeitvertreib Mutmaßungen darüber anzustellen, was eine noch recht attraktive und allem Anschein nach wohlhabende und ganz ungewöhnlich arrogante Dame von etwa fünfzig in Polizeiwachzimmern zu tun hatte, aus denen sie dann mit Blumensträußen zurückkam, oft von höheren Polizeibeamten bis an den Wagen begleitet, aber es reizte ihn nicht, darüber zu spekulieren. Im Laufe der Woche würde er, so oder so, mehr über sie erfahren, als ihn, dachte er trotzig, interessierte.

Um zwanzig nach sechs fing Axel an darüber nachzudenken, was er den anderen sagen sollte, wenn er auch heute wieder zu spät zur Probe kam, da rief sein Bruder Martin an.

(Ein junger Mann in Anzug und Krawatte, drei Jahre älter als Axel und ihm, auf den ersten Blick wenigstens, in nichts ähnlich, stand mitten in einem sehr großen, sehr sparsam möblierten Wohnzimmer mit hohen, weißen, zweiflügeligen Türen. Er hielt ein Schnurlostelefon in der Hand und schaute hinunter auf ein Paar vergammelter NIKE-Turnschuhe, die mitten im Raum auf dem Parkettboden lagen, der übrigens in einem Sternmuster verlegt war und den Martin, als er hier eingezogen war, aufwendig hatte restaurieren lassen.)

»Ich komm grad heim, und was meinst du, worüber ich da stolpere?«

»Über irgendwas, was ich mitten im Weg hab liegen lassen«, vermutete Axel (und Martin kickte derweil die Turnschuhe in die Richtung der Tür, die zu Axels Zimmer führte). »Du, ich hab heut in der Früh verschlafen ...«, sagte Axel noch, aber Martin ließ ihn nicht ausreden: »Weil's halb vier war, wie du heimkommen bist. Und frag mich bitte nicht, ob du mich aufgeweckt hast, weil du weckst mich nämlich jede Nacht auf.«

(Während er das sagte, ging Martin hinaus ins Vorzimmer, dann ins Bad, das er vor einem Jahr gleich nach dem Kauf der Wohnung neu hatte verfliesen lassen, ganz weiß, von einer kobaltblauen Bordüre in zwei Meter Höhe abgesehen. Auf dem immerhin geschlossenen Deckel der Klomuschel lag eine Unterhose von Axel, eine Boxershort, weiß mit kleinen braunen Teddybären drauf, vor der Muschel lag ein Paar gebrauchter weißer Socken. In der Badewanne schließlich fand Martin eine Menge Haare, die, so lang wie sie waren, nur von Axel stammen konnten.)

»Weißt«, sagte er, »mir geht dein Saustall schön langsam aber derart auf die Nerven! Nur bis ich selber was find, hast du gesagt, aber das ist jetzt ein halbes Jahr her!«

(Als Martin ins Vorzimmer zurückkam, sah er an der Garderobenwand zwei Jacken hängen, die weder ihm noch Axel gehörten:) »Und daß die Sandra mehr oder weniger auch da wohnt, das war ganz sicher nicht ausgemacht!«

Darauf wußte Axel nichts zu sagen. Wenn das am Samstag klappte, und es würde klappen, dann konnte er sich eine eigene Wohnung leisten, in absehbarer Zeit wenigstens. Im Schrittempo näherte er sich wieder einer grünen Ampel, die jetzt aber zu blinken anfing. »Du, ich muß Schluß machen ...«, sagte er schnell ins Telefon. »Und heut, wenn ich heimkomm, bin ich ganz leise«, versprach er noch. »Und morgen in der Früh, bevor ich weggeh, räum ich noch auf. Versprochen! Servas.«

Als Axel den Telefonhörer in die Halterung zurücklegte, schaffte es draußen ein Auto, sich von rechts her in eine kleine Lücke, die Axel nicht sofort geschlossen hatte, vor den Minivan hineinzuzwängen.

»Hörn S'!« schrie da von hinten die Frau Doktor. »Wieso lassen S' den ...? Der Trottel soll warten!« Sie schien das Kennzeichen gesehen zu haben: »Ein Niederösterreicher, eh klar!« Und in breitem Wiener Dialekt schrie sie, als könne der Autofahrer da vorne sie hören: »Bleibts daham, es G'scherten!«

Und schon war die Autokolonne wieder zum Stehen gekommen.

»Ich bin auch ein G'scherter«, sagte Axel. »Ich komm aus Zell am See.«

»Wirklich? Schön.« Nun sprach sie wieder ihr Hochdeutsch, das allenfalls leicht wienerisch gefärbt war. »Da haben wir früher unsere Schikurse gemacht ...«

Ein Signal, daß sie doch bereit war, mit Axel zu sprechen? Sollte er fragen, wer da in Zell am See Schikurse gemacht habe? Er ließ es bleiben.

Zwanzig Minuten und zehn Ampeln später, sie waren eben erst in die Nußdorfer Straße eingebogen, rief Gicko, der Gitarrist an: Ob Axel die heutige Probe eh nicht zufällig vergessen habe? Daß sie pünktlich in einer halben Stunde anfangen würden. Daß sogar Peter, der Sänger, der sonst doch immer zu spät komme, heute schon da sei.

»Eh klar, daß das heut wichtig ist«, sagte Axel. »In einer halben Stunde bin ich da, kein Problem.«

Hinten hörte er dann die Alte murmeln: »Kinderl, du bist ein Optimist!« Und im Telefonhörer sagte Gicko: »Blamieren sollten wir uns am Samstag nicht unbedingt. Falls du, sagen wir, in spätestens einer Dreiviertelstunde nicht da bist, spielen wir in Zukunft wieder ohne Saxophon.«

Zehn Minuten später hielt Axel in zweiter Spur vor einem Haus in der Billrothstraße. In der Tat kein Wachzimmer diesmal, neben dem Haustor hing ein Schild DIE DEMOKRATEN.

Ehe Axel noch sagen konnte, daß er seinen Dienst für heute als beendet betrachte, daß er dem Kommerzialrat Wanek ausdrücklich gesagt habe, er müsse heute ausnahmsweise wirklich pünktlich Schluß machen, da sagte die Frau Doktor im Aussteigen: »Ich weiß nicht, wie lange das jetzt dauert. Fahren S' heim oder wohin Sie müssen. Ich nehm mir dann ein Taxi.« Menschliche Töne auf einmal?

»Wiederschaun, Frau Doktor. Bis morgen!« sagte Axel, aber das hörte sie nicht mehr, sie hatte die Wagentür schon von außen geschlossen. Ihr Gang, fiel Axel auf, war der eines Mannes.

4

Sie hatte sich Krennhofer, mit dem sie bisher nur telefoniert hatte, anders vorgestellt, pfäffischer vielleicht, da sie wußte, daß er einmal Theologie studiert hatte; er war höchstens dreißig und sah aus, naja, dachte die Beranek, wie sie alle aussehen, diese flotten jungen Männer in den Parteibüros.

Alle trugen sie die Haare sehr kurz, alle trugen sie schwarze, merkwürdig schmal geschnittene Anzüge, alle hatten sie, so schien es der Beranek, auch einen ganz ähnlichen Gesichtsausdruck, der schwer zu beschreiben war, harte Entschlossenheit mit infantiler Einfalt gemischt; vielleicht, dachte die Beranek, bringt man ihnen das Wild-entschlossen-Dreinschauen in jenen Schulungskursen bei, in denen sie auch lernen, so zu reden, bis man den einen nicht mehr vom anderen unterscheiden kann.

Es wäre der Beranek auch schwer gefallen, das Kostüm der jungen Dame zu beschreiben, die hinter dem anderen Schreibtisch saß und die Krennhofer ihr als Isolde vorgestellt hatte. Blau und gelb war das Kostüm, sehr streng und sehr geometrisch gestylt, von einem bekannten Designer als Uniform der Wahlkampfhelferinnen entworfen, vom gleichen, wenn die Beranek richtig gehört hatte, der auch die Anzüge des neuen Chefs schneiderte oder wenigstens entwarf.

Er habe, sagte Krennhofer, am Vormittag selbstverständlich sofort mit dem Kommerzialrat Wanek telefoniert, wie die Frau Doktor das gewünscht habe, allerdings, dabei bemühe sich Wanek wirklich, nichts erreichen können. »Aber Sie werden ja sowieso so eine Art persönlichen Referenten brauchen«, sagte Krennhofer dann, »der Sie nicht nur fährt, sondern sich auch um die ganze Organisation kümmert.« Und der mich kontrolliert, dachte die Beranek; ihre Alarmanlage funktionierte und schlug bei leisesten Untertönen an.

»Nur, Frau Doktor«, fuhr Krennhofer fort, »da muß ich noch um ein paar Tage Geduld bitten, die Entscheidung ist ein bißchen überraschend gekommen für uns ...«

»Sie haben sich noch nicht damit abgefunden, hm?« fragte die Beranek und lächelte Krennhofer herausfordernd an. Einem wie ihm mußte man, wollte man seiner Herr werden, die Kampfbereitschaft von Anfang zeigen. Ein kleines spöttisches Lächeln war jetzt vermutlich angebracht: »Sie werden sich schon dran gewöhnen, daß es mich gibt.«

Darauf antwortete er nicht, was hätte er sagen können? Und die Beranek fragte sich, wie dieser Krennhofer wohl seinen eigenen Wahlkampf gestaltet hätte, da es ihm gänzlich an Ausstrahlung fehlte, von wirklicher Persönlichkeit nicht zu reden. Ob der wohl, überlegte sie, eine Rede halten könnte, ohne daß ihm die Zuhörer nach spätestens drei Minuten wegschliefen?

Er legte jetzt einen Packen Fotokopien vor die Beranek hin, alles Zeitungsberichte über die Pressekonferenz, die der Chef gestern mit ihr abgehalten hatte. Die Beranek hatte die Zeitungen beim Frühstück schon gelesen, und Krennhofer sagte, was die Beranek als vorläufige Unterwerfungsgeste verstand: »Sie dürfen zufrieden sein, mehr als nur zufrieden, und morgen, höre ich, gibt's noch mehr Artikel.«

Dann holte er von einem Beistelltisch eine Papphröhre heran: »Fragen Sie mich nicht, wie ich das gemacht habe, aber da ist der erste Andruck des Plakates.« Er holte es heraus, rollte es auf, und die Beranek sagte verärgert: »Aber wir haben doch gesagt, das andere Foto! Auf dem da schau ich ja aus wie ...«

»Sorry!« meinte Krennhofer. »Der Chef hat das persönlich entschieden.« Ein Punkt für ihn, wie es schien.

Auf Isoldes Bildschirm sah die Beranek, wenn sie sich ein wenig nach links neigte, eine Art Karteikarte, ein Foto eines Mannes, Angaben zu seiner Person, die nun ergänzt wurden. Isolde hatte neben dem Computer einen Packen handschriftlicher Notizen liegen, aus denen sie ausgewählte Details in den Computer übertrug. Isolde lächelte, als sie sich plötzlich von ihr beobachtet fühlte, die Beranek an, die lächelte zurück und schaute dann, an Isolde vorbei, einem Computerdrucker zu, der unentwegt Papier ausspuckte.

Krennhofer wartete immer noch auf einen Kommentar zum Plakat, und es durfte wohl, da der Chef selbst entschieden hatte, nur ein positiver sein. Also sagte die Beranek, daß ihr der Hintergrund sehr gefalle, so verschwommen und verwaschen wie er nun sei, ihr Porträt käme dadurch gut zur Geltung, auch die Schrift sei sehr hübsch, gar nicht aggressiv, sondern fast elegant, ein sehr schönes Gelb sei das, wirklich.

Zufrieden rollte Krennhofer das Plakat wieder ein und hatte noch mehr für die Beranek: Drei Akten, die alle den Stempel STRENG VERTRAULICH! trugen. Es sei das Material, das der Chef ihr offenbar versprochen habe, komme jedenfalls direkt aus der Zentrale, »aus den geheimsten unserer geheimen Archive«, sagte er und legte die Akten vor die Beranek hin. Sie schlug den ersten auf, blätterte rasch darin und fragte dann nur: »Woher?«

»Sagen wir: von unserem Sicherheitsdienst.«

Die Beranek warf noch einmal einen Blick in den Akt, was sie darin schon auf einen Blick las, war ganz unglaublich, viel mehr jedenfalls, als sie erwartet hatte: »Na, da werden sich die Herrschaften aber anschaun. Auf wen, glauben Sie, soll ich mich konzentrieren?«

Krennhofer beugte sich vor, nahm die drei Akten wieder an sich, mischte sie, es sollte wie das Mischen von Spielkarten aussehen, dann hielt er sie der Beranek hin, und sie zog einen Akt. »Ah«, sagte Krennhofer nach einem Blick auf den Umschlag, »den Herrn Mayrhofer hat's erwischt. Pech für ihn. Gute Wahl, der gibt was her.«

»Und das alles ist wasserdicht?«

»Selbstverständlich. Unser Sicherheitsdienst ist besser als die Stapo und das Heeresnachrichtenamt zusammengenommen. Außerdem müßte der Mayrhofer erst das Gegenteil beweisen. Was er vor der Wahl aber auf keinen Fall schafft, und nach der Wahl ist sowieso alles anders.«

Zwei Blätter hatte Krennhofer noch für die Beranek: »Die Einsatzpläne für morgen und übermorgen.«

»Wieder nur acht Wachzimmer morgen?«

»Eine ganze Menge für einen Tag.«

»Nicht wenn's insgesamt hundert gibt.«

»In alle kommen wir sowieso nicht rein. Ich bin mir nicht sicher, ob Sie wissen, daß das streng genommen so oder so jenseits der Legalität ist.«

»Ich will aber in alle rein. Sie werden das schon machen, Herr Krennhofer.« Das war, fand die Beranek, ein guter Schlußsatz. Sie stand auf, überlegte einen Augenblick, ob sie alles besprochen hatten, was zu besprechen gewesen war, und ihr fiel nichts ein, was sie vergessen hätte.

(»Was der Chef an der findet, versteh ich wirklich nicht«, sagte Isolde, nachdem die Beranek gegangen war.

Krennhofer holte aus einer Schreibtischlade einen Akt, der denen glich, die er der Beranek vorgelegt hatte, und gleichfalls den Stempel STRENG VERTRAULICH! trug. »Viel«, sagte Krennhofer dann, »haben wir noch nicht über sie, aber was wir haben ... über ihren Mann vor allem ... Weißt du, Isolde, ich bin mir gar nicht sicher, ob er wirklich alles weiß über sie, der neue Chef.«

»Geh!« machte Isolde. »Der läßt doch alle checken.«

»Manchmal vielleicht nicht gründlich genug«, sagte Krennhofer, dann griff er zum Telefon und war gleich darauf mit einem verbunden, den er Bruno nannte. »Die Schnötzingerin war grad da«, sagte er, »was der Chef an der findet, versteh ich wirklich nicht.«

Jaja, sagte Bruno, dessen Entscheidungen seien so mysteriös wie die des alten Chefs. Und dessen Vorliebe für Quereinsteiger, noch mehr für Quereinsteigerinnen habe er offenbar übernommen. Dabei sei doch evident, daß die nichts brächten, er erinnere nur an die singende Richterin seinerzeit, die sei ja so peinlich gewesen, daß man sie sang- und klanglos habe in der Versenkung verschwinden lassen müssen. Er,

Bruno, könne sich gut vorstellen, daß Krennhofer auch die Frau Beranek-Schnötzinger dorthin wünsche, aber dafür sei es zu früh, man werde sie einmal arbeiten lassen, fünf Wochen lang richtig ackern, dann werde man schon sehen. Er, Bruno, habe nicht vergessen, daß der sichere Listenplatz dieser Dame einmal Krennhofers sicherer Listenplatz gewesen sei, und für ihn habe sich daran auch durch die spontane Entscheidung des Chefs nichts geändert.

»Die soll man, glaub ich«, sagte Krennhofer, »nicht unterschätzen. In fünf Wochen kann's zu spät sein. Wenn man die abschießen will, dann muß man's sofort tun.«

»Habts ihr bei euch was, was man im Notfall gegen sie verwenden kann?« fragte Bruno.

»Nicht viel«, sagte Krennhofer nach einem kurzen Blick auf den Akt, der vor ihm lag. »Sie war ja bis vor kurzem eher eine Sympathisantin, jedenfalls ziemlich uninteressant. Aber wir recherchieren jetzt natürlich. Ich glaub, am ehesten finden wir bei ihrem Mann was, ein Rechtsanwalt, der paßt mit seiner Vergangenheit so gar nicht in die neue Parteilinie.«

»Die der neue Chef so unermüdlich propagiert«, ergänzte Bruno am anderen Ende der Leitung. Da sei man ja nun wieder einmal auf der gleichen Spur, denn auch ihm sei der Doktor Schnötzinger schon aufgefallen, der vertrete in der Tat Ansichten, die heute in der Partei gewiß nicht mehr laut geäußert werden dürften, dazu sei er noch, was eine höchst erfolgversprechende Spur sei, mit einem einschlägig bekannten Doktor Plottecker, einem Zahnarzt, eng befreundet. Das allein sollte wohl im Fall des Falles schon reichen, die Schnötzingerin nicht allzu groß werden zu lassen. Man werde gründlich recherchieren, und weiteres werde sich auch bei ihr selber finden, da sei er ganz sicher, weil sich bisher noch immer und bei allen etwas gefunden habe, was, richtig interpretiert, einen Sturz in die tiefsten der tiefen Abgründe verursachen könne.

»Mach dir keine Sorgen, Krenni, die Dame wird's nicht leicht haben, verlaß dich drauf.«)

5

Im dritten Bezirk in der Rochusgasse rannte Axel eine Treppe in einen Keller hinunter, und als er die Tür zum Proberaum aufriß, da saßen die anderen vier wortlos da, Marcus hinterm Schlagzeug, Gicko mit der Gitarre über den Knien und Schatti mit dem Baß, Peter saß verkehrtherum, die Lehne zwischen den Beinen, auf seinem Stuhl, und sie starrten und schwiegen ihn an.

»Okay, okay! Ihr brauchts gar nix sagen. Ich bin zu spät! Sagts nix, ich weiß alles, was ihr sagen wollt!« meinte Axel und hob die Arme über den Kopf. »Net hauen, bitte! Ich spiel dafür ein bissel schneller als ihr, dann hol ich alles wieder auf.« Keiner lachte, keiner antwortete ihm.

Sie waren alle, Peter ausgenommen, ein paar Jahre älter als Axel; Gicko, Schatti und Marcus, Profis alle drei, die schon in den verschiedensten Formationen aufgetreten waren, spielten seit acht, neun Jahren zusammen, Peter war seit eineinhalb Jahren dabei. Axel hatte, gleich nachdem er aus Zimbabwe zurückgekommen war, Gicko im METEORIT zufällig kennengelernt und ihm erzählt, daß er Saxophon spiele. Die Band schien damals eine Art Krise durchgemacht zu haben, sie waren gut, aber gut waren viele andere Sänger-Gitarre-Baß-Schlagzeug-Gruppen auch, von denen sie sich, so gingen Gickos Überlegungen, vielleicht durch ein zusätzliches Sax unterscheiden könnten. Also spielte Axel mit und spielte, das wußte er selber, schlechter als die anderen, für die zudem noch nicht ein für allemal feststand, daß der Band wirklich ein Sax gefehlt hatte ...

Auf einem kleinen Tisch sah Axel jetzt einen Packen Plakate, die den Gig am Samstag ankündigten. »So viele sind noch da? Ich nehm mir ein paar mit, weil ich hab untertags viel Zeit zum Aufhängen. Weil ich find das unheimlich wichtig, daß der Wellershof sieht, daß wir ein Publikum haben, und wenn genug Publikum da ist, sind wir sowieso um drei Klassen besser.«

Auch darauf antwortete keiner von den vieren. Erst als Axel sein Saxophon genommen hatte, zählte Marcus ein: »One – two – one – two – three – four!«

(Niemand wird übrigens später, nach Axels Tod, die vier Musiker befragen, mit denen er doch immerhin ein halbes Jahr lang gespielt hat. Weder, was verständlich ist, jene, die an der offiziellen Legende stricken, noch die paar wenigen, die Zweifel an dieser Legende hegen, werden sich für dieses eine halbe Jahr in Axels Leben interessieren. Gicko wird einmal von sich aus versuchen, etwas darüber zu sagen und damit dies und das richtigzustellen, aber niemand wird etwas davon hören wollen. Freilich wird man ihm eine Warnung zukommen lassen, er möge derlei, wenn er nicht in unabsehbare Schwierigkeiten geraten wolle, künftighin unterlassen, woran Gicko sich dann auch halten wird.)

6

Das Wohnzimmer, in das die Beranek trat, es war Dienstag, der erste September, gegen zwanzig Uhr, war eher schon eine Wohnhalle und wirkte wie ein Ausstellungsraum.

Zwei große Gemälde dominierten den Raum. Das eine zeigte drei penibel gemalte nackte Frauen und war einem berühmten Gemälde von Adolf Ziegler nachempfunden. »Ah! Der Meister des deutschen Schamhaares!« hatte der neue Chef der DEMOKRATEN bei seinem ersten Besuch kenntnisreich festgestellt, und daß er als kaum Fünfzigjähriger den Namen überhaupt kannte, nahm Schnötzinger so sehr ein für ihn, daß er ihm den durchaus maliziösen Ton gern verzieh.

Das andere Gemälde stellte ein bäuerliches Paar vor, die Frau im Vordergrund mit bloßen Brüsten, der Mann hinter ihr mit einer Sense über der Schulter, eine penible Kopie des Bildes »Reifezeit« von Johannes Beutner.

Ferner sah, wer den Raum betrat, noch eine fast lebensgroße Statue, einen nackten Muskelmann darstellend, kühn in die Ferne blickend und sich auf ein langes Schwert stützend: eine Kopie des »Danziger Freiheitsdenkmals« von Josef Thorak.

Doktor Schnötzinger, ein Herr von über siebzig mit schönem weißen Haar, bedauerte Freunden gegenüber manchmal mit sanfter Selbstironie, daß ein kleiner Anwalt wie er sich eben nur Kopien leisten könne, ein einziges Original habe er erwerben können, in den siebziger Jahren, eine Marmorstatue von Arno Breker aus dem Jahr 1943, einen Krieger darstellend, sie stand, selbst für diese Wohnhalle zu groß, hinterm Haus im Park, von der Straße her nicht zu sehen.

Hier drinnen gab es schließlich noch eine Art Hausaltar mit einer Bronzebüste von Richard Wagner im Mittelpunkt, auch sie ein Original aus den frühen vierziger Jahren, von einem weniger bekannten Meister freilich, der dem Range nach mit Breker, Thorak, Ziegler oder Beutner gewiß nicht zu vergleichen sei. Oft klagte Schnötzinger seinen Freunden gegenüber, daß aber die sogenannte zeitgenössische Kunst nichts hervorbringe, was auch nur mit der bescheidenen Qualität der Wagner-Büste zu vergleichen sei; die Schönheit sei aus der Kunst vertrieben worden, das Erhabene der Lächerlichkeit preisgegeben, das Kranke und Abartige und Häßliche und Widerwärtige stehe jetzt hoch im Kurs, und er würde Angst haben, verrückt zu werden wie diese sogenannten Künstler selbst, müßte er von deren Hervorbringungen umgeben wohnen. Er gestehe freilich unumwunden, er habe dieses zum großen Teil von seinem Vater eingerichtete und übrigens auch erbaute Haus nicht immer so geschätzt wie heute, er habe vielmehr in den späten fünfziger Jahren, kurzfristig selbst vom Amerikanisierungswahn und anderen abartigen Gedanken infiziert, diesen Raum sogar umbauen lassen. Heute schäme er sich fast, das zu sagen, aber tatsächlich habe er die Holztäfelung, die ihm in seiner vorübergehenden Verblendung altmodisch erschienen sei, entfernen lassen, was er heute sehr bedaure, denn der Raum habe – so formulierte er es freilich nur sehr vertrauten Freunden gegenüber – in seiner strengen Geometrie und mit den geschnitzten Eichenlaubgirlanden um Türen und Fenster fast so ausgesehen, als habe Albert Speer hier für die Reichskanzlei geübt.

Jetzt saß Schnötzinger in einem bequemen Lehnstuhl, und die Beranek kam auf ihn zu, küßte ihn auf die Stirn.

Sie sehe müde aus, befand Schnötzinger. »Weißt du wirklich, worauf du dich da einläßt?«

»So schlimm wird's schon nicht werden«, sagte die Beranek.

»Noch viel schlimmer«, sagte Schnötzinger.

Die Beranek lachte: »Wahrscheinlich. Ja. Aber bis jetzt läuft's gut, im großen und ganzen läuft alles nach Plan. Davon abgesehen, daß ich einen Fahrer hab, der wahrscheinlich Läuse hat, und daß der Krennhofer im Bezirksbüro ganz eindeutig gegen mich arbeitet. Aber das war ja zu erwarten, und die soll mich nur nicht unterschätzen, die kleine Sau.«

Er habe sich, erzählte Schnötzinger dann, am Nachmittag mit Plottecker getroffen, um mit ihm als seinem ältesten und engsten Freund die Richtigkeit seiner Entscheidung, Hilde für die DEMOKRATEN kandidieren zu lassen, noch einmal in allen Aspekten zu diskutieren. Er hätte, sagte er zur Beruhigung Hildes, seine Einwilligung gewiß nicht zurückgezogen, falls Plottecker seine Meinung nicht geteilt hätte, doch sei er sehr froh, daß er sich einig mit ihm wüßte, daß eine Unterstützung der DEMOKRATEN unter den leider nun einmal gegebenen Umständen durchaus richtig sei, nicht bloß im Sinne der Wahl des kleineren Übels, weshalb er sich nun auch entschlossen habe, den Wahlkampf auch mit den ihm spezifisch zur Verfügung stehenden Mitteln zu unterstützen, diskret selbstverständlich. Er habe diesbezüglich schon einige Telefongespräche geführt und werde in dieser Sache in den nächsten Tagen wohl nach Hamburg, Braunschweig und wahrscheinlich auch nach Luxemburg reisen müssen, da derlei im Detail nicht am Telefon zu besprechen sei.

(Leute wie Schnötzinger hatten keinen Platz mehr in der neuen Partei, und er gehörte ihr nicht an, wie er übrigens auch der Vorgängerpartei nicht angehört hatte. Die Abgrenzung zum sogenannten rechten Rand war Doktrin geworden, sie auch nur diskutieren zu wollen, bedeutete den Parteiausschluß. Was der alte Chef immer nur behauptet hatte, schien der neue ernst zu meinen, die Überwindung aller alten Ideologien nämlich, was nur, da die Notwendigkeit einer expliziten Abgrenzung nach links in der ganzen langen Parteigeschichte nie bestanden hatte, eine Umschreibung für die Absage an alle gedanklichen Reste aus dem Nationalsozialismus war, von denen viele, wie der neue Chef oft sagte, ohnehin zur rechten Verbal-Folklore verkommen seien. Seiner gänzlich unbelasteten Biografie wegen war er auch gegen alle jene Fallen gefeit, in die sein Vorgänger seiner Prägung durch ein Nazi-Elternhaus wegen stets – dem Pawlowschen Hund nicht unähnlich – getappt war, indem er, wann immer er meinte die sogenannte Kriegsgeneration desavouiert zu sehen, mit heftig fuchtelnder Rhetorik zu deren Verteidigung anhob, dabei freilich, er konnte anscheinend nicht anders, weit sogar übers selbstgesteckte Ziel hinausschoß und dann wieder einmal als Neo- oder Krypto-Nazi dastand, der er gewiß nicht war; und dieser Geruch war an ihm haften geblieben wie – so hatte sein Nachfolger es einmal formuliert – der Geruch nach Hundescheiße am Schuh, auch wenn dieser längst wieder frisch geputzt ist.

Der neue Chef hingegen vertrat die »neue Politik jenseits aller Ideologien« sehr glaubwürdig, verwendete dabei ungeniert vieles weiter, was sein Vorgänger schon formuliert hatte. Wenn er, der immerhin Philosophie doziert hatte, es sagt, klingt es aber »verstandener«, weniger angelesen, weniger zusammengestoppelt.

Das zwanzigste Jahrhundert sei, sagt er oft, ein totalitäres, blutiges Zeitalter gewesen, geprägt von wirkungsmächtigen Ideologien, die nichts als laizierte Heilslehren und Religionsersatz gewesen seien, die Anspruch auf absolute Gültigkeit ihrer Erkenntnisse und Lösungsvorschläge erhoben hätten. In manchen Köpfen spukten wohl, sagt er dann, die alten Denkweisen noch, weil diese Ideologien als umfassende und alles erklärende Gesellschaftsmodelle ja auch intellektuellen und moralischen Halt geboten hätten. Um wieviel leichter sei es doch, sich an die geistigen Haltegriffe einer Ideologie zu klammern, statt selbst und frei zu denken! Freilich: Die Entideologisierung sei überall im Gang, sogenannte Sozialisten seien längst nicht mehr im alten Sinne links, und sogenannte Rechte seien den Stalinisten verwandter, als sie glaubten. »Und in der Tat kann man ja mit den Methoden und Denkmodellen der Vergangenheit die Probleme der Gegenwart nicht bewältigen – und erst recht nicht die Zukunft gestalten und gewinnen.« Doch täusche man sich nicht: Noch lagerten und lauerten die Propagandisten der alten Ideologien in den Straßengräben, die die demokratische Straße links und rechts säumten.)

7

Die Küche war sehr gediegen, aber längst noch nicht vollständig eingerichtet. Martin, Axels Bruder, betonte bei vielen Gelegenheiten, daß er Ästhet sei, der billigen Ramsch um sich herum einfach nicht ertragen könne. Auch die angeblich preiswerten Kopien großer Designentwürfe waren ihm zuwider. Immer schon habe er sich zum Sitzen um seinen Küchentisch herum die Freischwinger von Thonet gewünscht, das Stahlrohrgestell von Mart Stam entworfen, die Sitzrahmen und Rückenlehnen aus Rohrgeflecht von Marcel Breuer; Kopien davon könne man in jedem Möbelmarkt für sechs-, siebenhundert Schilling erstehen, aber lieber habe er ein halbes Jahr gewartet, bis er sich die Originale leisten habe können, die immer noch erzeugt wurden und pro Stück immerhin gute fünftausend Schilling kosteten. Auch haßte er Provisorien, lieber wohne er noch ein paar Jahre in einer erst halb oder dreiviertel eingerichteten Wohnung, als vorläufig irgendein Kastl hinzustellen, das seinen ästhetischen Ansprüchen nicht genüge. Er bezahlte mehr als die Hälfte dessen, was er jetzt verdiente, um die Kredite für diese Wohnung zu tilgen, über hundertsechzig Quadratmeter groß, in der Beletage eines schönen Jahrhundertwendehauses in der Marokkanergasse im dritten Bezirk; viel zu groß und viel zu teuer für ihn, wenigstens im Augenblick, aber eben kein Provisorium, darauf kam es ihm an; er würde hier einmal auch mit Familie und als erfolgreicher Steuer- und Wirtschaftsberater leben können.

Jetzt saß er fertig angezogen in der Küche, als Axel in Unterhosen zur Tür hereinkam und gerade sein T-Shirt überzog.

»Marara here?« fragte Martin, und Axel gab zur Antwort: »Ndarara mararawo.« Er hatte diese Shona-Grußformel vor einem halben Jahr aus Zimbabwe mitgebracht, seither verwendeten er und sein Bruder sie, wann immer sie sich am Morgen trafen.

MARARA HERE? Haben Sie gut geschlafen?

NARARA MARARAWO. Ich hab gut geschlafen, wenn Sie gut geschlafen haben.

Leider, fügte Axel heute hinzu, habe er schon wieder *ver*schlafen, er müsse das Aufräumen schon wieder verschieben, und als er, was Martin partout nicht leiden konnte, einen Schluck Kaffee aus der Tasse seines Bruders nahm, sah er in der Zeitung, die Martin gerade las, ein Foto und las als Bildunterschrift QUEREINSTEIGERIN DR. BERANEK-SCHNÖTZINGER: »Das ist die alte Kuh, die ich seit gestern herumfahr.«

»Wieso alte Kuh?« fragte Martin. »Die schaut super aus, die wär schon noch, wie man früher gesagt hat, eine Sünde wert.«

Das da in der Zeitung müsse wohl ein Jugendfoto von ihr sein, meinte Axel, wußte aber, daß es nicht stimmen konnte, weil der Chef der DEMOKRATEN neben ihr abgebildet war.

»Die Augen!« Sie schienen Martin zu faszinieren. Auf dem Foto sah man nur, daß sie sehr hell waren. Welche Farbe sie wirklich hatten, konnte Axel nicht sagen, er habe sich, gab er zu, die Alte gestern gar nicht so genau angeschaut, »das ist nämlich eine derart arrogante Sau, das packst net.«

Sie erinnere ihn, meinte Martin, an eine Schauspielerin, eine Amerikanerin glaube er, ihr Name fiel ihm aber nicht ein.

Axel nahm die Zeitung und erfuhr, daß jene Dame Direktorin eines Gymnasiums im siebzehnten Bezirk war, Deutsch und Turnen habe sie unterrichtet, derzeit sei sie karenziert, seit der Chef der DEMOKRATEN sie überraschend auf einem fixen Listenplatz in den Gemeinderats- und Landtagswahlkampf geschickt habe. Sie sei ihm, las Axel, bei einer sonst wenig beachteten Fernsehdiskussion über das angeblich ständig sinkende Niveau an Österreichs Mittelschulen aufgefallen, sofort habe er ihre klare, furchtlose und pointierte Sprache zu schätzen gewußt, die beim Namen nenne, was klar ausgesprochen werden müsse, sofort habe er ihr politisches Talent erkannt, und gestern habe er sie, las Axel weiter, auf einer Pressekonferenz als eine der großen Hoffnungen der DEMOKRATEN vorgestellt ...

Wieso gestern? Gestern war sie doch den ganzen Tag mit ihm unterwegs gewesen? Die Frage war rasch geklärt: Die Zeitung war von gestern, Martin hatte sie aus dem Büro mitgebracht, weil er nicht dazu gekommen war, sie zu lesen.

»Wenn du sie herumfährst«, überlegte er nun, »heißt das, daß der Wanek auch bei denen ist?«

»Hundert Prozent«, sagte Axel, »weil, das weiß ich, die zahlen nix, der Wagen und ich, wir sind so eine Art Spende.« Im übrigen interessiere es ihn nicht, mit wem Wanek politisch sympathisiere, wie ihm auch scheißegal sei, wen er durch die Gegend kutschiere, falls es nicht eine derart blöde Sau sei wie die, wie hieß sie?, die Beranek-Schnötzinger. Er würde sich die Kugel geben, wenn er die wirklich, wie von Wanek angekündigt, fünf Wochen lang aushalten müßte. »Aber Gottseidank muß ich ja nicht.«

Martin wußte Bescheid, aber er bat: »Axel! Tu mir den Gefallen und schmeiß nicht wieder alles hin, bevor da was sicher ist.«

»Das ist sicher!« sagte Axel, nahm noch einen Schluck aus der Kaffeetasse seines Bruders und war schon wieder draußen.

Unten auf der Straße sah er, daß die acht Blumensträuße noch hinten im Wagen lagen; beide, er und die Beranek, hatten gestern am Abend in der Billrothstraße einfach darauf vergessen.

Er mußte die Beranek heute von zu Hause abholen, aus der Lanzgasse, er fuhr also nach Döbling und sah, daß sie in einer gewaltigen alten Villa wohnte, die in einem Park stand und nicht in die Gasse zu passen schien, weil die Häuser daneben und gegenüber viel bescheidener waren und auf kaum ein Viertel so großen Grundstücken standen.

Axel stieg aus dem Wagen, klingelte aber nicht am Gartentor, wartete einfach, und Punkt acht kam die Beranek heraus, besser gelaunt als gestern, so schien es, heute hielt Axel ihr die Wagentür auf, und sie bedankte sich höflich dafür.

Axel wies, als sie losfuhren, auf die Blumen hin, und die Beranek meinte, er solle sie wegwerfen oder seiner Freundin schenken.

In der Krottenbachstraße zwängte sich ein Wagen, aus einer Garage kommend, so knapp vor den Minivan, daß Axel scharf bremsen mußte, da schrie die Beranek, wieso er sich schneiden lasse von diesem Idioten? Und Axel fragte, so ruhig wie es ihm möglich war, zurück: »Was soll ich machen? Soll ich mir eine Pumpgun kaufen, damit ich von nun an solche Idioten erschießen kann?«

»Genau!« sagte die Beranek. Danach war das Klima wieder so frostig wie gestern.

Sie fuhren die Billroth-, dann die Heiligenstädterstraße hinunter, überquerten den Donaukanal, dann auch die Donau, und zwanzig Minuten nach acht hielt Axel wieder vor einer Wachstube an.

Er hatte den Roman von Doris Lessing doch nicht mitgenommen, wollte die Wartezeiten dafür nutzen, die Plakate aufzuhängen, die ihren Gig am Samstag ankündigten, aber hier in dieser Stadtrandeinöde zwischen sechs Stockwerk hohen und schon desolaten Wohnblocks und den verwüsteten Resten eines Kinderspielplatzes lohnte es sich gewiß nicht, auch nur ein einziges Plakat zu verschwenden.

Es war, was niemandem auffiel, auch Axel hatte das Original nicht gekannt, die Variation eines alten Plakats der Beatles, die nackt die Abbey Road überquerten und – COCKS IN THE SOCKS – ihre Schwänze in Socken gesteckt hatten. Nun schritten auf dem Foto im Gänsemarsch Gicko, Schatti, Marcus, Axel und Peter mächtig aus, nackt bis auf Turnschuhe, die sie sich vors Genital gebunden hatten, und bis auf merkwürdige Kopfbedeckungen. Axel, Schatti und Marcus trugen Fellmützen mit großen Bärenohren dran, Gicko hatte eine Kappe mit Hunde- oder, es war schwer zu entscheiden, Fuchsohren, Peters Haube sollte, man erkannte es auf dem Foto nicht genau, an Kermit den Frosch erinnern. Die Plakate kämen gut an, hatte Schatti gestern abend erzählt, wo sie sich ohne Beschädigung ablösen ließen, würden sie von Sammlern geklaut.

Als die Beranek, nach einer halben Stunde diesmal nur, wieder mit einem Blumenstrauß in der Hand und wieder von einem Polizisten mit etlichen Sternen auf dem Kragenspiegel begleitet, aus dem Wachzimmer zurückkam, sah sie beim Einsteigen die Plakate auf dem Beifahrersitz liegen. »Sehr geschmackvoll«, meinte sie, und das war ganz gewiß nicht bewundernd gemeint. Als sie dann schon im Wagen saß, beugte sie sich nach vorne, um das Plakat näher zu betrachten, sagte »Stramme Burschen!«, wiederum in merkwürdigem Ton, und Axel wußte nicht, ob sie ihn unter der Plüschhaube mit den großen runden Ohren erkannt hatte, eher nicht, nein bestimmt nicht, sie hätte sonst etwas gesagt, und er war froh darüber, denn blöde Kommentare über die Band hätte er, ohne unhöflich zu werden, nicht hingenommen.

Er fürchtete plötzlich, sie könnte, wüßte sie davon, die Band und die Musik, die sie machten, mit einem bösen Satz als Kinderei abtun, wie Martin das manchmal tat, der nach wie vor hoffte, Axel würde eines Tages einen »richtigen Beruf« ergreifen, und der Rockmusik zu spielen allenfalls für ein Hobby von Jugendlichen hielt, jedenfalls sei es »kein Beruf für einen erwachsenen Menschen«, und dann ließ er auch Hinweise auf Mick Jagger oder irgendeinen anderen über fünfzig nicht gelten.

Axel hatte sich darauf eingerichtet, heute wiederum von einer Wachstube zur nächsten zu fahren, aber nach der zweiten, um halb zehn, wollte die Beranek in den ersten Bezirk gefahren werden, in die Rathausstraße, gleich hinterm Parlament, wo in einem Palais die Parteizentrale der DEMOKRATEN untergebracht war. Diese Gegend mit Plakaten vollzupflastern lohnte sich ganz gewiß.

8

Den einen, der Loitzenthaler hieß und knapp über dreißig sein mochte, hatte sie schon auf der Pressekonferenz vorgestern kennengelernt, der stellte ihr nun Bruno vor, der ganz anders aussah als all die anderen jungen Männer in den Parteibüros, die Schnötzinger einmal als »Tankwarte in Armani-Anzügen« beschrieben hatte. Auch Bruno (dessen Familienname niemand nannte, vielen sogar unbekannt zu sein schien) war noch nicht alt, höchstens vierzig, er hatte (auch später, wann immer die Beranek ihn sah) eine schwere schwarze, an den Ärmeln abgeschabte Lederjacke an, auch trug er nicht den

Dreitagebart, der sonst so viele Parteibuben, wie die Beranek sie nannte, schmückte, sondern einen Schnurrbart; seine Funktion in der Partei schien nicht klar definiert (»Mädchen für alles«, wird er später einmal sagen, wenn die Beranek ihn danach fragt. Und er wird hinzufügen: »Manche nennen mich auch die Schnelle Ein-Mann-Eingreiftruppe. Und wieder andere sagen: Ich bin der Mann fürs Grobe.«)

Loitzenthaler war, das wußte die Beranek, der offizielle Wahlkampfmanager, auf der Bundesparteiebene erfüllte er die Aufgaben eines Zentral- oder Generalsekretärs, trug aber keinen offiziellen Titel, die alten Funktionen waren alle abgeschafft, der neue Chef redete gerne von »flachen Hierarchien«, jeder gute Mann sollte eingesetzt werden können, wo immer eine besondere Situation es verlangte. Loitzenthaler war, die Beranek hatte sich erkundigt, obwohl erst zweiunddreißig, seit acht Jahren in der Partei, ein oft genanntes Beispiel dafür, daß in dieser Partei auch sehr junge Leute rasch Karriere machen konnten. Er war Polizist gewesen und hatte, so ging die Legende, den alten Chef eines Nachts, um vier in der Früh, aufgehalten und abstrafen wollen, weil er mit hundertzwanzig über den Gürtel gefahren war. Vom ersten Augenblick, vom ersten Wort an hätten sie sich, so wurde erzählt, verstanden, Loitzenthaler habe seinen Job bei der Polizei zwei Tage später aufgegeben, danach ein halbes Jahr lang als Bodyguard für den Chef, den alten damals selbstverständlich noch, gearbeitet, danach war er, erst fünfundzwanzigjährig, ins Parlament gekommen und wieder ein Jahr später zum Sicherheitssprecher der Partei ernannt worden. Niemand, den die Beranek kannte, wußte, warum er dann vor drei Jahren in Ungnade gefallen war. Sicher schien zu sein, daß er danach am Sturz des alten Chefs mitgearbeitet hatte und nun dem neuen noch unentbehrlicher war als in der besten, intimsten Zeit dem alten. Er sah, dachte die Beranek jetzt, immer noch wie ein Polizist aus, hätte einer von denen sein können, vor denen sie in den Wachzimmern redete, und wäre ihr dabei nicht aufgefallen.

Was mochte ihn für seine einflußreiche Position qualifizieren? Bedingungslose Treue, dachte die Beranek zuerst instinktiv, aber das konnte nicht stimmen, hatte er doch den alten Chef allem Anschein nach verraten, was also dann? Sie konnte, in fünfundzwanzig Schuljahren hatte sie das gelernt, in Gesichtern lesen, aber in Loitzenthalers stand nichts geschrieben, es war leer.

Brunos Gesicht war im Vergleich dazu ein offenes Buch, die Beranek mußte nur einen Augenblick lang nachdenken, bis ihr das Wort Landsknecht einfiel. Verschlagen und unbekümmert fröhlich, mißtrauisch und verspielt, sentimental und skrupellos, er schien vieles zugleich zu sein und nichts davon wirklich. Die Beranek hatte nicht viel erfahren können über Bruno, sicher schien nur ein abgebrochenes Medizinstudium und daß er ein paar Jahre in Wien als Privatdetektiv gearbeitet, danach ein paar Jahre im Ausland verbracht hatte, niemand wußte offenbar wo. Er schien über seine Bekanntschaft zu Loitzenthaler in die Partei gekommen zu sein, angeblich hatten sie einander in einem Fitneß-Club kennengelernt, angeblich joggten sie jeden Morgen gemeinsam im Prater, angeblich war es nicht nur platonische Männerfreundschaft, was sie verband; ob sie wirklich schwul waren, wie manche ungeniert behaupteten, blieb offen, Beweise dafür schien es nicht zu geben, offenbar nicht einmal stichhaltige Indizien. Jedenfalls könne man sie, hatte man der Beranek erzählt, so gut wie nie allein sehen, immer nur als Zwillinge, ausgenommen wenn Loitzenthaler zum Chef gerufen wurde, zu dem Bruno keinen Zutritt hatte.

Die Beranek saß den beiden Männern nun an einem riesigen Tisch gegenüber, der zwanzig oder noch mehr Menschen Platz geboten hätte. Der Raum war wenigstens achtzig, vielleicht sogar hundert Quadratmeter groß und bis auf den Tisch, die Stühle und einen TV-und-Videoturm in einer Ecke ganz leer. Von der stuckgeschmückten Decke hing ein gewaltiger Kristalluster, und an der Wand gegenüber den türgroßen Fenstern klebte ein 16-Bogen-Plakat, auf dem der Chef zu sehen und der Schriftzug DIE DEMOKRATEN zu lesen war.

»Wie ist es bisher gelaufen?« fragte Loitzenthaler.

»Bin nicht unzufrieden«, sagte die Beranek.

Loitzenthaler lachte: »Bescheidenheit ist eine Zier. Sie sind, nach allem was ich höre, eine Sensation, ein Hammer.« Auf einen fragenden Blick der Beranek hin fügte er hinzu: »Die, bei denen sie waren, rufen nachher an bei uns. Manche wenigstens. Der Chef hat übrigens angeordnet, daß sie jede, aber auch wirklich jede Unterstützung von uns kriegen.«

»Danke, ich werd's brauchen können. Wissen Sie, Herr Loitzenthaler, mein Hauptproblem ist, daß ich grad nur knappe fünf Wochen Zeit hab und daß mich noch kaum jemand kennt.«

Nach einer telefonischen Blitzumfrage gestern abend, wußte Loitzenthaler zu berichten, habe sie bereits einen Bekanntheitsgrad von siebzehn Prozent. Dafür, daß sie, wenn man von dieser Diskussion damals absehe, nur das eine Mal vorgestern anläßlich der Pressekonferenz mit dem Chef im Fernsehen war und auch da nur für knapp zwanzig Sekunden im Bild, sei dieser Wert ein Hammer. Man werde sie pushen, wo man nur könne. Sonderaktionen würden hier in der Zentrale geplant, er selbst sei Tag und Nacht für sie zu erreichen, auch Bruno stehe uneingeschränkt zu ihrer Verfügung. Die normale Organisation laufe freilich übers Bezirksbüro, dort sei Krennhofer für sie zuständig, den sie ja schon kennengelernt habe.

»Gestern am Abend«, bestätigte die Beranek.

»Wir können ganz offen reden«, meinte Loitzenthaler, »Krennhofer kann vielleicht noch zu einem kleinen Problem werden. Neid gibt's überall, sogar bei uns.«

Sie wisse, sagte die Beranek, sehr wohl, daß Krennhofer sich durch ihre Kandidatur zurückgesetzt fühlen müsse, als Pädagogin aber wisse sie mit Menschen umzugehen, auch mit schwierigen; sie werde gewiß nicht unnötig in Krennhofers

Wunden bohren, von ihm einfach nur, dies aber mit aller Bestimmtheit, verlangen, daß die Realitäten, wie sie nun einmal bestünden, respektiert würden.

»Und wenn's doch Probleme gibt«, sagte Bruno, »ein kurzer Anruf genügt. Ich regle das dann schon.«

»Fein«, sagte die Beranek, »dann muß ich weiter, ich hab ein volles Programm.«

Beide Männer brachten sie zur Tür. Dort fragte Bruno: »Ach, übrigens, wie geht's denn dem Herrn Gemahl?«

»Kennen Sie ihn?«

»Nicht persönlich. Aber früher hat man öfter von ihm gelesen ...«

»Aus der Kanzlei«, erzählte die Beranek, »hat er sich zurückgezogen, aber er berät immer noch ein paar große Konzerne, eigentlich arbeitet er eh genauso viel wie früher.«

»Herzliche Grüße – unbekannterweise«, sagte Bruno.

(Ein wenig später, als die Beranek schon unten auf der Rathausstraße stand, den Minivan versperrt fand und Axel nirgends zu sehen war, da rief Bruno bei Krennhofer in Döbling an: Er teile dessen Meinung durchaus, auch er könne nicht begreifen, was der Chef an dieser Tussi finde, mehr denn je könne Krenni auf seine, Brunos, Unterstützung zählen, auch Loitzi sei ganz seiner Meinung. Ganz offen könne man sie, dies sei klar, nicht auflaufen lassen, aber allzu leicht werde man ihr das Leben gewiß nicht machen, »die Dame hat noch keine Ahnung, wie hart das Leben sein kann, aber sie wird's noch erfahren«, inzwischen solle Krennhofer weiter Material über sie sammeln, auch er, Bruno, werde in dieser Richtung gewiß nicht untätig sein.

Er holte, als er den Hörer aufgelegt hatte, unterm Tisch einen Aktenkoffer hervor, der sehr umständlich zu öffnen war, zuerst mußte ein Zahlenschloß eingestellt, dann mußten zwei verschiedene kleine Schlüssel eingesteckt und je zweimal herumgedreht werden. »Was wir schon haben, braucht der Krenni im Detail vorläufig ja nicht zu wissen«, sagte Bruno und holte ein Konvolut von Papieren aus dem Koffer: Einfache, vergilbte, an den Rändern mehrfach eingerissene Umschläge, schon brüchig werdende Dokumente mit Reichsadler-Hakenkreuz-Stempeln, andere mit österreichischen, amerikanischen, französischen Stempeln aus den vierziger und fünfziger Jahren, ein dicker Packen handschriftlicher Notizen, viele Seiten davon in Kurrentschrift, kaum noch lesbare Maschinschrift-Durchschläge auf sehr dünnem, gelblichen Papier.

»Woher?« fragte Loitzenthaler.

»Von denen«, grinste Bruno, »die am besten Bescheid wissen über die alten Kameraden, aus dem sogenannten Dokumentationsarchiv des sogenannten österreichischen Widerstands. Und die aufrechten antifaschistischen Kämpfer dort wissen nichts davon, daß ich das hab, und werden's auch nicht erfahren, weil das alles morgen, wenn ich's kopiert hab, wieder an seinem Platz in den Regalen und Schränken in der Wipplingerstraße liegen wird.«

»Hast du's schon durchgesehen?«

»Flüchtig.« Aber er würde, erzählte Bruno, heute oder morgen auch noch Material aus jüngerer Zeit kriegen, und über die Schnötzingerin wolle er ein psychologisches Gutachten in Auftrag geben. Er kenne sich nicht aus mit ihr, durchschaue sie noch nicht, aber sein Instinkt warne ihn vor ihr. Sie komme an bei den Leuten, ganz gewiß, aber das allein könne der Grund nicht sein, warum der Chef, der über ihren Alten Bescheid wissen müsse, sie geholt habe. Ein psychologisches Profil könne dazu beitragen, daß sie nicht unter der Hand zum unkontrollierbaren Faktor werde, und für dieses Profil müsse Material zusammengetragen werden, Krennhofer werde das gewiß gerne übernehmen, jedes winzige Detail sei wichtig, vielleicht sei es auch nützlich, ihre Reden heimlich aufnehmen zu lassen.)

Die Beranek ging inzwischen, mit jedem Schritt wütender werdend, unten auf der Rathausstraße auf und ab, ihr Mobiltelefon in der Hand, sie wollte Krennhofer den Auftrag geben, augenblicklich von Wanek einen anderen Fahrer zu verlangen, aber Krennhofers Nummer war ständig besetzt.

9

Axel hatte sich die Rathausstraße entlang Richtung Universität von Geschäft zu Geschäft vorangearbeitet, bis auf zwei Ausnahmen überall ein Plakat aufhängen dürfen, meist sogar an die Ladentür, jetzt stand er in der Liebiggasse in einem kleinen Café, das so früh am Vormittag noch leer war, und fragte den Kellner, der hinter der Theke stand und die Kronenzeitung las, ob er dieses Plakat hier irgendwo aufhängen dürfe; er hatte zehn aus dem Wagen mitgenommen, dies war das letzte.

Der Kellner wies auf eine Wand neben der Toilettentür, wo schon andere Plakate hingen. Als Axel das seine dazugeklebt hatte und sich verabschieden wollte, fragte der Kellner: »Und was is' mit Ihnan Kaffee?« Eine Tasse stand auf der Theke.

»Ich hab keinen Kaffee bestellt«, sagte Axel.

»Und ich kein Plakat«, sagte der Kellner. »Ich muß auch von was leben.«

Drei, höchstens vier Minuten später bog Axel wieder in die Rathausstraße ein und sah die Beranek schon von weitem. Er rannte, und als er in Rufweite war, wollte er sich entschuldigen, aber sie schrie ihm entgegen: »Halten S' den Mund!«

Beim Autoaufsperren sagte er, daß es ihm leid tue, daß sie habe warten müssen, und sie sagte: »Zum letzten Mal: Halten S' den Mund!«

Axel wurde nicht schlau aus ihr. Jetzt tat sie, als würde sie nie mehr ein Wort zu ihm sagen, aber eine dreiviertel Stunde später, nach einem Wachzimmerbesuch im neunten Bezirk, fragte sie ihn plötzlich, wie er denn zu diesem Job gekommen sei. Und er antwortete, was er immer auf diese Frage, die fast jeder Kunde einmal stellte, antwortete, fast immer im gleichen Wortlaut: Daß er eigentlich Musik habe studieren wollen, Saxophon, bei der Aufnahmsprüfung an der Musikhochschule aber durchgefallen sei. »Da hab ich mit Soziologie und Völkerkunde angefangen, eineinhalb Jahre lang … Aber das war's irgendwie nicht. Also hab ich, damit ich irgendwas tu, meinen Zivildienst gemacht.« Axel war nicht sicher, ob sie ihm auch wirklich zuhörte, redete aber weiter: »Dann war ich ein Jahr lang in Zimbabwe. Eigentlich hab ich ja nach Australien wollen, aber gelandet bin ich in Zimbabwe, das ist aber eine längere Geschichte …« Er machte eine Pause, und als es hinten still blieb, schwieg auch er.

Gerry, ein Mitschüler aus dem Gymnasium, hatte ihn damals mit seiner Australien-Euphorie angesteckt, beide hatten abgebrochene Studienversuche hinter sich, beide hatten sich in Wien immer noch fremd gefühlt, beide hatten sich wohl in Australien die Erlösung aus ihrer Ratlosigkeit erhofft. Gerry hatte damals schon jahrelang über Aborigines gelesen, deren besondere Art zu malen er nachzuahmen versuchte, nächtelang hatte er Axel die DREAM LINES zu erklären versucht, und so hatten sie eines Tages den Entschluß gefaßt, auszuwandern, so viel Geld zusammengekratzt, wie ihnen für wenigstens einen Start in Australien nötig erschienen war, ein Jahr hatten sie bleiben wollen, vielleicht für immer. Aber dann, zwei Wochen vor der geplanten Abreise hatte Gerry sich in eine Studentin aus Vorarlberg verliebt, die ihm Wien auf einmal gar nicht mehr fremd und das Leben in westlicher Zivilisation gar nicht mehr unerträglich erscheinen ließ. Da hatte Axel dann zufällig Manfred getroffen, den er vom Zivildienst her kannte und der auf Urlaub nach Zimbabwe hatte fliegen wollen. Er hatte ihm Reiseprospekte gezeigt, und in einem war ein Inselberg, ein DWALA oder, wie die weißen Rhodies sagen, WHALEBACK, abgebildet gewesen, der hatte ausgesehen wie Ayers Rock in Australien. Dies habe, erzählte Axel oft, genügt, um nach Zimbabwe umzubuchen, auch habe ihn der Klang des Namens Bulawayo verführt. Allen seinen Fahrgästen, die es hören wollten, erzählte er dann auch, wie es gekommen war, daß er – ohne Manfred – ein ganzes Jahr geblieben sei, was für Schwierigkeiten er bekommen habe, da das Drei-Monate-Visum bei der IMMIGRATION zwar auf maximal sechs Monate verlängert werden konnte, keinesfalls aber länger, sodaß man ihn nach einem Jahr für einen ausländischen Spion gehalten und sogar für zwei Tage eingesperrt hatte. Es war für jeden, der sie hören wollte, eine recht spannende Geschichte. Die da hinten wollte sie offenbar nicht hören, es sollte ihm recht sein.

Ein paarmal dachte er den Tag über darüber nach, welche Frauen er im Alter der Beranek kannte, um Anhaltspunkte dafür zu finden, wie und wo er sie einordnen könnte. Seine Mutter fiel ihm natürlich – er mußte sie endlich wieder einmal anrufen! – sofort ein, aber die hatte gewiß nichts gemein mit der da hinten, das waren zwei verschiedene Welten. Er sah seine Mutter, wann immer er an sie dachte, in Jeans vor sich, natürlich hatte sie auch ein paar Kleider im Schrank und, wenn Axel sich richtig erinnerte, auch ein graues und ein schwarzes Kostüm, aber wann immer sie, weil der Anlaß es nötig machte, etwas anderes als Jeans anziehen mußte, kam sie sich, wie sie sagte, verkleidet vor. Daß die da hinten Jeans trug, und sei es auch nur zu Hause, konnte Axel sich nicht vorstellen.

Seine Mutter war einmal Volksschullehrerin gewesen, dann »bei den Kindern« zu Hause geblieben, danach hatte sie fast zehn Jahre lang ihre eigene Mutter gepflegt, immer war sie, was sie zu verbergen suchte, nervös, immer schien sie das Gefühl zu haben, daß sie, was der Tag noch an Arbeit für sie bereit hielt, nicht schaffen könne; auch jetzt noch, da »die Kinder« aus dem Haus waren und ihre Mutter tot war. Die da hinten hingegen schien die Ruhe in Person.

Die Fielhauer fiel ihm dann ein, die er im Gymnasium in Deutsch gehabt hatte, und Deutsch hatte der Zeitung nach ja auch die Beranek unterrichtet, aber das war nicht vorstellbar, daß die sich wie die Fielhauer an die Schüler anbiederte, auf peinliche Art manchmal, und mit fünfzig jünger sein wollte als ihre sechzehn-, siebzehnjährigen Schüler, die sie immer wieder aufgefordert hatte, ihr zu widersprechen, weil sie doch mündige Bürger erziehen wolle, dann aber, wenn einer tatsächlich widersprochen hatte, jedesmal zu Tode beleidigt gewesen war. Die Beranek biederte sich ganz bestimmt nicht an, die verlangte, darauf hätte Axel gewettet, äußersten Respekt, und wahrscheinlich genoß sie es, wenn jemand vor ihr zitterte. Übrigens, fiel Axel ein, hatte niemand die Fielhauer wirklich gemocht, alle hatten sie für eine unberechenbare Schleimerin gehalten. Dann kam ihm die Frau des Farmers in den Sinn, für den er fast zwei Monate lang gearbeitet hatte, ganz oben im Norden, im tiefen Shona-Land, nicht weit vom Kabira-See, vierzig Meilen von der nächsten weißen Farm entfernt. Wie hatte die Frau des Alten nur geheißen? Sie hatte zuerst keinen weißen Erntehelfer haben wollen, dann darauf bestanden, daß er keinen Cent mehr Lohn kriegte als die Schwarzen und bei ihnen in den Baracken wohnte, dann war sie einen Monat lang hinter Axel hergewesen, hatte mit ihm, dem einzigen jungen Weißen weit und breit, schlafen wollen und es ihm ungeniert gesagt, und Axel hatte es lange nicht gewagt, weil, wäre er dahintergekommen, der Alte, ein Rhodie vom alten Schrot und Korn mit kurzen Hosen und rotverbranntem Nacken, ihn gewiß einfach erschossen hätte mit seiner Remington, die im Pickup stets neben ihm auf dem Beifahrersitz lag. Als er dann doch mit – ja, so hatte sie geheißen! – Sarie geschlafen hatte, in einem altenglischen Bett mit geschnitzten Pfosten und unter einem Moskitonetz-Zelt, da war er bei Sonnenaufgang zu Fuß losgezogen, vier Meilen bis zur Hauptstraße, dort hatte er auf einen Bus gewartet, immer in Angst, der Alte könnte früher als erwartet aus Karoi zurückkommen. Mit dem Bus war er dann zwei Tage und drei Pannen lang nach Harare gefahren und dann weiter, wie um Spuren zu verwischen, hinunter nach Bulawayo ins Matabele-Land. Sarie war eine kleine, schmale, harte Frau gewesen, keine Brüste und ein Arsch wie ein junger Mann, um die fünfzig herum wie die Beranek da hinten, die Axel, er betrachtete sie jetzt schon lange im Rückspiegel, sich nackt nicht vorstellen konnte, in exquisiter, teurer Wäsche allenfalls, aber nicht nackt.

Insgesamt hatte die Beranek an diesem Tag acht Wachzimmerbesuche und dann am späten Nachmittag auch noch zwei Termine in Supermärkten zu absolvieren, wo gelb-blau kostümierte Wahlhelferinnen auf sie warteten, wo sie, wie Axel durch gläserne Eingangstüren sah, unter einem Schirm mit der Aufschrift Die Demokraten jeweils vor spärlicher Zuhörerschaft eine kleine Rede hielt und dann gleichfalls mit einem Blumenstrauß bedankt wurde, den aber, wie es schien, die Wahlhelferinnen mitgebracht hatten.

Dieser Gestank im Auto sei ja nicht zu ertragen, sagte die Beranek, als Axel sie dann zur Villa nach Döbling gebracht hatte, sie wäre dankbar, wenn der Haufen Blumen morgen früh verschwunden und der Wagen gelüftet sei.

Er würde sie in ein Altersheim oder ein Krankenhaus bringen, dachte Axel zuerst, aber dann blieb er, auf halbem Weg zum Proberaum im dritten Bezirk, am Beginn der Währingerstraße stehen und wollte die Blumensträuße an vorbeikommende Frauen verteilen, aber sie wichen vor ihm zurück, wollten sich um keinen Preis der Welt einen Strauß von ihm aufdrängen lassen, und da stand auch schon ein Polizist neben ihm, der sich seine Papiere zeigen ließ und der seiner Argumentation nicht folgen mochte, daß es nicht verboten sein könne, ohne jeden Grund Blumensträuße zu verteilen, der ihm vielmehr den Rat erteilte, augenblicklich von hier zu verschwinden.

So fuhr Axel kurz nach Mitternacht nach der Probe über den Gürtel, und Gicko saß neben ihm, der warf die Blumensträuße den Huren zu, aber es waren zu wenige auf der Straße, sie mußten, was ein erheblicher Umweg war, noch auf die Felberstraße hinterm Westbahnhof fahren, um alle Blumen loszuwerden.

10

Loitzenthaler war zum Rapport bestellt, sollte ins Penthouse des Chefs hoch über der Kärntnerstraße kommen, was ihm schmeichelte, denn nur wenige Funktionäre hatten überhaupt Zutritt zu den privaten Räumen des Chefs.

Für das zweigeschoßige Penthouse war neben dem Jugendstilaufzug, der den anderen Hausbewohnern diente, ein eigener Lift gebaut worden, der endete oben in einem Glaszylinder mitten im Wohnraum, der das gesamte untere Penthouse-Geschoß einnahm. Es war von einem italienischen Designer, angeblich sehr berühmt, dessen Namen Loitzenthaler aber von einem aufs andere Mal vergaß, gestaltet worden, viel Glas, viel Chrom, sehr bunt, an einem anderen Ort hätte Loitzenthaler schrill gesagt.

Von unten her in den Raum zu schweben, war jedes Mal wieder ein Erlebnis für ihn, nach dem Öffnen der Glastür sofort mitten am Ort der Entscheidungen, im Zentrum der Macht, wie er ehrfürchtig dachte, zu stehen, ohne erst durch Vorzimmer und Gänge zu gehen, das empfand er ebenso signifikant wie symbolisch.

Der Chef kam sofort zur Sache, es ging um die Beranek, er wolle wissen, was wirklich an ihr dran sei, er wolle wissen, ob sie nicht vielleicht das Zeug hätte, Öllerer als Spitzenkandidaten zu ersetzen. Dieses Fossil aus den längst überwundenen Urzeiten der Partei werde immer mehr zu einem Problem, ihm fehle jedes Charisma, er verkörpere in nichts den neuen Stil. Er wisse wohl, meinte der Chef vertraulich, daß es gefährlich sei, mitten im Fluß das Pferd zu wechseln, aber er sei zur

Überzeugung gekommen, daß mit Öllerer an vorderster Front nicht alle Wählerressourcen restlos ausgeschöpft werden könnten.

Loitzenthaler dachte an Krennhofers Angebot, die Reden der Beranek heimlich aufnehmen zu lassen, und sagte, er könnte vielleicht – nein, ganz bestimmt! – Tonbandaufnahmen von den Auftritten der Beranek besorgen, aber der Chef winkte ab, er wußte längst genau, was er wollte: »Ihr arrangiert so bald wie möglich eine Diskussion mit Vertretern aller anderen Parteien, für uns nimmt die Doktor Beranek daran teil, und ich will ein Video von dieser Diskussion.«

Damit war Loitzenthaler nach kaum fünf Minuten schon wieder entlassen. Auf den Gedanken, der Chef hätte ihm das alles auch am Telefon sagen können, kam er nicht, denn hierherbestellt zu werden galt als Auszeichnung, war höher einzustufen als ein Orden, und er, Loitzenthaler, war nun, wiewohl er nicht zum privaten Kreis um den Chef gehörte, schon zum dritten Mal ins Penthouse bestellt worden, dies stellte ihn, wie er dachte, über alle anderen Parteifunktionäre.

Der neue Chef war zu der Zeit erst seit sechzehn Monaten im Amt. Die Behauptung, die auch heute noch immer wieder auftaucht, er habe auf einem Sonderparteitag den früheren Obmann durch einen Putsch abgelöst, kann so, nimmt man es genau mit der historischen Wahrheit, nicht aufrechterhalten werden. Er bezeichnet sich denn auch nur in manchen traditionsverbundenen Kreisen ausdrücklich als Nachfolger jenes Mannes, unter dem die Partei – unter ihrem alten Namen – stetig gewachsen war. Bei jeder Wahl hatte sie ein paar Prozentpunkte zugelegt, aber nie hatte sich die Wählerstimmenzahl in politische Macht umsetzen lassen, dem stand die Person des früheren Obmanns im Weg, seine Aggression ohne jede Beißhemmung und manchmal ohne jeden realpolitischen Wert. Bei den Wählern, vor allem bei den Zukurzgekommenen aller Art, konnte er damit punkten, er redete zuerst, wie sie dachten, und bald schon dachten sie, wie er redete, aber machtpolitisch gesehen redete er sich immer weiter in die Isolation, kein Politiker irgendeiner anderen Partei wollte mit ihm koalieren, und die ganz wenigen mit davon abweichender Meinung wagten es bald schon nicht mehr, das laut zu sagen. Zuletzt wurde der alte Chef gemieden wie die Pest, eine, wie es schien, ewig andauernde Quarantäne war über ihn verhängt. Und eine Art Lähmung befiel die gesamte Politik, rechnerisch war nur mehr diese eine Koalition, wie unbeliebt auch immer, möglich, also wurden die Stimmen auch von Sympathisanten immer lauter, die das Problem beim Namen nannten, nämlich dem des Parteiobmanns, und bald wurde offen diskutiert, daß es nur darauf ankäme, einen ehrenvollen, wenigstens einigermaßen machtunterfütterten Abschiebeposten für ihn zu finden. Er reagierte darauf immer hysterischer, schloß, mit einer Art Generalvollmacht ausgestattet, zuletzt jeden aus der Partei aus, der sich mangelnder Loyalität auch nur verdächtig machte. In diesen internen Kämpfen verlor er dann jenen politischen Instinkt, dem er seinen Aufstieg verdankte, nämlich die Stimmungen in der Bevölkerung und ihr oft plötzliches Umschlagen früher als andere zu erkennen und für die politische Agitation zu nützen. Wiederholt setzte er daraufhin auf Themen, die das Wählervolk keineswegs in der vorausgeplanten Weise emotionalisierten, weshalb die Mißerfolge sich häuften, und immer seltener ließen sich dann, was früher selbstverständlich gewesen war, seine Mitarbeiter die Schuld dafür in die Schuhe schieben. Der Mythos seiner Unfehlbarkeit verblaßte und zerbröckelte fast von einem Tag auf den anderen, Korruptionsaffären wurden zudem bekannt, und die vielen kleinen und größeren Funktionäre im Land gaben sich jetzt keine Mühe mehr, ihren Unwillen zu verbergen; zu viele hatten viele Jahre Tag und Nacht gerackert, aber die Belohnung durch Teilhabe an der Macht und durch erhöhtes Prestige und erhöhtes Einkommen war immer ausgeblieben, von einer Wahl zur nächsten hatte die Hoffnung verschoben werden müssen, nun schwand sie gänzlich.

Der Chef aber, der alte, mußte immer öfter mit seinem Rücktritt drohen, um die Funktionäre wieder zur Ordnung und zur unbedingten Gefolgschaft zu rufen, und als er einsehen mußte, daß die Waffe der Rücktrittsdrohung stumpf zu werden begann, weil viele sich heimlich längst seinen Rücktritt wünschten, da ließ er immer paranoidere Züge erkennen: Wer nicht für mich ist, ist gegen mich. Österreich und die Partei sind meiner nicht wert, also soll wenn schon nicht Österreich, so doch die Partei meinetwegen vor die Hunde gehen. Wenn ich untergehe, geht die Partei mit mir unter. Ich hab euch alle gemacht, ohne mich wärt ihr nichts, ich kann euch, wenn ich will, wieder in die Bedeutungslosigkeit zurückstoßen und in die finsteren Löcher, in denen ihr gehaust habt, ehe ich euch ans Licht geholt habe.

Daß er von der politischen Bühne verschwinden mußte, war klar, wer ihm nachfolgen hätte können, das hingegen schien eine unlösbare Frage. Nie hatte er jemanden, der das Zeug zu einem Nachfolger und Kronprinzen gehabt hätte, lange neben sich geduldet.

Der neue Chef weist in diesem Zusammenhang gern auf einen Satz in Canettis »Masse und Macht« hin: »Das extremste Gefühl für Macht besteht dort, wo der Herrscher keinen Sohn will.« Manchmal, wenn die Zeit es erlaubt und ihn die Lust zum ausschweifenden Monologisieren ankommt, erläutert er dann, daß Canetti dies am Beispiel des legendären Zulu-Königs Shaka dargelegt habe, der seinen zuletzt zwölfhundert Frauen verboten habe, schwanger zu werden, und einmal, als eine doch ein Kind geboren, sie und das Kind mit eigener Hand getötet habe, »so daß er sich, wie Canetti schreibt, nie vor einem heranwachsenden Sohn hat fürchten müssen«. Es gebe freilich, fügt der Chef dann hinzu, auch noch eine neuere Deutung dieser Fakten, Shaka sei nämlich zeugungsunfähig gewesen und die Schwangerschaft einer der Frauen sei somit ein untrüglicher Beweis für einen Seitensprung gewesen.

Der alte Obmann stand jedenfalls ohne legitime oder auch nur legitimierbare Nachkommen da, weil er alle politischen Ziehsöhne beizeiten umgebracht hatte, jeweils kurz nach dem Eintritt in ihre politische Pubertät, wie der neue Chef es manchmal formuliert. Fünf, sechs, zehn Männer aus der zweiten Reihe brachten sich damals in den geheimen Zirkeln, in denen die Zukunft der Partei diskutiert wurde, als Nachfolger selbst ins Gespräch oder wurden vorgeschlagen. Diadochenkämpfe zeichneten sich ab, und die Partei wäre darin untergegangen, da schien der alte Obmann den Ernst der Lage plötzlich doch zu begreifen, er wollte sich auf eine bescheidene, aber solide Machtposition in der Provinz weitab von Wien zurückziehen, setzte auf der Bundesebene drei Unterführer, die treuesten der Getreuen, als Geschäftsführer ein, die er wie Marionetten zu führen gedachte, aber er hielt das Agieren im Hintergrund nicht lange aus, er brauchte die Öffentlichkeit und bevormundete und desavouierte seine Satrapen bei jeder Gelegenheit. Auch wollten sich jene, die den Kampf um sein Erbe schon begonnen hatten, nicht damit abfinden, wieder chancenlos in der zweiten Reihe zu stehen, eine Spaltung der Partei drohte, und die Wähler fingen an, ihr davonzulaufen.

Da trat ein Mann auf den Plan, aus Deutschland kommend, mit dem niemand gerechnet hatte. Ein gebürtiger Österreicher, der, was damals wenige Leute nur wußten, ein paarmal Reden für den alten Chef geschrieben hatte. Der Mann war in den achtziger Jahren Philosophiedozent an der Wiener Universität gewesen, hatte es zum außerordentlichen Professor gebracht und seine Kandidatur für das einzige in absehbarer Zeit zu besetzende Ordinariat lange vorbereitet. Er hatte sich als Publizist einen Namen gemacht, indem er immer wieder sehr gezielt gegen die damals in Mode gekommene POLITICAL CORRECTNESS verstoßen hatte, durch seine Forderung etwa, auch extrem rechte Positionen müßten unvoreingenommen öffentlich diskutiert werden können. Er hatte sich zum philosophischen Ketzer stilisiert, um damit eine seiner Berufung zum

Ordinarius günstige Popularität zu erreichen und sich gleichzeitig – abweichende Meinungen werden hierzulande eben nicht geduldet! – eine Ausrede für ein mögliches Scheitern zu schaffen, die er dann auch tatsächlich hatte brauchen können, als er eben nicht berufen wurde, woraufhin er ein Jobangebot einer kommerziellen Fernsehanstalt in Deutschland angenommen hatte, wo er sich als Erfinder völlig neuer Nachrichtensendungen profilieren konnte, von denen vereinzelte Kritiker sagten, sie stellten alles bisher dagewesene unverbindliche INFOTAINMENT weit in den Schatten.

Nun intensivierte der Mann, knapp achtundvierzig damals, alte Kontakte nach Österreich, bot sich manchen Parteifunktionären als Retter aus der Krise an, doch hatte er keinerlei Hausmacht, noch weniger als die ohnehin schwachen anderen Kandidaten, vor denen er nun freilich den alten Chef eindringlich warnte und damit dessen Paranoia so weit anstachelte, bis der – in seiner Wortwahl wieder einmal auf unbeliebt gewordene Vorbilder zurückgreifend – »in einer Nacht- und Nebelaktion« die Macht auf Bundesebene noch einmal an sich riß und auf einem Sonderparteitag alle ausschloß, die sich anheischig gemacht hatten, ihn zu beerben, und ein Dutzend andere dazu, woraufhin der ehemalige Philosophiedozent zum ersten Mal an die Öffentlichkeit trat und konstatierte, hier sei, fast beispiellos in der Geschichte, der merkwürdige Fall zu beobachten, daß ein Parteiführer gegen seine eigene Partei geputscht habe. Er stellte bei dieser Gelegenheit eine Auflösung der alten Partei und eine Neugründung als die einzige Lösung hin, und er behielt recht damit.

Was vom Machtapparat der Partei noch übriggeblieben war, ging, dies überraschte ihn sogar ein wenig, geschlossen zu ihm über. Die neue Partei sollte einfach – mit einem von einer früheren Absplitterung usurpierten Namen – DIE DEMOKRATEN heißen, auf einem Gründungsparteitag, den der bald neue Chef nicht zu einem Schauprozeß gegen den alten werden ließ, wurde es so beschlossen; die alte Klientel mußte sich, darauf achtete der neue Chef mehr als auf alles andere, nicht heimatlos fühlen und blieb, schon die ersten Umfragen bewiesen es, bei der Stange. Die Funktionäre faßten, da nun die Teilhabe an der Macht wieder möglich schien, neue Hoffnung auf gesellschaftlichen und finanziellen Lohn für ihre Mühen. Die Presse feierte den neuen Chef, in der Intensität auch dies überraschend für ihn, als Erlöser aus einer unerträglich gewordenen politischen Stagnation im Lande; in Wien nun traten Die Demokraten zum ersten Mal bei einer Wahl an, und ihre Chancen standen allen Umfragen nach besser als je die Chancen der Vorgängerpartei.

Lange habe er, sagt der Chef manchmal bei Tisch im Kreise seiner engsten Vertrauten, zu denen Loitzenthaler sehr zu seinem Bedauern nicht gehört, lange habe er damals nach einer treffenden Formulierung für seine neue Art der Politik gesucht. Den Begriff »virtuelle Politik«, der ihm zunächst sehr treffend erschienen sei, habe er seines technoiden Klanges wegen wieder verworfen. Eine Zeitlang habe er dann mit dem Gedanken an die Formulierung »politikfreie Politik« gespielt, ihn aber wieder fallenlassen, weil die Assoziation zum grundsatzlosen Dahinwursteln, das so lange die österreichische Politik beherrscht habe, sich zu sehr aufgedrängt hätte. So sei er bei der Definition »ideologiefreie und sachbezogene Politik« gelandet, die vielleicht wenig originell, aber ebenso verständlich wie positiv besetzt sei. »Nicht, was links oder was rechts ist, hat uns zu interessieren, uns interessiert nur, was Österreich nützt! Damit hört endlich auch die alte Parteibuchwirtschaft auf! Links und rechts sind veraltete Begriffe und völlig unbrauchbar gewordene Kategorien, die die Österreicher nur trennen anstatt sie zu verbinden! So hat unsere Devise zu lauten! Und das Wort Sachbezogenheit kann nicht oft genug gebraucht werden!« Sie müsse freilich in diesem Zusammenhang neu definiert werden, sie schließe in neuer Weise eine ganz bestimmte flexible Problembezogenheit mit ein. Der gute Politiker neuen Stils erahne, erspüre, wisse wie seinerzeit der alte

Chef instinktiv, an welchen Problemen die Menschen da draußen litten, und mit eben diesen Problemen habe er sich zu beschäftigen, »offen heraus gesagt: mit den Problemen, nicht unbedingt mit Lösungen für diese Probleme«, allenfalls seien rhetorisch Lösungen anzubieten, einfache, leicht verständliche notabene, wie zu betonen er nicht müde wird. Manchmal genügten schon Worte. Wenn etwa von Wirtschaftsproblemen die Rede sei, die ja, wie jeder wisse, auf nationaler Ebene kaum noch zu lösen seien, so könne es, um breiten Schichten Kompetenz zu signalisieren, schon genügen, die Wörter OUTSOURCING oder DOWNSIZING in die Diskussion zu werfen oder RESTRUCTURING und LEAN-MANAGEMENT.

Der Frage nach der praktischen Umsetzbarkeit bestimmter Vorschläge sei bisher zu viel Bedeutung beigemessen worden, spiele im politischen Alltag keine Rolle, die Behauptung, die Lösung für ein Problem zu kennen, genüge vollauf; wichtig sei, daß die Menschen da draußen das Gefühl bekämen, die Politiker neuen Stils wüßten wenigstens, wo sie der Schuh drücke, woraus dann das Gefühl entstehe, von ihnen ernst genommen zu werden. Gern erwähnt der Chef ein Beispiel aus alten Parteitagen: Da habe ein Personalvertreter der Exekutive einmal angekündigt, ab sofort habe jeder, der sich über einen Polizisten oder Gendarmen beschwere, mit einer Klage zu rechnen und könne sich gleich ein paar hunderttausend Schilling beiseite legen. Der gute Mann sei damals sogar von Vertretern der eigenen Partei kritisiert worden, dabei müsse man heute sozusagen einen Avantgardisten in ihm sehen. Die Tendenz sei völlig richtig gewesen. Auch der dümmste Exekutivbeamte habe doch nicht daran geglaubt, daß das wirklich durchzusetzen gewesen wäre, woran selbstverständlich die polizeifeindlichen anderen Parteien schuld gewesen seien, aber jeder Polizist, jeder Gendarm habe das Gefühl gehabt: Da sagt endlich einmal einer, was längst hätte gesagt werden müssen. Da denkt einer genau wie wir. Endlich kann ich mich verstanden fühlen.

Wenn ein Politiker von den mannigfaltigen Schwierigkeiten rede, bestimmte Probleme zu lösen, verwirre er die Menschen da draußen nur. Daß das Leben schwierig sei, wüßten sie selber gut genug, die Aufgabe der Politiker neuen Stils sei es, ihnen Hoffnung zu geben – und eben das Gefühl, verstanden zu werden.

11

Das Unternehmen Beranek schien in Schwung zu kommen. Am Donnerstag, dem dritten September, stand am Vormittag die erste Veranstaltung im Freien auf dem Programm, auf einem kleinen Gemüsemarkt in Margareten. Axel sah vom Auto aus die Beranek auf einem kleinen Podium stehen, ein Megaphon in der Hand, aber Axel verstand nicht, was sie sagte, weil eine Kassette von Sidney Bechet lief, aus der Plattensammlung seines Vaters überspielt; so wie Bechet Klarinette spielte, hätte Axel gern Saxophon gespielt, aber wer hätte das heute noch hören wollen, dreißig, vierzig Jahre zu spät, ein alter Hut, überholt, vergessen. Oft kam Axel sich anachronistisch vor. Seine Band spielte alte, ursprünglich aufwendig instrumentierte Soul-Nummern in Rock-Besetzung, Techno oder Rave mochte er nicht und die angeblich noch aktuellere Scheiße, zu der die Clubbing-Kids tanzten, noch weniger, und heimlich hörte er Sidney Bechet: Manchmal fragte sich Axel, ob er nicht einfach zu spät auf die Welt gekommen sei.

Dreißig, vierzig Leute hörten draußen der Beranek zu, Pensionisten vor allem und Hausfrauen. Manche blieben nur ein, zwei Minuten stehen, suchten dann ihren Salatkopf, ihr Kilo Äpfel, aber die Schar derer, die sich für die Beranek und ihre Rede interessierten, schien größer zu werden. Drei junge Frauen, zwei davon sehr blond, standen herum und verteilten irgendwas, was Axel nicht erkennen konnte. Sie trugen die

Uniformen, die Axel gestern schon gesehen hatte und die ihn jetzt, warum eigentlich?, ans Raumschiff Enterprise erinnerten. Auf einem Dreieckständer sah Axel ein Plakat, darauf die Beranek abgebildet war, und nun fielen auch ihm die sehr hellen Augen auf, in die er noch nie geschaut hatte; immer war er bisher ihrem Blick ausgewichen.

Ein paar Verkäufer, Türken vermutlich, auch ein Schwarzer, kamen hinter ihren Ständen hervor, zögernd, aber wohl auch neugierig, und von der anderen Straßenseite näherten sich jetzt zwei kräftig wirkende Männer, Ordner oder sowas und offenbar bereit, im Notfall auch handgreiflich einzuschreiten.

Axel war versucht, die Musik auszuschalten und das Fenster zu öffnen, um zu hören, was die Beranek sagte, die ihm nun vor all den Leuten stehend ganz anders vorkam als hinten im Auto, sehr gespannt, aber nicht verkrampft, eher im Gegenteil, sie schien ihr Publikum und seine Zustimmung, die offenkundig war, zu genießen. Aber Axel rührte keinen Finger, nein, er blieb dabei, auch wenn es vielleicht kindisch war, er wollte nichts wissen von der Beranek, er würde sie noch bis morgen ertragen; daß sie, worauf er vorgestern bestimmt nicht gekommen wäre, Politikerin war oder werden wollte, machte sie ihm nicht sympathischer, und was ging es ihn an, was sie den Leuten da draußen einredete!

Da hörte sie auf zu reden, mischte sich unter die Leute, unterschrieb die Karten, die man ihr entgegenhielt, und Axel dachte daran, wie er sich vor zehn Jahren, nach den ersten fehlerfreien Saxophon-Tönen, in die Mitte ganzer Scharen von Autogrammjägern geträumt hatte.

Jetzt redete die Beranek auf den Schwarzen ein, freundlich, sie strahlte ihn plötzlich richtig an, der Schwarze nickte nur und kehrte dann hinter seinen Stand zurück, an dem er, wie Axel zu erkennen glaubte, Uhren und billigen Schmuck anbot.

Zwei von den Wahlhelferinnen kamen, große Kartons schleppend, auf den Wagen zu, Axel stieg aus, öffnete die

Heckklappe und sah in der einen Schachtel tatsächlich Autogrammkarten, die andere war voll von Ansteckern, Axel nahm einen heraus und las WIEN DEN WIENERN! ÖSTERREICH DEN ÖSTERREICHERN!

»Und wenn Sie«, hörte er dann, »ein bissel zugepackt hätten, hätt's Ihnen auch nicht geschadet!« Die Beranek stand direkt hinter ihm. »Na! Helfen S' ein bissel, statt nur im Auto herumzuhocken.«

Sie hatte Axel überrumpelt, er würde, was jetzt zu sagen war, nicht herausbringen, er schluckte und murmelte, ohne zu wissen, ob sie ihn verstehen konnte: »Tschuldung, Frau Doktor, ich bin nicht als Wahlhelfer engagiert, nur als Fahrer.«

Sie hatte ihn verstanden und lachte: »Ja, das tät Ihnen so passen! Sie werden schön mithelfen! Aber so, wie Sie ausschauen, nicht! Ich mach jetzt ein Wachzimmer in der Josefstadt, und dort suchen Sie sich einen Haarschneider! In einer Stunde möcht ich Sie mit einer ordentlichen Frisur sehen.«

Axel schluckte noch einmal und fragte dann nach einer kurzen Pause: »Frau Doktor, haben Sie einen Führerschein?«

»Na klar …«

Axel hielt ihr den Autoschlüssel hin: »Dann fahren S' bitte selber.«

»Hörst, du Rotzpippn!« schrie da die Beranek. »Was bildest du dir ein!«

»Ich hab soeben gekündigt«, sagte Axel nur.

Da lachte die Beranek wieder: »*Du* kündigst nicht! Wenn, dann hau *ich* dich raus. – Aber ich hau Sie nicht raus. – Steigen S' ein! – Na! Was ist?«

Da stieg Axel, wieder überrumpelt, tatsächlich ein. Den Tag über schwiegen sie sich an, so weit es nur möglich war.

Am Nachmittag rief Martin an, er habe zu Mittag Sandra zufällig getroffen, ob sie sauer auf Axel sei, wollte er wissen, er habe jedenfalls diesen Eindruck gehabt. Und da die Beranek gerade wieder in einem Haus mit POLIZEI-Schild verschwunden war, erzählte Axel seinem Bruder, daß er am Vormittag gekündigt habe, und erst nachdem Martin eine Weile über seine Voreiligkeit geschimpft hatte, sagte er, daß seine Kündigung aber nicht angenommen worden sei.

»Axel, wenn ich du wär«, meinte Martin, »dann tät ich überhaupt erst kündigen, wenn ihr wirklich auf Tournee geht. Erinner dich an die Filmleute, für die du vor zwei Monaten gefahren bist, da hat dir der Regisseur auch weißgottwas erzählt, und du hast geglaubt, du wirst Schauspieler ...«

Axel fiel ihm ins Wort: »Du, der Wellershof ist okay. Das am Samstag ist eine reine Formsache, nur zum Unterschreiben. Und dann bist du mich endlich los.« Denn wenn er zurückkäme, werde er sich als erstes eine eigene Wohnung suchen, und in einem Jahr fahre er einen Jaguar, in drei Jahren habe er eine Villa auf den Bahamas, und in zehn Jahren werde er sich aus dem Geschäft zurückziehen und ihm, Martin, die Verwaltung seines Vermögens übertragen.

»Wahrscheinlich glaubst du wirklich dran«, sagte Martin nur.

»Bitte! Martin!« stöhnte Axel. »Vielleicht bin ich teppert, nur so teppert auch wieder nicht. Aber eine Sechs-Wochen-Tournee als Vorgruppe von Simple Minds, das ist zumindest ein Einstieg, und zwar ein guter.«

»Hast du nicht einmal gesagt, daß das eine unheimlich abgefuckte Musik ist, was die machen?«

»Martin! Bitte! Das ist doch völlig wurscht! Wir täten, wenn's sein muß, auch als Vorgruppe für die Kelly Family auftreten. Wir kommen auf die Art ins Geschäft, nämlich ins internationale Geschäft.«

(Sein Optimismus, wird Martin später sagen, sei Axels hervorstechendstes Charakteristikum gewesen, sein fast blindes Vertrauen in die Zukunft, das er sich aus der Kindheit herübergerettet habe. Nie, wird Martin sagen, habe Axel daran gezweifelt, daß sich einmal etwas für ihn ergeben werde. Die Möglichkeit eines wirklichen Scheiterns habe er nie in Betracht gezogen. Wenn aber ein Mißerfolg oder Rückschlag nicht zu leugnen gewesen sei, habe Axel stets vom Durchtauchen gesprochen, Atem anhalten und einfach durchtauchen. Es sei ihm, wird Martin sagen, manchmal vorgekommen, als habe Axel Mißerfolge und Rückschläge in Wirklichkeit gar nicht zur Kenntnis genommen. Irgendwas fände sich immer, jeder bekomme irgendwann einmal seine Chance, habe Axel öfter als einmal gesagt, und er werde sie nicht nur erkennen, sondern auch nutzen.)

»Geh, bitte, ruf die Sandra an!« sagte Martin jetzt noch und legte auf. Er mochte es nicht, daß sie in seiner Wohnung übernachtete, aber ihm schien daran zu liegen, daß die Beziehung aufrecht blieb, vermutlich weil Sandra studierte und Martin hoffte, sie würde Axel überreden, doch auch wieder ein Studium zu beginnen. Martin selbst hielt übrigens seine Beziehungen auf einer, wie er es nannte, rein hormonellen Basis, wann immer eine zu eng und zu einer womöglich dauerhafteren Verbindung zu werden drohte, zog er sich zurück, auch wenn es, wie er meinte, manchmal schmerzlich war. Auf keinen Fall wollte er, dafür waren Scheidungen zu teuer, in Gefahr geraten, eine Frau zu heiraten, die später nicht mehr zu ihm passen würde, wenn er gesellschaftlich erst dort angelangt sein würde, wo er hinstrebte.

Vieles an seinem Bruder verstand Axel nicht, und das kam ihm einfach idiotisch vor. Er tippte jetzt Sandras Nummer an; so würde er ihr also sagen, daß sich von nächster Woche an zwar vieles, aber zwischen ihnen nichts ändern würde, er würde alles sagen, was sie nur hören wollte, aber Sandra war nicht zu Hause.

Er würde, dachte er plötzlich, nicht mehr anrufen, es war zu Ende, er wußte es, und sie mußte es auch wissen. Sie hatten einander kennengelernt, gleich nachdem er aus Zimbabwe zurückgekommen war, er hat mit ihr – mit wem, wenn nicht mit einer Afrikanistikstudentin! – über Afrika reden wollen, und sie hatten es ausgiebig getan, dabei aber, was Axel erst spät aufgefallen war, über zweierlei geredet, durch nichts als das Wort Afrika verbunden; er wußte nichts von dem, was sie gehört oder gelesen hatte, sie wußte nichts von dem, was er gesehen hatte. In den letzten Wochen konnte er mit ihr nur mehr über ihre Diplomarbeit reden, er sagte etwas über die Band, über den Gig am Samstag, und sie redete über die Diplomarbeit und wollte von ihm hören, daß sie, wie immer es im Augenblick auch aussehen mochte, über kurz oder lang gewiß einen Job finden würde, der ihrer Ausbildung entsprach. Was er auch sagte, sie landeten drei Minuten später bei ihren Zukunftsängsten, die er nicht verstand, und wenn er sagte, daß sich irgendwas schon ergeben würde, nannte sie ihn einen Ignoranten, der vor den Problemen der Zeit und der Welt einfach die Augen verschließe, und meinte mit den Problemen der Zeit und der Welt doch nur ihre eigenen.

Nein, er würde einfach nicht anrufen, eine halbe Stunde später tat er es aber doch, und sie war wieder nicht zu Hause.

Am Abend dann in Döbling, als die Villa schon in Sichtweite war, bat nach einem frostigen Tag die Beranek auf einmal sehr freundlich, Axel möge langsamer fahren, und er bremste, ließ den Wagen nur im Schrittempo rollen.

»Der da drüben, schaun Sie sich den an!« sagte die Beranek und konnte nur, sonst war niemand zu sehen, einen Mann vor einem der bescheideneren Häuser meinen. »Der schaut doch richtig krank aus, oder?«

»Eigentlich nicht«, sagte Axel. Der Mann war beim Holzhacken.

»Er muß aber unheimlich krank sein, weil er nämlich in Frühpension ist. Mit nicht einmal noch fünfundvierzig Jahren. Bei den Stadtwerken war er. Die Leut richten sich's, das ist unglaublich! Mehr als fünfundzwanzig Tausender Pension! Wie viel kriegen Sie denn im Monat?«

»Weniger. Viel weniger.« Axel blieb stehen, irgendwas an diesem Mann da drüben irritierte ihn. Er trug einen grauen Jogginganzug, und noch nie hatte Axel jemanden gesehen, der sich beim Holzhacken so seltsam, so ungeschickt anstellte.

Gerade hatte er das Scheit ziemlich weit verfehlt und sah nun aus, als müsse er erst darüber nachdenken, wie man ausholt. Er tat es schließlich mit erkennbarer Anstrengung und Konzentration, dann schlug er wieder zu – und verfehlte das Scheit noch einmal, diesmal freilich nur knapp ... »Die Arbeit hat der nicht erfunden«, sagte Axel.

Die Beranek aber schien auf einmal jedes Interesse an dem Mann da drüben verloren zu haben. »Was ist?« sagte sie. »Wollen Sie da übernachten ...?«

Also fuhr Axel die fünfzig Meter weiter bis zur Villa. Die Beranek packte die Papiere zusammen, die sie auf der Heimfahrt studiert hatte, und sagte, ohne aufzublicken: »Wegen heut vormittag: Leut, die sich wehren – von mir aus auch gegen mich, die sind mir allweil noch lieber als die Hosenscheißer, die sich alles gefallen lassen.« Sie stieg aus.

»Wiederschaun, Frau Doktor.«

»Bis morgen«, sagte sie, dann schaute sie, schon auf der Straße stehend, Axel eine ganze Weile an, es schien, als wolle sie noch etwas sagen, sie ließ es aber bleiben und schloß die Wagentür.

12

Schnötzinger lächelte: »Man könnte glauben, er gefällt dir.«

»Nicht mit diesen langen Zotten!« sagte die Beranek. »Aber sonst ... Eigentlich schon, ja. Er kommt, man sieht's ihm nur nicht gleich an, aus keinem schlechten Stall. Er hat irgendwas, das ist gutes Material. Er ist vif, er traut sich was, und er möcht, das spür ich, was werden. Vielleicht ...«

Sie unterbrach, weil das Telefon läutete. Schnötzinger hob ab, gab dann aber den Hörer an seine Frau weiter und flüsterte: »Der Kommerzialrat Wanek.«

Er habe eine gute Nachricht für die Frau Doktor, meinte Wanek, ab Montag habe er einen anderen Fahrer. »Der alte Wanek macht das Unmögliche möglich. Das ist einer, der Ihnen gefallen wird, Frau Doktor, und das ist einer von uns, der Herr Krennhofer kennt ihn auch ...«

»So, der Herr Krennhofer kennt ihn auch?« sagte die Beranek und dann: »Danke, Herr Kommerzialrat, daß Sie sich bemüht haben, aber das hat sich erledigt. Der Herr Kessler ist schon in Ordnung. Noch einmal, herzlichen Dank! Wiederschaun, gute Nacht!« Sie legte den Hörer auf, sah, daß Schnötzinger etwas fragen wollte, bat ihn mit einer kleinen Handbewegung um ein klein wenig Geduld.

(Inzwischen nahm im Büro in der Billrothstraße Krennhofer das Telefon ab und hörte von Wanek, die Beranek-Schnötzinger sei auf einmal doch ganz zufrieden mit dem Axel, »da soll sich ein Mensch auskennen mit den Weibern.«

Ob Wanek etwa seinen, Krennhofers Namen, genannt habe?

»Hätt ich das nicht tun sollen?«

Nein, du Arschloch! dachte Krennhofer, sagte es aber nicht.)

»Wie viele Nachtigallen«, fragte die Beranek jetzt, »hörst du trappsen, wenn Krennhofer, diese kleine Krätze, höchstpersönlich einen Fahrer für mich ausgesucht hat?«

»Mehrere«, sagte Schnötzinger, »und nicht nur Nachtigallen.«

»Die kleine Sau hat am Dienstag sehr richtig gesagt, ich werd sowas wie einen persönlichen Referenten brauchen. Und aus der Partei trau ich keinem, das ist sicher ... Ich brauch wen, der auf mich eingeschworen ist, und nur auf mich.«

»Und du meinst, das könnte dieser junge Mann sein?«

»Weiß ich noch nicht«, sagte die Beranek und lachte dann. »Aber wenn ich mir nicht einmal so einen Buben herrichten kann, wie ich ihn brauch, dann geb ich's gleich auf.«

Sie beobachtete Axel am Freitag sehr genau. Er war freundlich, wenn sie freundlich zu ihm war, er ließ sich, wenn sie ihn nur höflich darum bat, zu kleinen Diensten überreden, die über seine Arbeit als Fahrer hinausgingen, aber irgendetwas in ihm wehrte sich gegen sie, und sie würde herausfinden, was es war. Vorsichtig mußte sie es beginnen, um ihn nicht zu verschrecken, er schien zu glauben, vor ihr auf der Hut sein zu müssen, aber sie würde die Nuß knacken, und danach, daran zweifelte sie keinen Augenblick, würde er ihr aus der Hand fressen.

Einen Mitarbeiter zu haben, den eben nicht Krennhofer für sie ausgesucht hatte, schien ihr mit jedem Besuch im Bezirksbüro dringlicher, glaubte sie doch, Krennhofers heftige Ablehnung hinter all seiner fast devoten Höflichkeit fast greifen zu können. Sie wünschte die Auseinandersetzung, die unausweichlich schien, so rasch wie nur möglich herbei, sie kannte diese Typen, die wie schlecht erzogene Hunde waren und erst spurten, wenn man ihnen den Herren zeigte, und wenn er eine Tracht Prügel brauchte, sollte er sie besser heute als morgen bekommen, danach würde Ruhe sein. Aber Krennhofer bot ihr nicht den geringsten Anlaß, geprügelt zu werden; daß die Termine so unkoordiniert waren, daß sie fünfmal am Tag quer durch die Stadt fahren mußten, konnte sie ihm im Ernst nicht vorwerfen, da er sich doch, wie er versicherte, an die Termine halten mußte, die man ihm und damit ihr einzuräumen bereit war, und er habe ihr Zutritt verschafft, wo noch niemand eine politische Veranstaltung habe abhalten dürfen. Auch daß es am Wochenende keine Termine geben sollte, konnte sie nicht wirklich gegen Krennhofer verwenden, der auf die viel zu kurze Vorbereitungszeit verwies wie auch darauf, daß alle kommenden Wochenenden bis zum Wahlsonntag gerammelt voll sein würden mit Terminen.

Auch bemühte er sich in der Tat, das Medieninteresse an ihr wachzuhalten, vermittelte für Freitagvormittag zwei Termine für Hintergrundgespräche mit Journalisten im kleinen Rahmen und für Freitagabend noch einen weiteren, und am Samstag war, die Zentrale ließ täglich Blitzumfragen machen, ihr Bekanntheitsgrad auf sechsundzwanzig Prozent gestiegen.

Sie wirkte auf die Leute, vor denen sie auftrat, daran war nicht zu zweifeln, auch Krennhofer konnte es nicht übersehen, und die in der Zentrale, einmal Loitzenthaler, dann wieder Bruno, riefen sie täglich an, um es ihr zu bestätigen. Sie redete bei den Veranstaltungen, worüber sie wollte, oder nein, nicht ganz natürlich, denn am liebsten hätte sie über Kulturpolitik gesprochen, das freilich wäre, wo man sie bisher hingeschickt hatte, kein Thema gewesen. Der Chef hatte ihr, als er sie offiziell zur Mitarbeit eingeladen hatte, eine Art Themenkatalog vorgeschlagen und auch die Sichtweisen klarmachen wollen, unter denen diese paar Themen, ganz wenige nur, tunlich zu behandeln wären, aber sie hatte es zur Bedingung gemacht, ausschließlich zu reden, worüber sie selbst reden wollte. Nur so könne sie authentisch wirken, und der Chef hatte zugestimmt; und ihre Idee, das bisher noch viel zu wenig bearbeitete Feld der Exekutivbeamten ausgiebig zu beackern, hatte er nicht nur äußerst weitblickend, sondern, könne hier doch gerade eine charmante Frau sehr viel erreichen, schlichtweg genial genannt.

Das Mayrhofer-Material, das sie inzwischen im Auto auf den Fahrten von einer Veranstaltung zur nächsten ausführlich studiert hatte, war eine Bombe, die selbst zu zünden der Chef sich ihr zuliebe versagt zu haben schien, die Beranek betrachtete sie als eine Art Geschenk, dessen sie sich würdig erweisen wollte, weshalb sie noch auf eine Gelegenheit wartete, bei der diese Bombe mit möglichst großem Getöse platzen konnte.

Daß sie vor kleineren oder auch größeren Gruppen reden konnte, daran hatte sie nie gezweifelt, sie hatte es in ihrem Beruf gelernt und vielleicht, sie glaubte daran, immer schon gekonnt. Sorgen hatte ihr gemacht, ob es ihr wirklich gelingen würde, sich ganz und gar auf diesen Wahlkampf zu konzentrieren, und siehe!, sie konnte es. Ihren Freundeskreis hatte sie um Verständnis und Nachsicht gebeten, sie würde fünf Wochen lang nicht erreichbar sein, nicht anrufen, keine Anrufe entgegennehmen, die Bridge-Abende am Dienstag müßten entfallen.

Aus der Schule erreichten sie – Stanek rief sie wie vereinbart jeden Morgen pünktlich um halb acht Uhr an – unerfreuliche Nachrichten, die Mäuse fingen, schien es, zu tanzen an, da sie die Katze aus dem Haus wußten. Sie reagierte, so sehr es sie auch juckte, nicht darauf, sie würde in vier Wochen, wenn sie wieder Zeit hatte, eine Strafexpedition starten, die die unruhig oder gar aufmüpfig gewordenen Eingeborenen so rasch nicht vergessen würden, aber jetzt gab es nichts als den Wahlkampf.

Was sie noch nicht konnte, das würde sie rasch lernen, sie suchte und fand ihren eigenen Weg, an die Leute heranzukommen, und ahmte dabei weder den neuen Chef nach noch den alten, dem Krennhofer übrigens nachzutrauern schien. Freilich wußte sie sich, nach den wenigen Gesprächen mit ihm stand das fest für sie, mit dem neuen Chef in vielen grundsätzlichen, auch grundsätzlich-taktischen Fragen einig.

Simple, womöglich neidgenährte Ausländerfeindlichkeit, darüber hatten sie einmal gesprochen, sei eines intelligenten Menschen unwürdig. Die im Lande arbeitenden Ausländer seien ein Wirtschaftsfaktor, der ganz emotionslos zu betrachten sei. »Sie, liebe Frau Doktor, und ich«, hatte der Chef gemeint, »können uns diese Sehweise auch leisten, ich wohn im ersten Bezirk, Sie wohnen in Döbling, wir sind beide von Ausländern nicht sehr behelligt und können das Problem also nüchtern sehen.« Dennoch sei man, hatte er weiter ausgeführt, aus taktischen Gründen gezwungen, auf dem Klavier der Ausländerfeindlichkeit zu spielen, so albern das objektiv betrachtet auch sein möge, da die Leute es eben gerne hörten, Ressentiments seien gerade in diesem Lande Teil der Folklore, Teil der Tradition, die, wer bei Trost sei, nicht ungestraft mißachte. Auch hier gehe es wieder einmal ganz gewiß nicht darum, ein angebliches Problem tatsächlich zu lösen. »Und wir sollten«, hatte er lachend hinzugefügt, »auch nicht undankbar sein.

Ohne all die Ausländer, vor denen die braven Österreicher solch irrationale Ängste haben, hätte unsere Vorgängerpartei ihren erstaunlichen Aufstieg nie geschafft. So wie wir uns ja auch über die Arbeitslosigkeit, gegen die wir ohnehin auf nationaler Ebene nichts unternehmen können, im Grunde herzlich freuen müssen.«

(»Es gibt«, weiß der Chef und sagt es oft im vertrauten Kreis, zu dem auch die Beranek nicht gehört, »auf jede komplexe Frage eine einfache Antwort, und sie ist natürlich falsch. Aber darauf kommt es nicht an. Falsch oder richtig, das sind veraltete Kriterien. Daß die einfachen Menschen da draußen eine Antwort bekommen, die sie verstehen können, darauf kommt es an. Sie müßten sonst, mit der De-facto-Undurchschaubarkeit der Welt konfrontiert, schier in Verzweiflung stürzen.«

Die Chance eines grundlegenden politischen Wechsels sei übrigens stets dann gegeben, wenn breite Teil der Bevölkerung die Welt einfach nicht mehr verstehen und begreifen könnten und es einem gelinge, den Menschen glaubwürdig zu versichern, er könne ihnen die Welt wieder erklären und begreifbar machen. Diese Chance bestehe jetzt, und er sehe sich als jenen einen.

Einfache, vereinfachte Antworten zu geben, das sei selbstverständlich, so führt er dann weiter aus, auch Teil der veralteten, abgewirtschafteten Ideologien gewesen, diese aber hätten darüber hinaus versucht, die Richtigkeit ihrer Antworten durch eine Umsetzung in die Praxis zu beweisen, was nur schiefgehen habe können.

Eine Weile verbringt er dann stets damit, die Unsinnigkeit und Unhaltbarkeit der marxistischen These zu erläutern, wonach die Theorie untrennbar mit der gesellschaftlichen Praxis verbunden sei. Das Gegenteil sei ebenso richtig wie nützlich. Wenn Theorie und Praxis nicht übereinstimmten, so sei das schlimm für die Praxis, nicht für die Theorie, habe sinngemäß schon Einstein gesagt. Die Theorie habe, dies sei seine feste Überzeugung, nicht irgendeiner ohnehin weder erreichbaren noch überhaupt existierenden objektiven historischen Wahrheit zu dienen, sondern der Befriedigung ganz konkreter psychologischer Bedürfnisse. »Mit einem Wort«, schließt er solche Exkurse dann gerne, »wenn's eh keine objektiv richtigen Antworten gibt, kann man den Menschen da draußen gradsogut einfach auch die Antworten anbieten, die sie am liebsten hören.«)

13

Sie hatten schon dreimal in der ROCK FACTORY gespielt, heute war der Saal so voll wie noch nie. Beim Soundcheck am Nachmittag waren zwei Mikros ausgefallen, aber sie hatten rasch Ersatz beschaffen können. Alles würde klappen. Ihre einzige Sorge war gewesen, daß, aus welchen Gründen auch immer, zu wenig Leute kommen könnten. Am Nachmittag hatte es zu regnen angefangen, nie ließ sich vorhersagen, wie viele bei Regen lieber zu Hause blieben, aber nun war das Publikum da, und es kämen, sagte Peter, der jetzt in die Garderobe zurückkehrte, immer noch Leute; zu Axel sagte er, er habe Sandra gesehen, die mit Axels Bruder gekommen sei.

»Und Wellershof?« fragte Gicko.

»Nein, noch nicht.«

»Der weiß ja, daß das nie pünktlich anfängt«, sagte Schatti.

Es war halb zehn, eine Viertelstunde warteten sie noch, dann gingen sie hinaus auf die Bühne, die Leute applaudierten, pfiffen und schrien; viele Bekannte waren da, die wußten, worum es ging, um die Stimmung mußte man sich keine Sorgen machen.

Sie begannen mit ihrer Coverversion von ARE YOU GONNA GO MY WAY, und die Leute unmittelbar vor der Bühne fingen gleich nach den ersten paar Takten zu tanzen an, bei UNDER THE BRIDGE sang das Publikum mit, wann immer Peter ihm das Mikrophon entgegenstreckte, es tat, was er wollte, und später bei PROUD MARY würde er sie das »rolling, rolling on the river« in Gruppen singen lassen, zuerst »Nur die Mädels!«, dann »Nur die Männer!«, schließlich »Und jetzt alle!«, aber das hatte Zeit, bis Wellershof da war. STAGE DIVING aber wollte Peter jetzt schon bei der dritten Nummer, SMELLS LIKE TEENSPIRIT, einmal versuchen, er kletterte zuerst aufs Schlagzeugpodium, sprang wieder hinunter, rannte über die Bühne und hechtete dann, die Arme weit ausgebreitet, ins Publikum, das die Arme längst hochgerissen hatte, um ihn aufzufangen, die Leute standen so eng, daß sie ihn über den Köpfen weiterreichen konnten durch den halben Saal und endlich wieder auf die Bühne zurückstellten. An einem gewöhnlichen Abend hätte man jetzt schon sagen können, daß es ein sensationell erfolgreicher Abend würde. Aber es war kein gewöhnlicher Abend. Wellershof war immer noch nicht da. Sie hätten es auf der Bühne sonst sofort erfahren, denn Bernie, einer ihrer ältesten Fans, stand am Eingang, er kannte Wellershof und wollte sein Eintreffen sofort melden, noch hatten sie nichts von ihm gehört.

Peter sagte zu Gicko, sie sollten als nächstes LIKE THE WAY I DO spielen, nur instrumental, mit ein paar längeren Gitarren- und Schlagzeugsoli, er wolle telefonieren. Er verschwand nach hinten, lief über einen langen Flur auf den Eingang zu. Immer noch drängten Leute, naß vom Regen, in den Saal, aber von Wellershof hatte Bernie nichts gesehen und nichts gehört. Peter lief in die Garderobe, nahm sein Handy, dann hörte er Wellershofs Stimme: Ihm sei etwas dazwischengekommen, er habe gerade anrufen wollen, aber dann sei ihm eingefallen, daß sie auf der Bühne ja wohl kein Handy hätten oder, falls doch, es nicht hören würden. Er habe es sich, sagte er dann unumwunden, anders überlegt, eigentlich sei er, schränkte er gleich wieder ein, von seinen Bossen dazu gedrängt worden, aber ganz unrecht hätten sie wohl nicht …

»Was soll das heißen?« schrie Peter.

Nun ja, meinte Wellershof, die Musik, die sie spielten, sei für diesen Tournee-Job wohl doch zu rockig, rockig im Sinn von altmodisch gemeint, er teile diese Meinung ja nicht unbedingt, habe sich aber von seinen Bossen überzeugen lassen müssen. Um's kurz zu machen, er habe schon mit wem anderen einen Vertrag gemacht. Nein, mit wem, das könne, dürfe er im Augenblick noch nicht sagen.

»Arschloch!« schrie Peter.

Und Wellershof meinte, er könne die Enttäuschung durchaus verstehen, aber es werde sich etwas anderes finden, sie sollten nächste Woche einmal darüber reden, er habe da so eine Idee, Peter solle ihn gelegentlich anrufen, nächste Woche einmal, ja?

»Wixer!« sagte Peter und schaltete das Handy aus. LIKE THE WAY I DO war gerade zu Ende, als er auf die Bühne zurückkam, das Publikum tobte, und der, den der Applaus beeindrucken hätte sollen, würde nicht kommen. Peter deutete Gicko, Schatti und Axel, mit nach hinten zum Schlagzeug zu kommen, damit auch Marcus erfuhr, wie die Sache stand, dann sagte er, was zu sagen war, Schatti fragte: »Was machen wir jetzt?«, und Marcus sagte: »Weiterspielen, was sonst!«

Axel spielte den ganzen weiteren Abend lang wie in Trance und spielte, kam ihm vor, besser als je zuvor. Hatte man sie nicht mehr als einmal vor Wellershof gewarnt? Aber ja hatte man das, aber der Gedanke löste nichts aus in ihm, blieb ohne Antwort und ohne Echo. Wenn sie spielten, war sein Kopf voll mit der Musik, in den Pausen zwischen den einzelnen Nummern voll mit dem Applaus und dem Pfeifen des Publikums, nichts sonst hatte Platz darin. Er vermied es, die anderen anzusehen, und wenn er es wegen eines Einsatzes doch tun mußte, sah er, daß sie alle mit versteinerten Gesichtern spielten. Versteinert, dachte er, so mußte man es wohl nennen, das Wort gefiel ihm, aber er konnte nichts anfangen damit. »Ja bist denn du gelähmt!« hatte er vor zwei, drei Jahren bei jeder passenden und unpassenden Gelegenheit gesagt, nun war er, so schien es, gelähmt, Teile seines Gehirns waren es jedenfalls; sie hatten in der Schule einmal eine Gips- oder Kunststoffnachbildung eines menschlichen Gehirns gesehen, so stellte Axel sich nun vor, was in seinem Schädel war, und es amüsierte ihn.

Nach STAYIN' ALIVE ging er hinter die Bühne, um seine schweißnassen Hände zu trocknen, und sah eine Kiste Bier, die vorhin noch nicht dagewesen war, wer mochte sie hingestellt haben? Als er eine Flasche öffnete, dachte er, daß er es ja gewußt hatte, daß es so kommen würde. Nein! sagte er sich. Er hatte es nicht gewußt. Oder doch?

Die Frage beschäftigte ihn noch, als sie längst aufgehört hatten zu spielen und er schon betrunken war. Hatte er es gewußt oder nicht? Alles in seinem Kopf kreiste nur um diese eine Frage, als hinge sein Leben von der Antwort ab, die aber nicht kommen wollte.

Dann sah er Wolfgang Ambros oder glaubte ihn wenigstens in dem Mann zu erkennen, der jetzt mit Gicko redete, und Axel hörte plötzlich, was er sagte: Er sei viel zu spät gekommen, habe nur die letzten drei Nummern gehört, aber für ihn seien sie die derzeit beste Live-Band. Und dann redete Ambros, oder wer immer es auch war, über Wellershof, daß sie nicht die einzigen seien, die auf ihn hereingefallen seien, daß er bei CHELSEA RECORDS schon lange nichts mehr zu reden hätte …

Sie waren mit dem Abbauen fast fertig, und Axel wußte nicht, ob er mitgeholfen hatte, jetzt jedenfalls saß er mit einer Bierflasche in der Hand auf einer Monitorbox, und an der Box daneben lehnte sein Saxophon, er nahm es, stand auf, hob es hoch über seinen Kopf und hätte, wäre Schatti nicht einen Augenblick später vor ihm gestanden und hätte Marcus ihn nicht gleich darauf festgehalten, das Saxophon an einer der Boxen zerschmettert.

Als er am Sonntag gegen Mittag aufwachte, lag Sandra neben ihm und schien schon eine ganze Weile wach.

»Sag jetzt nicht, daß du's eh gewußt hast!« bat Axel und nach einer kleinen Pause: »Und bitte sag auch nicht, daß es eh wurscht ist, weil sich schon was anderes ergeben wird!«

Aber Sandra schien überhaupt nichts sagen zu wollen.

»Oder sag's halt!« meinte Axel.

»Was?«

»Daß du's gewußt hast.«

»Eh.«

»Und daß es eh wurscht ist.«

»Sowieso«, sagte Sandra. »Oder hörst du lieber, daß es nicht wurscht ist?«

»Wird sich schon irgendwas anderes ergeben«, meinte Axel.

»Sowieso«, sagte Sandra.

»Irgendwas ergibt sich immer.«

»Klar.«

»Wir sind ja noch jung, wir haben Zeit.«

»Keine Frage.«

»Und wir sind ziemlich gut. Als Live-Band sind wir wirklich ziemlich gut, das hat sogar der Dings gesagt.«

»Das haben alle gesagt. Ein paar haben gemeint, das wär der beste Gig gewesen, den ihr je gespielt habt.«

Das Zimmer, in dem sie lagen, von Martin als späteres Kinderzimmer vorgesehen, war fast leer, die Matratze auf dem Boden, eine fahrbare Kleiderstange, zwei Stühle, auf dem einen lag schmutzige Wäsche, auf dem anderen frischgebügelte aus der Wäscherei, ein paar Kartons in einer Ecke. Seit einem halben Jahr vermied Axel alles, was für Martin danach aussehen könnte, als wolle er sich für ständig hier einnisten.

»Stehn wir auf?« fragte Sandra.

Axel nickte und richtete sich auf, aber plötzlich drosch er wie wild auf seinen Kopfpolster ein, und ebenso plötzlich hörte er wieder auf damit.

»Kannst du mir sagen, warum bei mir nie was funktioniert?«

»Sagst du nicht immer, daß sich auf jeden Fall irgendwas ergeben wird?« fragte Sandra.

Aber Axel hörte ihr gar nicht zu: »Bei jedem anderen funktioniert wenigstens hie und da was, aber bei mir nie. Nie!«

(Später, nach Axels Tod, wird sein Bruder sich Vorwürfe machen, er hätte ihn an diesem Sonntag so weit bringen müssen und können, alle Hoffnungen auf eine Karriere als Musiker aufzugeben – und vor allem auch diesen Job als Mietwagenfahrer zu beenden, aus dem, so hätte er argumentieren müssen, doch nie ein vernünftiger Beruf werden konnte. Er hätte, wird Martin sich immer wieder sagen, ihm einreden müssen, noch einmal ein Studium zu beginnen. An diesem Sonntag, daran wird er glauben, hätten die Weichen anders gestellt werden können. Er hätte, wird er sich vorwerfen, sagen müssen, daß sie als Band wirklich gut seien, aber ja, daß es aber viele, viel zu viele wirklich gute Bands gebe, und es einer genialen Marketingidee bedürfe oder überhaupt reiner Zufall sei, wenn eine davon wenigstens insofern den Durchbruch schaffe, daß sie auf längere Sicht von der Musik leben könne, nämlich halbwegs ordentlich leben.

An diesem Sonntag wäre Axel, wird Martin glauben, empfänglich gewesen für solche Argumente, empfänglich wie nie vorher. Und das hätte er ausnützen müssen, und er wird es sich nicht verzeihen, daß er Axel mit der Floskel habe trösten wollen, daß Qualität sich früher oder später durchsetzen werde und sie ihre Chance gewiß noch kriegen würden. Er wird einräumen, daß er nicht habe ahnen können, was sich aus der Tatsache, daß Axel den Job bei Wanek nun doch nicht habe kündigen können, für Folgen ergeben hätten, aber das wird das Gefühl, versagt zu haben, allenfalls mildern, zumal er sich wird eingestehen müssen, daß es auch nach diesem Sonntag noch genug Gelegenheiten gegeben habe, wo er hätte warnen, wenn nicht eingreifen müssen.)

14

Die Beranek hörte eine ganze Weile zu, sagte »Hartes Geschäft, was?« und wollte dann sogar wissen, was für eine Art von Musik sie denn spielten.

Axel suchte und fand im Handschuhfach eine Kassette. »Das ist ein Umschnitt von einer CD, die wir vor drei Monaten gemacht haben ... Hat sich nicht besonders verkauft, aber zwei Nummern sind ein paarmal im Radio gespielt worden.« Er steckte die Kassette ins Autoradio, und die Beranek, er sah es im Rückspiegel, zuckte zusammen, als die Musik anfing: »Sowas hört sich freiwillig jemand an?«

Axel antwortete nicht, ließ die Kassette herausschnappen und schwieg, bis sie vor einem Wachzimmer in Hütteldorf ankamen.

Das ganze Wochenende über hatte es geregnet, und es regnete immer noch, hinten im Auto lag ein großer Schirm, den spannte Axel auf und begleitete die Beranek damit bis zur Haustür.

»Wollen Sie nicht mit reinkommen?« fragte sie.

»Nein, nein, ich wart auf Sie.«

»Bei dem Sauwetter!«

Axel lachte: »Ich sitz ja eh im Auto. Ich hab was zum Lesen mit.« Und als glaubte er, es würde die Beranek interessieren, fügte er noch hinzu: »Einen Roman von Doris Lessing.«

Die Beranek legte ihre Hand auf Axels Arm: »Kommen S' mit, Axel! Ich wüßt gern ... Sie könnten mir nachher sagen, ob ich irgendwas anders machen soll.«

Wieder lachte Axel, verlegen diesmal: »Davon versteh ich wirklich nichts.«

»Eben grad deshalb«, sagte die Beranek.

Da spannte Axel den Schirm ab, wenig später saß er in einem Polizeiwachzimmer und hielt, er kam sich blöd vor dabei, den Blumenstrauß auf den Knien, den einer, offenbar der Boß hier, der Beranek überreicht hatte.

Sie saß, die Beine übereinandergeschlagen, auf der Ecke eines Schreibtisches, die Polizisten saßen im Halbkreis um sie herum und wirkten verdattert, als die Beranek sie, indirekt wenigstens, als Idioten, Vollidioten, Vollkoffer bezeichnete. Es dauerte erstaunlich lange für Axels Geschmack, bis sie begriffen, daß die Beranek sozusagen in Zitaten redete, die sie rascher, als die Polizisten ihr folgen konnten, zu einem Katalog populärer Vorurteile gegen die Exekutive ausweitete. Dann endlich lachten die Polizisten, einer fing an, andere lachten mit, ohne, wie es Axel schien, genau zu wissen, warum und worüber eigentlich, aber dann hatte es auch der letzte kapiert, worauf die Beranek hinauswollte.

Sie blickte jetzt zu Axel herüber, und er merkte in diesem Augenblick, daß er selber lachte, über die Polizisten nämlich, und die Beranek schien es zu verstehen und lächelte ihm zu.

Zu den Polizisten sagte sie: »Aber wer, bitte, hat euch denn das angeschafft, daß ihr zur Polizei gehts? Hättets euch um einen Posten bei der Nationalbank umgeschaut! Achtzehn oder zwanzig Gehälter im Jahr, und man tut sich nicht weh bei der Arbeit – außer man ist so blöd und verletzt sich beim Bleistiftspitzen.«

Nun lachten die Polizisten laut, ungeniert und voll bitterer Zustimmung, und Axel sah, daß die Beranek, wohin sie auch blickte, ihn aus den Augenwinkeln beobachtete, als spiele sie in erster Linie für ihn. Sie spielte, fand Axel, tatsächlich – und gar nicht schlecht. Sie redete stärker im Dialekt als sonst, sie schien jede Reaktion ihrer Zuhörer im vorhinein zu kennen, und sie spielte damit. Nach dem für die Polizisten so überraschenden Beginn hielt sie jetzt Pausen ein, wenn sie das Gefühl haben mußte, der Dümmste habe den letzten Satz noch nicht ganz verstanden. Sie schien ihren Auftritt geprobt zu haben und wechselte den Gesichtsausdruck wie nach Plan. Jetzt schaute sie auf einmal sehr ernst drein und sagte: »Meine Herren! Daß ihr die Teppen der Nation seid, das hat doch Gründe. Da steckt, behaupte ich, ein System dahinter. Sonst kann das doch nicht so sein, daß ihr euch einen Haxen ausreißts, um irgendeinen dreckigen Gauner zu fangen, und vor Gericht wird er dann freigesprochen, weil ein Gutachter feststellt, daß er eine ganz unglückliche Kindheit gehabt hat, der Herr Gauner.«

Axel nahm sich vor, in Zukunft wieder im Auto sitzen zu bleiben, er fühlte sich auf einmal unbehaglich, und er mußte Zeit haben, darüber nachzudenken, was er in Zukunft machen wollte.

Bei den Roten, »vor allem bei den Kummerln«, gäbe es die schöne Formulierung »nützliche Idioten«, redete die Beranek weiter, »und genau das seid ihr, meine Herren. Man braucht euch, damit ein Minimum an Ordnung herrscht in diesem Land, aber man braucht euch genauso als Sündenböcke. Egal was geschieht, ihr habt immer die Schuld. Geht ihr ein bissel härter vor, schreien die linken Zeitungen Polizeistaat! Kommts ihr aber einmal mit den Ermittlungen nicht weiter, dann seid ihr unfähig. Ihr müßt zwar zum Teil noch so arbeiten wie im vorigen Jahrhundert, weil für euch ja kein Geld da ist, aber man stellt euch als unfähig hin. Manchmal hab ich das Gefühl, daß da jemand sehr interessiert daran ist, daß sich das auch nicht ändert ...«

Axel wollte nicht länger zuhören, er konnte, hatte es in der Schule oft genug geübt, dasitzen, den Zuhörer mimen und an etwas ganz anderes denken, ohne daß man es ihm anmerkte, und es gab vieles, worüber er nachdenken wollte. Er mußte sich entscheiden, ob er etwas ganz Neues anfangen oder ob er mit der Band weiter auf den Durchbruch warten wollte; die Chancen dafür standen fünfzig zu fünfzig, bestenfalls. Ein paarmal hatte er gestern überlegt, ob Wellershof nicht am Ende recht hatte, harte Rockmusik war im Augenblick wirklich nicht gefragt, auch im Radio spielte man ihre Nummer aus eben diesem Grund so selten. Was wäre, wenn sie sich ein wenig an den gerade vorherrschenden Trend anpaßten? Er wußte, was die anderen auf so einen Vorschlag antworten würden, aber überlegen sollte man es wenigstens! Er würde es, nahm er sich jetzt vor, zur Diskussion stellen, auch wenn die anderen ihn dann für einen Verräter und Opportunisten hielten. Oder sollte er nicht lieber die Musik so schnell wie nur möglich vergessen?

Er hatte sich vorgenommen, genau aufzudröseln, was dafür und was dagegen sprach, aber es gelang ihm jetzt nicht einmal, damit wenigstens anzufangen. Die seltsame fremde Umgebung irritierte ihn, immer unbehaglicher fühlte er sich hier, und nur widersprüchliche Gefühle waren in ihm, keine klaren Gedanken.

Dann saßen sie wieder im Auto, Axel wollte starten, aber die Beranek deutete ihm, noch ein wenig zu warten.

»Also, Axel, wie war ich?« fragte sie.

»Toll, wirklich«, sagte er. »Wohin jetzt?«

Die Beranek überhörte die Frage: »Sag mir ganz ehrlich, was dir nicht gefallen hat! – Jetzt ... jetzt hab ich du gesagt ... Darf ich du sagen?«

»Klar«, sagte Axel und wußte im gleichen Augenblick, lieber hätte er, hätte er sich nur getraut, nein sagen sollen.

»Du könntest mein Sohn sein ... Und in der nächsten Zukunft werd ich mehr Zeit mit dir verbringen als mit meinem Mann.«

Axel startete den Motor und hoffte, das Gespräch sei damit beendet.

Aber die Beranek redete weiter: »Wir sind unter uns: Deine politische Richtung ist nicht die meine, hab ich recht?«

»Politik hat mich nie interessiert« sagte Axel. »Eine Zeitlang hab ich einmal geglaubt, daß die Grünen vielleicht, aber ...« Er hätte jetzt fast von seinem Vater erzählt, der ihm immer zuerst einfiel, wenn von Politik die Rede war. Er war in Zell am See einmal roter Gemeinderat gewesen, und so lange Axel sich zurückerinnern konnte, hatte der Vater ihn und Martin mit langen Vorträgen darüber genervt, daß die Sozis alle alten Ideale verraten hätten, und wenn schon nicht verraten, so doch kampflos preisgegeben, so daß man sie von den Schwarzen kaum noch unterscheiden könne, oft verglich er diese Zeit mit den dreißiger Jahren, und es werde alles wieder so kommen wie damals, und die Sozialdemokratie werde wieder versagen, wie sie damals versagt hatte. Er war Maurer gewesen, dann Polier geworden und arbeitete jetzt in derselben Baufirma, in der er gelernt hatte, im Büro, kam sich dabei als einer vor, der sich aus der Arbeiterklasse fortgestohlen hatte, nannte sich, wenn ihn im Suff der Selbstbezichtigungswahn überfiel, ein Arschloch mit weißem Hemd und Krawatte und behauptete, sich seiner jetzt schwielenlosen Hände zu schämen. Anlaß für eine solche Suada war immer eine Parteisitzung, die stets ihre Fortsetzung im Gasthaus Muhringer fand, von dort kehrte er dann besoffen heim und räsonierte über den Verfall seiner Partei, so daß Axel Mühe hatte, Reden oder Gerede über Politik nicht automatisch mit Alkoholdunst zu assoziieren …

»Ganz ehrlich: Was von dem, was ich gesagt hab, ist falsch für dich?« fragte die Beranek.

Axel antwortete nicht, dachte nur, daß er jetzt losfahren sollte, aber er tat es nicht und sagte endlich doch: »Wahrscheinlich haben Sie eh recht … Ich hab mir das noch nie so überlegt, aber Polizist möcht ich wirklich keiner sein …«

»Axel, könntest du dir vorstellen …?«

»Was?«

»Du bist ein vifer Kerl, aus dir wird noch was …«

»Glauben Sie? Ich glaub's bald nimmer.«

»Würdest du dir zutrauen, zum Beispiel meinen Terminkalender zu verwalten: selbständig Termine vereinbaren und schauen, daß wir die dann auch einhalten. Weißt, so daß ich selber gar nicht dran denken muß.«

»Naja«, meinte Axel. »So schwer kann das nicht sein …«

Er nahm sich vor, es nicht zu tun. Er würde irgendwann einmal während des Tages bei Wanek anrufen und ihm sagen, daß er nur mehr zwei oder dreimal in der Woche fahren könne, damit käme er für die Beranek nicht mehr in Frage. Er würde wieder studieren, im Augenblick war er fest dazu entschlossen, alles andere ergab keinen Sinn. Er würde nebenher jobben müssen, klar, aber nur mehr halbzeitbeschäftigt, nur mehr Tageseinsätze fahren. Daß ein absolviertes Studium keine Garantie für einen Job war, wußte er; Sandras Panik wuchs mit jedem Tag, den der Termin ihrer Sponsion näherrückte. Umgekehrt aber, darin hatte Martin völlig recht, konnte man ohne Studium gewiß keinen auch nur halbwegs interessanten Job finden, wenn tausend arbeitslose Akademiker sich darum bewarben. Irgendwas würde er studieren, was, sagte Martin immer wieder, sei fast egal, die großen Firmen brachten ihren Mitarbeitern selbst bei, was sie für nötig hielten, sie erwarten nur, daß einer während eines Studiums gelernt habe, wie man sich Wissen aneigne. Martin erzählte immer wieder von Soziologen oder sogar Theologen, die in großen Computerkonzernen im Management saßen. Also würde er, nahm Axel sich jetzt vor, Theologie studieren oder Numismatik. Oder Byzantinistik vielleicht.

Am Nachmittag dann schwankte er zwischen Betriebswirtschaftslehre und Jus, und er wußte, daß ein Studium kein guter Grund dafür war, nur mehr die halbe Woche zu jobben, denn die Vorlesungen fingen nicht vor Anfang Oktober an.

Am Abend dann stand er mit der Beranek im Bezirksparteibüro in der Billrothstraße, er würde ihr Angebot annehmen, es würde immerhin, sagte er sich, eine Erfahrung sein. Es konnte nicht schaden, auch einmal so etwas gemacht zu haben. Und es würde zusätzliches Geld bringen, sonst würde er es auf keinen Fall machen, und Geld konnte er brauchen, wenn er wirklich wieder studieren wollte.

15

Krennhofer war, wie denn nicht!, überrascht und hätte, was die Beranek ihm vorschlug, glattweg abgelehnt, hätte er es nur gewagt. Eigentlich hatte die Beranek auch nichts vorgeschlagen, sondern nur mitgeteilt, daß Axel von nun an als ihr persönlicher Referent arbeiten würde.

Und so musterte Krennhofer jetzt den jungen Mann von oben bis unten und sagte dann: »Na gut. Isolde, du weist ihn ein bissel ein, ja? Und gib ihm das eine Notebook mit. Und ein Handy braucht er auch.«

»Klar«, sagte Isolde, blieb aber hinter ihrem Schreibtisch sitzen. Erst auf einen drängenden Blick Krennhofers hin verstand sie, daß sie mit Axel nach nebenan verschwinden sollte. Also stand sie auf und zog Axel hinter sich her in einen Nebenraum.

Die Beranek ließ sich auf dem Stuhl vor Krennhofers Schreibtisch nieder, und er reichte ihr, »Heute fertiggeworden!«, einen Folder, auf dem vorne ihr Bild gedruckt war, das auch auf den Plakaten zu sehen war. Auch das Video, für das vor einer Woche schon gedreht worden war, werde bald fertiggeschnitten sein.

Die Beranek blätterte im Folder, schien zufrieden, und Krennhofer sagte: »Wir müssen den jungen Mann natürlich checken, bis dahin bitte Vorsicht!«

»Ich verlaß mich auf meine Menschenkenntnis. Drei Tage, dann frißt er mir aus der Hand ...«

Da wechselte Krennhofer das Thema. Ob die Frau Doktor von der Diskussion wisse, an der sie auf Wunsch des Chefs teilnehmen solle. Sie wußte davon, Krennhofer selbst hatte es ihr am Freitag gesagt, und auch Loitzenthaler hatte sie angerufen.

Es sei ein wenig schwierig, meinte Krennhofer, die Vertreter der anderen Parteien behaupteten, sie hätten einfach keine Zeit für eine zusätzliche öffentliche Diskussion, da könne er nur die schon lange für Donnerstag, den siebzehnten, angesetzte Diskussion anbieten, an der für die DEMOKRATEN eigentlich Doktor Rindfüssler, der Obmann der Bezirksgruppe Innere Stadt, habe teilnehmen sollen.

»Dann mach's eben ich, Sie werden ihm das schon beibringen«, meinte die Beranek.

»Schon geschehen«, sagte Krennhofer. »Nur ist die Vorbereitungszeit für Sie, Frau Doktor, ein bißchen knapp.«

»Ich schaff das schon. Und bei dieser Gelegenheit kann ich dann endlich einmal die Mayrhofer-Karte groß ausspielen.«

Krennhofer sah freilich noch ein Problem, es könnte sein, und manches deute darauf hin, daß die von den anderen Parteien sich weigerten, mit ihr statt mit Rindfüssler zu reden.

Die Beranek lachte: »Klar, weil sie wissen, daß der kein wirklicher Gegner ist, aber ich bin eine Gegnerin.«

Krennhofer wollte sein Bestes tun und fing dann noch einmal von Axel an: »Wir müssen ganz sicher sein, daß wir uns da keine Laus in den Pelz setzen. Es wär nicht das erste Mal, daß die anderen wen einschleusen möchten bei uns ...«

Die Beranek blickte ihn eine Weile schweigend an und sagte dann: »Der Axel ist intelligent, und er traut sich was. Und er möcht, auch wenn er's nicht zugeben tät, was werden. Und zwar unbedingt. Und, ich hab lange drüber nachgedacht und bin mir jetzt ganz sicher, es ist ihm im Grunde, ich spür das hundertprozentig, ganz egal, wie und wo er was wird.«

»Aber er ist keiner von uns«, sagte Krennhofer.

«Der paßt sich schon an. Wollen wir wetten?«

»Wie wollen Sie das beweisen?« fragte Krennhofer.

»Seine langen Zotten!« sagte die Beranek nach einer kleinen Pause. »In spätestens vierzehn Tagen hat er die abgeschnitten!«

Krennhofer lachte siegessicher: »Um was wetten wir?«

Die Beranek lächelte ihr charmantestes Lächeln: »Wenn ich verlier, tret ich sofort nach der Wahl zurück, dann rücken Sie, nehm ich an, auf mein Mandat nach.«

Krennhofer blickte sie mißtrauisch an, witterte offenbar eine Falle, dann streckte er ihr aber die Hand entgegen, und die Beranek schlug ein.

16

Bruno war fündig geworden, das wurde er immer, und die Quellen, aus denen er schöpfte, kannte selbst Loitzenthaler nicht in jedem Fall.

So viel stand in groben Zügen jetzt fest: Schnötzingers Nazi-Vergangenheit war bei näherem Hinsehen eigentlich nur insofern interessant, als er das sich abzeichnende Ende der Nazi-Herrschaft einfach ignoriert zu haben schien, am 4. April 1945 noch, als die Russen schon vor Wien standen, hatte er den Antrag gestellt, zu einem Schulungskurs für höhere Führer des NS-Studentenverbandes zugelassen zu werden. Vor einem Fronteinsatz hatte sich der bei Kriegsende Neunzehnjährige offenbar drücken können. Besondere Vorwürfe über seine Parteimitgliedschaft und den bis zuletzt ungebrochenen Willen zu einer Parteikarriere hinaus schienen nach '45 nicht gegen ihn erhoben worden zu sein. Das Interesse des Dokumentationsarchivs an seiner Person bezog sich vor allem auf seine Freundschaft mit dem schwerbelasteten Plottecker, der vor wenigen Jahren erst in Verbindung mit rechtsextremistischen Anschlägen gebracht worden sei, und auf Schnötzingers Tätigkeit für die STILLE HILFE, die in den fünfziger Jahren in Not geratene ehemalige Parteigenossen unterstützte. Wesentlich interessanter fand Bruno das Material aus späterer Zeit, das durchaus auch, wovon das Dokumentationsarchiv aber nichts wußte, ins Politische zu verweisen schien. Als Anwalt hatte Doktor Schnötzinger nur fallweise als Verteidiger in Strafsachen gearbeitet, viel mehr aber als Wirtschaftsanwalt, und die Firmen, die er vertreten hatte und zum Teil wohl heute noch vertrat oder beriet, schienen allesamt zur NS-Zeit großgeworden zu sein. Daß unter Schnötzingers Mitwirkung aus diesen Firmen große Beträge in die Unterstützung rechter Parteien und ultrarechter Grüppchen bis hinunter nach Südafrika geflossen seien und vielleicht heute noch flossen, dieser Verdacht war mit Händen zu greifen. 1960 war Schnötzingers Name in Frankreich im Zusammenhang mit einer Waffenschmuggelaffäre aufgetaucht, 1972 war er in Hannover in einen nach Ansicht mancher Journalisten betrügerischen Konkurs einer Farben- und Lackfabrik verwickelt gewesen, ohne daß man ihn freilich hätte belangen können. »Aber«, sagte Bruno zu Loitzenthaler, »da findet sich noch mehr, da stinkt's, wo immer du zu stochern anfängst. Und ich werd weiterstochern, morgen krieg ich Material von einem guten Freund, der bei der Wirtschaftspolizei sitzt. Und aus Deutschland kommt, wenn's klappt, auch noch allerhand.«

Sie saßen, draußen war es längst finster, unter dem strahlenden Kristalluster am langen Tisch im Konferenzraum.

»Und was ist mit seiner Alten?« fragte Loitzenthaler.

»Rein persönlich nicht viel«, meinte Bruno. Er wußte von einer zwei Jahre alten Geschichte, wo die Beranek an ihrer Schule einen Zeichenlehrer, der offenbar eine völlig andere Kunstauffassung vertrat als sie, mit nicht ganz feinen Methoden aus dem Gymnasium hatte hinausekeln wollen, was ihr auf dem Dienstweg nicht gelungen sei. Der Zeichenlehrer, ein nicht ganz unbekannter junger Maler übrigens, habe dann aber ihrem Terror nicht länger standgehalten und sich an eine andere Schule versetzen lassen. »Aber das gibt nicht viel her, das zeigt nur, daß sie eine reaktionäre und intrigante Sau ist. Interessant vielleicht fürs Psycho-Gutachten, aber nichts, was man im Ernst gegen sie verwenden könnte.« Ganz spannend – nämlich im Hinblick auf einen klaren beziehungsweise leicht zu konstruierenden Gegensatz zur derzeit gültigen Parteilinie – finde er, daß auch die Beranek selber aus einem Nazi-Haus stamme. Ihr Vater sei Psychiater gewesen, bis weit in die Nachkriegszeit hinein übrigens ein sehr gefragter und vielbeschäftigter Gerichtsgutachter. In den sechziger Jahren seien dann Gerüchte und wohl auch einige Unterlagen aufgetaucht, er habe während der glorreichen tausendjährigen Zeit im Rahmen des SS-Ahnenerbes gearbeitet, jedenfalls mit großem Eifer sogenannte Rassenforschung betrieben. »Es ist sogar zu einer Anklage gekommen, und wen, meinst du, hat er sich als Verteidiger genommen?«

»Unsern Freund Schnötzi?« fragte Loitzenthaler.

»Eben diesen unseren Schnötzi, der dabei des Rassenforschers Töchterlein kennengelernt haben dürfte«, bestätigte Bruno. Die Anklage sei dann freilich bald wieder fallen gelassen worden. »In den achtziger Jahren ist dann noch einmal belastendes Material aufgetaucht, aber das hat keinen mehr interessiert, weil da der Alte schon lange tot war. Und dieses Material scheint irgendwie verschwunden zu sein, ich hab's bisher jedenfalls nicht gefunden.«

»Der Chef hat, wenn ich ihn richtig verstanden hab, Großes vor mit der Schnötzingerin.«

»Umso wichtiger ist, daß wir für den Fall des Falles was über sie haben. Ich schau einmal, ob der Krenni noch im Büro ist.« Bruno wollte eine Nummer wählen, aber Loitzenthaler deutete ihm, noch einen Augenblick zu warten: »Der Krenni rechnet fest auf unsere Hilfe.«

»Und meinst du, daß er die kriegen wird?«

»Unter den gegebenen Umständen bestimmt nicht. Verlassen tät ich mich an seiner Stelle jedenfalls nicht darauf.«

»Er verläßt sich aber drauf.«

»Das Leben ist, wie man weiß, hart, aber ungerecht. Was sagt man einem Ex-Theologiestudenten in so einem Fall? – Hilf dir selbst, sonst hilft dir Gott.« Bruno wählte nun die Nummer und fand, es war zehn vorbei, Krennhofer tatsächlich noch im Büro.

Die Scheiß-Schnötzingerin, sagte er, halte ihn auf Trab. Eben habe er eine Stunde lang mit einem Roten palavern müssen, der am Donnerstag partout nicht mit der Alten habe diskutieren wollen. (Den Telefonhörer hielt Krennhofer in der linken Hand, die rechte aber hatte eine Sechs-Kilo-Hantel umklammert, und er beugte und streckte den Arm, fünfzehn Mal, wie so oft wenn er allein im Büro war und telefonierte; manchmal drückte er, um die Unterarm- und Handmuskulatur zu trainieren, auch stramme Stahlfedern mit den Händen zusammen, heute aber war Hantel-Abend, eben jetzt nahm er das eiserne Ding in die linke und den Telefonhörer in die rechte Hand:) »Habt ihr schon was Neues über die Schnötzingerin und ihren Mann gefunden?«

Bruno verneinte, er könne sich nicht nur um die Geschichte kümmern, es gäbe, wie Krenni wohl wüßte, ein paar andere Kandidaten auch noch, und alle wollten sie in einemfort irgendwas, jeder bilde sich ein, für ihn müßten Sonderaktionen durchgeführt werden, Öllerer allein rufe zwanzigmal am Tag in der Zentrale an, und dreißigmal will irgendein Journalist irgendwas, und dann gäbe es, auch das wisse Krenni, ja schließlich noch den Chef, der ihn und Loitzi zwar für den Wiener Wahlkampf abgestellt habe, sie aber dennoch wenigstens den halben Tag beschäftige; er plane auf Bundesebene eine große Kampagne gegen die Arbeitslosigkeit, »und wer, glaubst du, muß das Material für ihn herbeikarren? Apropos Material: Du wolltest von der Schnötzingerin Tonbandaufnahmen besorgen.«

Ein paar habe er schon, sagte Krennhofer, (er hatte die Hantel nun wieder in der rechten Hand).

»Die interessieren mich«, meinte Bruno, »der Loitzi und ich gehen jetzt in die Sonder-Bar, komm vorbei und bring mir das Zeug.«

Die Sonder-Bar war, anders als ihr Name hätte vermuten lassen, ein Lokal, das sich in nichts von einer altmodischen, plüschigen Hotelbar unterschied, sie war um diese Zeit noch fast leer, Bruno beugte sich über die Theke, um die Bardame zu küssen, die ihm und Loitzenthaler dann, ohne nach den Wünschen zu fragen, ein Wodka-Red-Bull-Gemisch hinstellte.

Sie reichte Bruno einen Joint herüber, der sagte »Nein, nicht jetzt!«, rauchte ihn dann aber doch.

»Wir müssen die Alte jetzt abschießen«, sagte Krennhofer eine Viertelstunde später.

»Hast du einen Vorschlag?« fragte Loitzenthaler.

Krennhofer legte ein paar Tonbandkassetten auf die Theke, die Bruno sofort an sich nahm. »Die geben nichts her«, sagte Krennhofer, »aber wenn wir nichts gegen sie in der Hand haben, dann müssen wir eben was erfinden, was sie umbringt.«

»Vorsicht, Krenni«, lachte Bruno, »du spielst mit deinem Leben.«

»Auf jeden Fall werd ich nicht einfach zuschauen, wie die durchmarschiert, und die Alte marschiert durch, wenn wir sie nicht stoppen. Habt ihr ihre neuen Umfragewerte gesehen?«

»Wir haben sie dir gegeben«, sagte Loitzenthaler.

»Ihr dürft sie nicht unterschätzen«, jetzt klang Krennhofer fast beschwörend. »Die hat mich ausgetrickst, ich wollt ihr einen als persönlichen Referenten unterjubeln, der sie ein bissel unter Kontrolle hat, aber sie hat sich einfach selber einen geholt.«

»Wen?«

»Den Fahrer vom Wanek, den sie zuvor partout ausgetauscht haben wollte.« Krennhofer holte einen Zettel aus der Jackentasche, er hatte sich von Kommerzialrat Wanek Axels Daten geben lassen.

Bruno nahm den Zettel entgegen: »Ich werd mir den Knaben anschaun.«

17

Für Martin war klar: »Auf jeden Fall mußt du mehr Geld verlangen. Mehr Arbeit – mehr Kohle!« Freilich gab er zu bedenken, Axel könnte später darauf angesprochen werden, daß er einmal für DIE DEMOKRATEN gearbeitet habe, niemand könne die politische Entwicklung voraussagen, also könne das ein Vorteil, sehr wohl aber auch ein Nachteil sein: »Wenn sie an die Macht kommen, wonach es fast ausschaut, kannst du sagen, du warst von Anfang an, also fast von Anfang an dabei, andererseits aber ...«

Axel fiel ihm ins Wort: »Ich bin nicht dabei, und ich werd nie dabei sein. Wenn ich's mach, dann ist das ein Job wie jeder andere. In die Partei tret ich bestimmt nicht ein, da kannst du Gift drauf nehmen. Weil ich nämlich überhaupt nie einer Partei beitreten werd, keiner. Weil die nämlich alle gleich sind, gleich beschissen, und ich arbeite auch für keine Partei, sondern für die Beranek, und wenn ich will, kann ich jederzeit aussteigen, von einer Minute auf die andere, ich hab nichts unterschrieben und werd nicht unterschreiben.«

In mancher Hinsicht, meinte Martin, seien die Parteien einander vielleicht wirklich sehr ähnlich, was die Methoden angehe etwa, in den politischen Zielen aber unterschieden sich DIE DEMOKRATEN doch ganz erheblich von den anderen. Aber ja, sie hätten sich nach ihrer Umbenennung von allem, was man rechtsradikal nennen könne, so klar distanziert wie nur möglich, was in dieser Form von ihnen niemand erwartet habe, doch gebe es Leute genug, die nachzuweisen versuchten, daß die Ziele dieser Partei, gerade seit sie sich DIE DEMOKRATEN nannten, extrem antidemokratisch seien.

»Also soll ich's nicht machen?« fragte Axel.

Eben dazu wollte und konnte Martin ihm nicht raten. Weil er nämlich überzeugt war, daß DIE DEMOKRATEN über kurz oder lang ans Ruder kämen, »und zwar nicht, weil sie selber so gut sind, sondern weil die anderen so hundserbärmlich schlecht sind.«

Später einmal sagen zu können, von Anfang an dabeigewesen zu sein, war für Axel unvorstellbar. Er hatte mit der Arbeit, die man ihm angeboten hatte, noch nicht einmal begonnen, es wäre verrückt gewesen, jetzt schon an eine Karriere in dieser Partei zu denken, und er wollte sie auch nicht, wie immer die Siegesaussichten der Partei auch stehen mochten. Er würde, was man ihm zu tun zutraute, bis zum Semesterbeginn tun, danach würde er von einer Erfahrung erzählen können. Falls sie gewannen, konnte er sagen, er habe einmal bei denen mitgearbeitet, aber dann auf eine Karriere bei denen verzichtet, weil Politik nicht seine Sache sei ... Oder aber, falls sie unterliegen sollten, konnte er erzählen, daß er einmal beinahe in diese Partei hineingeraten wäre, daß er sie jedenfalls, wenn auch nur für kurze Zeit, von innen her kennengelernt habe, und dann konnte er zum Beispiel, falls man das von ihm würde hören wollen, von miesen und miesesten politischen Tricks erzählen, die er aus nächster Nähe hätte studieren können, worauf er sich mit Grausen abgewendet hätte. Außerdem, diese Hoffnung war längst wieder aufgetaucht, konnte sich heute oder morgen eine neue Chance für die Band ergeben, Wellershof hatte sich, na schön, als Windei erwiesen, was Wunder in einer Branche, in der es von Windeiern wimmelte, aber es gab auch andere ...

Was er dann vom achten September an wirklich tat, das hatte, Axel glaubte tatsächlich daran, mit Politik nichts zu tun. Zuerst löste er das leidige Blumenproblem. Daß der Beranek bei Auftritten unter freiem Himmel von einem lokalen Funktionär ein Blumenstrauß überreicht wurde, gehörte anscheinend unverzichtbar zum Programm, war ein Ritual, aber es mußte, fand Axel, nicht jedesmal ein neuer Strauß sein. So wurde, was leicht zu arrangieren war, der erste Strauß des Tages beim zweiten Auftritt von einer der Wahlhelferinnen diskret aus dem Auto geholt und dem Bezirkskapo zum Überreichen übergeben, so daß ein Strauß pro Tag reichte. In den Wachzimmern freilich war, wollte man den Polizisten nicht alle Illusionen rauben, diese Methode nicht anwendbar, aber es gab auch Termine in Altersheimen, und dort trat die Beranek von nun an mit zwei, drei, manchmal fünf Blumensträußen auf, sie fragte, ob denn zufällig heute jemand Geburtstag habe oder Namenstag, und überreichte, wenn sich niemand meldete, die bunten Sträuße den ältesten Insassen des jeweiligen Heimes, die selig waren und dann oft, während die Beranek redete, vor sich hindämmerten.

Am ehesten bekundeten die Greise und Greisinnen, die fast immer an Vierertischen bei Kaffee und Kuchen saßen, ihr Interesse, wenn die Beranek – probeweise, wie sie zu Axel sagte – von einem gewissen Herrn Mayrhofer redete, der im Nationalrat sitze und bei der Gebietskrankenkasse arbeite, »falls man das Arbeit nennen kann. Und dort, bei der Gebietskrankenkasse, dort verdient er ... Na, was glaubt ihr?«

Da wachten dann auch die auf, die zu dösen schienen, und die Beranek meinte: »Naja, so viel verdient er ja gar nicht, nur ungefähr so viel wie zwanzig Durchschnittspensionisten.«

»Die ganze Bagasch gehört weg!« schrie da ein alter Mann. »Weg! Verräumt!«

Die Beranek lächelte: »Da haben S' schon recht. Aber laut dürfen wir das ja nicht sagen, gell?, weil sonst heißt's gleich, wir zwei sind Ewiggestrige.« Sie stand auf und ging um fünf Vierertische herum und sagte dann so langsam, daß jeder es verstehen mußte: »Der Herr Mayrhofer verdient also – neben seinem Gehalt als Nationalrat – so viel wie Sie alle auf dieser Seite da zusammengenommen. Und dieser Herr Mayrhofer, der zu einer Partei gehört, die sich angeblich um die kleinen Leute kümmert, dieser Herr Mayrhofer hat neulich im Parlament dafür gestimmt, daß eure Pensionen heuer schon wieder nicht erhöht werden ...«

Von diesem Herrn Mayrhofer redete die Beranek immer öfter in diesen Tagen, und einmal am Abend sagte Axel zu Sandra, die schon am Einschlafen war: »Was manche Politiker sich leisten, ist wirklich ein Wahnsinn.«

»Und du meinst, die Dings, die ist anders?« fragte Sandra. Und dann: »Du weißt schon, für welche Leut du da arbeitest! Ich hab da gestern im Standard gelesen ...«

»Geh«, sagte Axel, »man muß nicht alles glauben, was in der Zeitung steht. Und ... Irgendwie find ich das interessant, wennst siehst, wie die arbeiten ... Und überhaupt: Mich interessiert nur die Kohle. Ich mein, wir haben konkret noch nicht darüber geredet, aber daß sie brennen müssen, ist klar. Hast eh gesehen, wie der Martin schon wieder geschaut hat, weil du da bist. Ich brauch endlich selber was ...«

»Ich tät's nicht«, meinte Sandra. »Mein Großvater hat allweil gesagt: Wennst mit Hunden ins Bett gehst, wachst mit Flöhen auf.«

Axel antwortete nicht, sondern machte das Licht aus. Manchmal fragte er sich wirklich, was er mit Sandra gemeinsam hatte. Sie würde einen ähnlichen Job bei den Grünen zum Beispiel sofort annehmen, und er wußte auch, wie sie argumentieren würde, daß es da einen gewaltigen Unterschied gäbe zwischen den Grünen und den DEMOKRATEN, und manchmal haßte Axel die satte Zufriedenheit derer, die so genau wußten, was gut war und was nicht, was fortschrittlich hieß und was reaktionär. Er selber wußte das alles nämlich nicht, ganz und gar nicht, nie. Er habe, dachte er jetzt, in der Tat noch nie in seinem Leben gewußt, ob irgendetwas richtig oder falsch gewesen sei, die Kriterien fehlten ihm, und niemand hatte sie ihm erklären können. Er wußte zum Beispiel nicht, ob er ziemlich gut Saxophon spielte oder sauschlecht, besser als die meisten in der Musikschule in Zell am See, aber schlechter, no na, als John Coltrane und schlechter vermutlich auch als die, die in die Musikhochschule aufgenommen wurden, und falls nein, überlegte er, was wäre daraus abzuleiten? Nichts, was ihm irgendeine Sicherheit vermittelt hätte, das war's!, er beneidete die, die mit Sicherheit sagen konnten: Heute war Mittwoch und ein sonniger Tag. Er hätte sofort daran zu zweifeln begonnen, hätte nur einer gesagt, daß heute schon Donnerstag sei und es geregnet habe. Weiß Gott, er beneidete die, die wußten, daß schwarz schwarz und zitronengelb zitronengelb war, Sandra gehörte zu denen, die es wußten. Axel hielt die

Fähigkeit, zu Sicherheiten welcher Art auch immer zu gelangen, für ein Talent, das er eben bedauerlicherweise nicht besaß, so wie er ja auch nicht singen konnte. Sandra hingegen hatte dieses besondere Talent. Warum sie dennoch so voller Angst vor der Zukunft war, wußte er freilich nicht, konnte es sich nicht erklären. Er kannte diese Art von Angst gar nicht, dabei hätte er doch, recht betrachtet, nur so gebeutelt werden müssen von Ängsten dieser und anderer Art, und doch konnte man, dachte er jetzt im Bett, seine Grundstimmung, verglichen mit Sandra, am ehesten als coole Gelassenheit beschreiben. Als er nun freilich eine Minute lang darüber nachgedacht hatte, fing er auch daran schon wieder zu zweifeln an.

(Sandra wird später an die offizielle Version von Axels Tod nie glauben, nicht einen Augenblick lang. So viel Ironie könne es im Leben nicht geben, wird sie zu den wenigen Menschen, denen sie vertrauen kann, sagen, daß einer, der noch zwei Tage zuvor versucht habe, die Machenschaften dieser Partei aufzudecken, am Ende zum Märtyrer für die Ziele eben dieser Partei werde. Lange wird sie sich der Illusion hingeben, sie würde eines Tages die genauen Umstände seines Todes recherchieren, freilich wird sie, selbst nicht zur Märtyrerin geboren, mit den Recherchen nie beginnen.)

18

Bruno kannte das Gerücht, daß man ihn nie ohne Loitzenthaler sehen könne, und lachte oft darüber, denn tatsächlich verbrachte er am Tag nur selten mehr als zwei oder drei Stunden mit ihm, hielt das Gerücht aber sogar für nützlich, denn es gehörte zu seinem Job, daß in manchen Fällen niemand nix wußte von dem, was er tat.

Sein Besuch bei Dr. Wischnewski war so ein Fall. Er mußte jetzt, obwohl er schon einmal hier gewesen war, ein paar

Minuten lang am Rand der kleinen Stadt herumfahren, bis er das Preßhaus fand, in dem sie verabredet waren.

Wischnewski, ein kleiner, stets übertrieben korrekt gekleideter Mann, war Ministerialrat im Innenministerium und nannte sich, seit er einen Weingarten und dieses Preßhaus erworben hatte, gerne »Winzer und Nebenerwerbsbeamter«. Er war SPÖ-Mitglied, aber – wofür Bruno, nicht aber das Innenministerium Beweise hatte – Mitglied einer ein wenig skurrilen rechtsextremistischen Organisation, die sich rühmte, Österreich, was Bruno nicht glauben mochte, flächendeckend zu überziehen und im Bedarfsfalle überall zuschlagen zu können. Bruno hielt das alles für das großtuerische Gerede einiger Salon-Rechter, daß Wischnewski aber Kontakte zu aktionistischen Gruppen in Wien hatte, das stand fest. Vor einem Jahr war er deshalb auch in Verdacht und unter Beschuß geraten, und Bruno hatte ihm insofern einen Gefallen getan, als er – wegen angeblicher Korruption zugunsten der SPÖ – eine regelrechte Kampagne der DEMOKRATEN gegen ihn inszeniert hatte, bis hin zu parlamentarischen Anfragen, ihn damit von jedem Verdacht rechtsextremistischer Betätigung reingewaschen hatte, denn wer von den DEMOKRATEN, denen man damals ihre Abkehr vom rechten Gedankengut noch nicht recht hatte glauben wollen, »in solch infamer Weise« angegriffen wurde, der galt für alle Zeit als aufrechter Antifaschist.

So war nun Wischnewski Bruno einen Gefallen schuldig. Sie saßen an einem Tisch, unter dem Wischnewskis weißer Bullterrier lag, den er Churchill nannte, sie tranken den Blaufränkischen vom letzten Jahr, den Wischnewski aus einem Weinheber in kleine Probiergläser füllte. Und Bruno redete unumwunden davon, daß er für eine Aktion, die in knapp drei Wochen, also noch vor den Wiener Gemeinderatswahlen, stattfinden solle, ein paar Männer brauche, die eine Sonderaktion professionell durchzuführen imstande seien.

Er kenne solche Männer, sagte Wischnewski feierlich, alle hätten sie ihre Entschlossenheit schon durch die Tat bewiesen, und keiner von ihnen habe Skrupel, wenn notfalls Menschenleben geopfert werden müßten.

Eben solche Männer suche er, sagte Bruno.

19

Isolde drückte ihm eine kleine Videokamera in die Hand: »Schau in die Bedienungsanleitung hinein, und dann einfach draufhalten! Und nicht herumfuhrwerken, du nimmst am besten ein Stativ. Die Roten und die Schwarzen interessieren uns nicht, auch nicht die grünen Wappler oder sonstwer, das Publikum schon gar nicht, nur die Frau Doktor.«

»Aha«, machte Axel. »Und warum?«

»Net fragen! – Ich glaub, der Chef will es sich anschaun ... Die Bänder werden jedenfalls in die Zentrale geschickt.«

Axel stand auf, doch deutete ihm Isolde, sich über den Tisch zu ihr hinüberzubeugen, Axel tat es, ein wenig widerwillig zuerst, dann glaubte er – sie waren allein im Büro – einen Augenblick lang, sie würde sich aufrichten, um ihn zu küssen, und es hätte ihm wahrscheinlich gefallen, aber sie hatte einen WIEN DEN WIENERN! ÖSTERREICH DEN ÖSTERREICHERN!-Button aus einer Schreibtischlade geholt, den steckte sie an Axels Jacke.

Schon im Treppenhaus nahm Axel ihn ab, ganz bestimmt würde er damit nicht auf die Straße gehen, erst bei der Veranstaltung am Abend trug er ihn wieder.

Der Saal war voll, dreihundert Leute mochten gekommen sein, vielleicht noch mehr, er hatte es beim Hereinkommen mit Genugtuung festgestellt, als wäre es seine eigene Veranstaltung.

Er stand ganz hinten an der Wand, der Wirt hatte ihm ein Podest für das Kamerastativ gebracht, nun sah er die Beranek im Sucher. »Übers Gehalt vom Herrn Mayrhofer«, sagte sie gerade, »rede ich gar nicht, das ist eh bekannt, aber ...«

Einer der Männer, die auf dem Podium saßen und die Axel im Sucherausschnitt nicht sehen konnte, fiel ihr ins Wort: »Geh bitte, Frau Doktor, der Mayrhofer kandidiert nicht für den *Gemeinde*rat!«

Axel ließ die Kamera einfach weiterlaufen und richtete sich auf, um den Mann zu sehen, es war, auf dem Schild vor ihm stand es zu lesen, ein Kandidat der SPÖ. Die Beranek lächelte ihn an: »Herr Kollege, klar möchten S' vom Herrn Mayrhofer am liebsten nichts hören, aber in der gleichen Partei wie er sind S' schon, oder?«

Ein paar Zuhörer lachten, sie saßen an langen Tischen und hatten Getränke vor sich stehen, das Durchschnittsalter mochte weit über fünfzig liegen.

Der SPÖ-Kandidat sagte: »Wenn da was nicht in Ordnung sein sollte, dann werden die entsprechenden Konsequenzen gezogen werden ...«

Und die Beranek antwortete: »Die hätten mindestens schon vor drei Jahren gezogen werden müssen. Aber vielleicht ist das ja so: Die derzeit Herrschenden spüren, daß ihre Zeit zu Ende geht, das merkt man doch überall, daß sich Endzeitstimmung breit macht, naja, und da denken eben manche, bevor wir abtreten müssen, bereichern wir uns schnell noch ein bisserl, nicht?«

Sechs Personen saßen vorne auf dem Podium, fünf Parteikandidaten und ein Moderator, den Axel schon einmal im Fernsehen glaubte gesehen zu haben, fünf Männer und als einzige Frau die Beranek, die sich nun immer mehr in den Vordergrund spielte. »Konsequenzen«, sagte sie, »hätten zum Beispiel gezogen werden müssen, wie der Herr Mayrhofer sich seine Acht-Millionen-Villa gebaut hat. Genau zu der Zeit, wo die Gebietskrankenkasse, bei der er arbeitet, drei Straßen weiter das neue Reha-Zentrum gebaut hat. Und zwar hat die gleiche Firma gebaut, die auch die Villa vom Herrn Mayrhofer gebaut hat. Drum hat die Acht-Millionen-Villa dem Herrn Mayrhofer auch nur drei Millionen gekostet ...«

»Frau Doktor«, warf der SPÖ-Kandidat ein, »noch einmal: Hier geht's ausschließlich um die Gemeinderatswahl!«

Die Beranek aber ließ sich nicht beirren, sie ignorierte ihn jetzt einfach, redete direkt zum Publikum: »Und wenn's ganz oben stinkt, dann darf man sich nicht wundern, wenn's ein Stückel weiter unten nicht viel besser ist. Jeder bedient sich in dieser Stadt, wie er nur kann. In meiner Straße zum Beispiel, da wohnt ein Frühpensionist der Stadtwerke ...«

Der SPÖ-Kandidat gab noch nicht auf, versuchte sogar einen ironischen Tonfall: »Legen Sie jetzt die beliebte Sozialschmarotzer-Platte auf?«

»Ich weiß nicht«, sagte die Beranek, auf einmal sehr ernst, »wie man das sonst nennen soll, wenn nicht Sozialschmarotzer ... Dieser Mann ... Ich nenn natürlich keine Namen ... Winterndorfer heißt er ...«

Dafür erntete sie wieder die Lacher des Publikums, und ein Mann, der unmittelbar vor Axel saß und Journalist zu sein schien, schrieb sich den Namen auf.

»Dieser Herr«, sagte die Beranek weiter, und es war jetzt ganz still im Saal, »dieser Herr wurde bei den Stadtwerken in Frühpension geschickt, weil er angeblich zu krank zum Arbeiten ist. Aber jeden Tag ist er stundenlang auf dem Tennisplatz. Und wenn ich bei seinem Haus vorbeikomm, seh ich ihn Holz hacken. Und wie er hackt, das muß man sich einmal anschauen! Aber bei den Stadtwerken kann er nimmer arbeiten, dafür ist er zu krank ... Aber er kriegt ja eh nicht viel in der Frühpension, nicht einmal ganz dreißigtausend Schilling, also nicht einmal ganz viermal so viel wie ein Mindestrentner, der sein Leben lang ehrlich und fleißig gearbeitet hat ... Das werden wir dem kranken Herrn Winterndorfer doch gönnen, oder?«

Axel beugte sich wieder zur Kamera hinunter, um zu sehen, ob der Bildausschnitt noch stimmte.

(Am anderen Tag, am Freitag, dem elften September, um halb neun in der Früh, von einem Auto aus, das in der Lanzgasse stand, wieder ein Blick durch einen Sucher, nicht durch den Sucher einer Videokamera, sondern eines Fotoapparates mit sehr langer Brennweite: Ein Mann im grauen Jogginganzug war zu sehen, er saß, es war ein fast noch sommerwarmer Tag, auf der Terrasse eines sehr bescheidenen Hauses, trank Kaffee, las eine kleinformatige Zeitung. Der Kameraverschluß klickte ein paarmal, dann fuhr das Auto, von dem aus fotografiert worden war, davon.)

20

Sie saßen in einem kleinen Büro, und Loitzenthaler strahlte: »Ich hab das Video angeschaut, das ist ein Hammer!«

»Danke für die Blumen!« meinte die Beranek.

Der Chef sei begeistert, wußte Loitzenthaler zu berichten. »Das allerdings ist eher schlecht für Sie, Frau Doktor, weil das bedeutet: Noch mehr Arbeit.«

»Ich bin belastbar.«

»Gut«, sagte Loitzenthaler und bat die Beranek, ihm also in den Konferenzraum zu folgen, sie gingen hinunter in den ersten Stock, an der Tür flüsterte er noch: »Sie überlassen das jetzt bitte alles mir, ja?«

Auf dem riesigen Tisch, den die Beranek schon kannte, standen nun Mineralwasserflaschen, Gläser, Thermoskannen und Kaffeetassen. Eine Menge Hände waren zu schütteln, die Beranek kannte von den schon Anwesenden nur Öllerer, den Spitzenkandidaten, Bruno und natürlich Krennhofer. Die anderen Männer teilte sie in zwei Gruppen, in die jungen, dynamischen, stoppelbärtigen in den modischen Anzügen und in ein kleines Häuflein vierschrötiger älterer Männer, die alle Veränderungen der Partei in den letzten zwanzig Jahren überstanden zu haben schienen.

Man hatte, schien es, nur auf Loitzenthaler und die Beranek gewartet, nun setzte man sich hin, alle schienen sie ihre Stammplätze zu haben, so kam die Beranek neben Krennhofer ganz unten am Tisch zu sitzen. Der Stuhl am Kopfende blieb leer, offenbar für den Chef reserviert, flankiert von Bruno und Loitzenthaler, neben dem saß Öllerer, wie offenbar überhaupt die Nähe zum leeren Stuhl den Rang in der Hackordnung der Parteigranden signalisierte.

Loitzenthaler eröffnete die Landesparteileitungssitzung, eine außerordentliche, die notwendig geworden sei, wie er betonte, ohne zunächst noch einen Grund anzugeben. Dann redete er davon, daß die Zukunft der gesamten Partei sich in diesem Wiener Wahlkampf entscheiden werde: »Diesmal geht's um viel mehr als nur um den Gemeinderat beziehungsweise Landtag! Das ist eine historische Chance. Wir können diesmal in Wien die stärkste Partei werden. Wenn wir das schaffen, schaffen wir alles. Wenn wir's nicht schaffen, dann schaffen wir's auf Bundesebene nie mehr. Also: Wir müssen es in Wien schaffen. Also: Wir müssen alles dafür tun. Und wenn ich alles sage, meine ich: Alles!«

Die Männer, die jungen wie die alten, klopften nach Studentenart mit den Fingerknöcheln heftig auf die Tischplatte, und die Beranek tat es ihnen gleich.

»Jeder von unseren Kandidaten«, fuhr Loitzenthaler fort, »und jeder Mitarbeiter, absolut jeder muß ackern, als käm's nur auf ihn allein an, als müßt er oder sie die Wahl ganz allein gewinnen.«

Krennhofer stand auf und ging um den Tisch herum zu Bruno, niemand, die Beranek ausgenommen, beachtete ihn.

»Die Umfrageergebnisse sind so gut wie noch nie«, wußte Loitzenthaler zu berichten. »Besonders erfreulich ist: Der Bekanntheitsgrad der Frau Doktor Beranek-Schnötzinger ist auf vierundzwanzig Prozent gestiegen.«

Wieder klopften die Herren begeistert auf den Tisch – alle, wie die Beranek registrierte, bis auf einen: Öllerer, der Spitzenkandidat, klopfte gar nicht so begeistert.

»Danke, meine Herren!« sagte die Beranek. »Aber hundert Prozent wären mir lieber.«

»Das kommt schon noch«, meinte Loitzenthaler, »das kommt garantiert noch.«

»Es sind nicht einmal mehr vier Wochen bis zur Wahl«, sagte die Beranek und sah, wie oben am Tisch Krennhofer etwas, eine Computerdiskette allem Anschein nach, vor Bruno hinlegte, der nur nickte und zu wissen schien, was er darauf finden würde.

Während Krennhofer dann an seinen Platz neben der Beranek zurückkehrte, sagte Loitzenthaler nach einer Handbewegung zum leeren Stuhl hin: »Der Chef möcht, daß wir die Frau Doktor Beranek-Schnötzinger in den Landesparteivorstand kooptieren. Wer ist dafür?«

Ehe noch jemand reagieren konnte, war die Beranek aufgestanden: »Herr Loitzenthaler, ich geh vielleicht raus bei der Abstimmung ...«

Aber Loitzenthaler deutete ihr, sich wieder hinzusetzen. »Abstimmung!«

Alle hoben augenblicklich die Hände – alle, wie die Beranek registrierte, bis auf Öllerer, der erst nach einem strengen Blick Loitzenthalers seine Zustimmung bekundete.

»Einstimmig, eh klar. Danke, meine Herren!« sagte Loitzenthaler.

Da meldete sich Öllerer zu Wort: »Übrigens: Ist die Te-Vau-Konfrontation schon fixiert?«

»Der Termin steht«, sagte nun Bruno. »Wen wir hinschicken, ist noch offen.«

»Na, den Spitzenkandidaten«, meinte Öllerer, »das war doch ausgemacht.«

Aber Loitzenthaler sagte, wiederum auf den leeren Stuhl zeigend: »Das ist Chefsache.«

Eine halbe Stunde später, in der einzelne Bezirksorganisationen über ihre Wahlkampfaktivitäten – »Kurz, klar und präzise!« wie Bruno sich erbat – berichteten, ging die Beranek die breiten Treppen des Palais hinunter, Krennhofer folgte ihr und sagte unten in der Sala Terrena dann leise: »Frau Doktor, ich an Ihrer Stelle tät die Finger lassen von dem langhaarigen ... von dem Axel.«

»Warum?« Die Beranek blieb stehen.

»Das ist keiner von uns«, sagte Krennhofer, »und das wird nie einer von uns.« Er holte einen zentimeterdicken Aktenumschlag mit der Aufschrift Streng vertraulich! aus seinem Aktenkoffer und reichte ihn der Beranek.

»Na, allerhand für die paar Tage«, sagte die Beranek und fing zu blättern an. »Mein Gott, Zivildienst! – Und für seine Eltern kann man nix ...«

»Der Vater ein zweihundertprozentiger Roter ...«, sagte Krennhofer eindringlich, fast beschwörend. »Beim Bruder weiß man nicht recht ... Aber die Freundin, sie studiert übrigens Afrikanistik ... Sie werden da eine Liste finden von den Veranstaltungen, an denen sie in der letzten Zeit teilgenommen hat ...«

Die Beranek lachte auf: »Das wird mir langsam unheimlich. Woher habt ihr das alles?«

Krennhofer überging die Frage: »Die Band, mit der der Axel da spielt, das sind dubiose Figuren, unglaublich ... Aber, Frau Doktor, das für mich Schwerwiegendste ist sein Aufenthalt in Angola ...«

»Zimbabwe«, korrigierte die Beranek, »nicht Angola«.

»Angola!« sagte Krennhofer bestimmt. »Und nach Meinung unserer Experten hat er dort Kontakte mit der MPLA gehabt.«

»Der Axel war nicht in Angola, sondern in Zimbabwe«, nun wurde die Beranek ärgerlich, »das weiß ich hundertprozentig, weil er dauernd davon erzählt. Und mit Politik hat das gar nichts zu tun ...«

»Lesen S' das alles in Ruhe, Frau Doktor«, bat Krennhofer nun sehr höflich. »Für mich gehört der zur Fünften Kolonne! Ich tät sagen: Finger weg!«

»Ich behalt den Axel, der ist in Ordnung.«

»Auf Ihre eigene Verantwortung, Frau Doktor.«

Die Beranek drehte sich um, ging auf den Ausgang zu, und Krennhofer folgte ihr. Hatte er ihr noch etwas zu sagen?

Er sagte nichts, ging nur neben ihr her, da fragte die Beranek: »Auf der Diskette, die sie dem Bruno gegeben haben, da waren Informationen über mich drauf, nicht?«

»Also bitte, Frau Doktor!« Er tat so entrüstet, daß sie ihm beinahe glaubte. »Das war was … was Organisatorisches, nichts von Bedeutung.«

Statt ihn zu fragen, was genau, fragte die Beranek: »Wie dick ist denn eigentlich mein Akt?«

»Also bitte, Frau Doktor!« sagte er noch einmal.

Sie traten hinaus auf die nächtliche Straße.

»Ist der Axel da?« fragte Krennhofer. »Oder darf ich Sie nach Hause bringen oder wohin Sie wollen?«

»Danke, ich nehm mir ein Taxi, da vorn ist gleich ein Standplatz«, sagte die Beranek, dann lächelte sie ihn an: »Ganz ehrlich, Herr Krennhofer, bei einem persönlichen Referenten, den Sie mir aussuchen, hätt ich immer das Gefühl, daß er eigentlich für Sie arbeitet. Aber der Axel, der arbeitet für mich.«

Nun lächelte plötzlich auch Krennhofer, und die Beranek war geneigt, es als Kriegserklärung zu betrachten.

»Diesmal ist, wie Sie das gewünscht haben, auch das Wochenende voll«, sagte er dann, nachdem sein Lächeln, so plötzlich wie es gekommen, wieder verschwunden war.

»Morgen«, meinte die Beranek, »wird mich mein Mann begleiten. Der Axel spielt ja, wie Sie wissen«, ein süffisantes Lächeln schien ihr nun angebracht, »in dieser Band, die haben da am Abend einen Auftritt irgendwo in der Provinz, da muß er noch spielen, aber er hat mir versprochen, er sagt alle anderen Termine ab bis zur Wahl …«

»War die Wette eigentlich ernst gemeint?«

»Hundertprozentig!« bestätigte die Beranek. »Aber, ich weiß nimmer, um was haben wir eigentlich gewettet? Um eine Kiste Champagner, oder?«

21

Axel wußte nicht, wie er es den anderen beibringen sollte. Er hatte, kaum gesagt, diesen einen blöden Satz sofort dahingehend abzuschwächen versucht, daß er *versuchen* würde, die weiteren Termine abzusagen, aber die Beranek hatte einfach nur gemeint: »Ich verlaß mich auf dich, ich brauch dich unbedingt, ohne dich bin ich aufgeschmissen.«

Er wußte, daß er vorsichtig sein mußte. Sein unbedachter Satz war die Antwort darauf gewesen, daß die Beranek ihn gelobt hatte, weil er Unzulänglichkeiten in Krennhofers Terminplänen, die fast schon nach Sabotage rochen, nicht nur erkannt, sondern auch selbständig korrigiert hatte. Das eine Mal waren die Termine so dicht gedrängt, daß sie einfach nicht pünktlich einzuhalten waren, dann wieder taten sich Löcher auf, die sinnvoll zu füllen nicht möglich war. Axel hatte, zuerst eher als Denksportaufgabe, von sich aus andere Pläne ausgetüftelt, dann, ohne die Beranek damit zu behelligen, hier und dort angerufen, gedehnt, was zu dicht gewesen war, somit die Lücken gefüllt und damit auch bewiesen, daß, was immer Krennhofer auch sagte, eine dichte, dabei aber streßfreie Terminplanung möglich war, dafür hatte die Beranek ihn überschwenglich gelobt.

Er war, er wußte es und fiel doch immer wieder drauf rein, sehr empfänglich für Lob und hatte sich auch früher schon, öfter als genug, hinreißen oder überreden lassen zu Versprechen, die er später bereut hatte, nur um in diesem einen Augenblick noch ein bißchen mehr Lob zu bekommen.

Ob er die nächsten drei Gigs spielte oder nicht spielte, ihm lag nichts daran, sie würden alle wie der heutige sein, eine Disco auf dem Land, im Weinviertel oder in der Südsteiermark oder in Tirol, sie glichen einander alle zum Verwechseln, Samstagabend-Publikum, zur Ausgelassenheit wild entschlossene Kids, die nicht merkten, wie gut oder schlecht man spielte, wenn es nur laut genug war. Man bezahlte auf dem Land immerhin besser als in Wien, das war der Grund, warum sie hier auftraten, und, ach ja!, um sich langsam ein auf sie eingeschworenes Publikum aufzubauen, das dann auch ihre CDs kaufen und bei den Radiostationen anrufen würde, damit man ihre CDs dort spielte; so hatten sie es sich wenigstens ausgedacht, und Axel wußte nicht, ob die anderen noch daran glaubten, daß es funktionieren könnte.

Er würde, er war nun fest entschlossen, die nächsten drei Gigs nicht spielen. Gicko, Schatti und Marcus spielten und Peter sang in diesen Kaffs so gut, wie sie es konnten, Axel selbst spielte, wann immer er das Gefühl hatte, daß es an diesem Abend um die Kohle ging und sonst nichts, viel schlechter und weit unter seinem Niveau, das, verglichen mit dem der anderen, ohnehin nicht hoch war. Er war und wußte es, kein Profi wie die anderen, nur ein Amateur, ein begabter vielleicht, aber doch nur Amateur. So gut wie er spielte der Pokorny Günther allemal, der konnte ihn auch die nächsten dreimal vertreten, es würde die anderen nicht stören.

Dennoch wartete Axel den letztmöglichen Augenblick ab, es war halb fünf, es dämmerte schon, sie hatten ihr Equipment längst im Bus verstaut, da wollte Axel damit anfangen, aber die Fahrt nach Wien würde eine dreiviertel Stunde dauern, er wollte seine Entscheidung nicht diskutieren und kam zum Entschluß, daß dies noch nicht der wirklich letzte mögliche Augenblick war.

Er stieg in Wien als erster aus, hatte die Bustür schon geöffnet und sagte: »Die nächsten drei Wochen haben wir eh nur drei Gigs, oder?«

»Ja, wieso?« fragte Peter.

Axel drückte herum: »Vielleicht geht's eh, aber möglicherweise muß ich hackeln. Vielleicht könnt der Pokorny Günther statt mir spielen ...«

Gicko lachte ein wenig: »Ich hab glaubt, du willst nimmer fahren für die ... die Wahnsinnige.« Und Axel wußte, er hätte ihnen nichts über die Beranek erzählen dürfen.

»Was bleibt mir denn übrig!« sagte er. »Du und der Peter, ihr habts euren Job in der Musikschule, der Schatti auch, der Marcus hat dauernd Studiojobs ... Ich muß schauen, daß ich ein bissel Geld aufstell.« Dann fügte er noch hinzu: »Ich kann da jetzt jede Menge Überstunden machen ... Die Wochenenden durch ... Was soll ich tun? Ich brauch Kohle ... Ich hab mich total drauf verlassen, daß das mit der Tournee hinhaut. So g'schissen, wie's mir finanziell geht, ich tät alles machen, was Kohle bringt. Vorübergehend ...«

»Na, und wählst sie dann auch?« fragte Schatti.

»Geh, seids net teppert! Ich bin der Fahrer, sonst nix. Ich kann mir die Leut, die ich in der Gegend herumfahr, nicht aussuchen! Ciao!« Axel schlug die Wagentür zu und wollte ins Haus gehen.

Aber Gicko öffnete von innen die Tür noch einmal: »Wenn die gewinnt, die Arsch-Partie, die reaktionäre, dann wandere ich aus.«

»Okay«, meinte Axel, »vielleicht komm ich dann mit, ich überleg's mir noch.«

22

Jener Mann von etwa fünfundvierzig, der Winterndorfer hieß und so gerne Jogginganzüge trug, einen dunkelblauen diesmal mit einem hellblauen Streifen quer über der Brust, der trat eineinhalb Stunden später aus seinem kleinen Garten hinaus auf die Lanzgasse. Er wandte sich nach rechts und ging an die fünfzig Meter weit. (Einem unbefangenen Beobachter wäre vielleicht sein seltsam unregelmäßiger Gang aufgefallen, doch war die Lanzgasse an diesem Sonntagmorgen um dreiviertel acht ganz leer.) An der Säule einer Straßenlaterne hing eine Zeitungstasche, Winterndorfer warf die Münze, die er in der zur Faust geschlossenen Hand getragen hatte, in die kleine Eisenkasse, nahm eine Zeitung heraus, ging damit zu seinem Haus zurück.

Auf dem Waschbetonplatten-Weg, der vom Gartentor zum Windfang führte, lagen ein paar Blätter, die der Wind in der Nacht von der Buche herübergeweht haben mußte, Winterndorfer bückte sich, hob sie auf, trug sie zum Komposthaufen hinterm Haus und trat durch den Hintereingang direkt in die Küche.

Seine Frau, noch im Morgenmantel, fragte, ob sie den Kaffee hinaus auf die Terrasse tragen sollte, aber Winterndorfer fand es zu kalt für ein Frühstück auf der Terrasse, man spüre den Herbst schon heute morgen. Dann setzte er sich auf seinen Platz auf der Eckbank und schlug die Zeitung auf.

Er las nur diese eine Zeitung, und er las sie jeden Morgen sehr gründlich, er hatte viel Zeit. Früher im Büro hatte er immer zuerst den Sportteil aufgeschlagen, danach in die Innenpolitik hineingelesen und die übrigen Seiten nur rasch überflogen, jetzt las er die Zeitung wie ein Buch, fing bei den manchmal fünf Zentimeter hohen Schlagzeilen an und hörte mit dem Fernsehprogramm auf der letzten Seite auf, eine halbe oder mit Glück sogar dreiviertel Stunde verging täglich mit dem Zeitunglesen. Heute las er von einem Gerichtsverfahren, das dem amerikanischen Präsidenten drohte, von einem Frauenmord im Salzkammergut, von den Gehaltsverhandlungen der Beamten, von einem Streit über den Semmering-Basistunnel, und dann las er über eine Frau, die er kannte, weil sie auch in der Lanzgasse wohnte, schräg gegenüber von Winterndorfer.

Eine ganze Seite war der Doktor Beranek-Schnötzinger gewidmet. Winterndorfer erfuhr, daß sie bei den Gemeinderatswahlen für die DEMOKRATEN kandidierte, an einer Podiumsdiskussion mit Vertretern der anderen Parteien teilgenommen und dabei, wie es in der Zeitung stand, »brilliert« hatte. Es gab in der Zeitung ein Foto von ihr, Winterndorfer hätte sie ohne den Text darunter nicht erkannt. Wann hatte er sie zuletzt aus der

Nähe gesehen? Es mußte Jahre her sein, auch damals nur von weitem, manchmal hatte er sie im Park ihrer Villa durch die Hecke am Zaun hindurch mehr geahnt als gesehen, manchmal wie sie mit ihrem Auto weggefahren oder angekommen und ausgestiegen war, um das Gartentor zu öffnen, und immer hatte er dabei gedacht, so reiche Leute müßten sich doch eigentlich ein ferngesteuertes, elektrisch zu öffnendes Gartentor leisten können. Er wußte nicht viel über die Dame da drüben mit dem Doppelnamen, nur daß sie Lehrerin an einem Gymnasium war, in der Zeitung las er nun, daß sie längst Direktorin geworden war. Von ihrem Mann wußte er nur, daß er viel älter als sie und Rechtsanwalt war. Winterndorfer glaubte sich zu erinnern, daß sein Vater, als er selbst noch ein Kind gewesen war, manchmal irgendwas über den Nachbarn da drüben erzählt hatte, dessen Villa nicht in die Lanzgasse paßte, sondern viel eher in die vornehmere Sommerfeldgasse weiter oben am Hang. Als Kind hatte Winterndorfer sich manchmal vorgestellt, sie müsse mitsamt dem Park einfach heruntergerutscht sein in die bescheidenere Lanzgasse, und er hatte sich schaurige Geschichten ausgedacht, die in der Villa da drüben geschehen hätten können, jetzt versuchte er sich zu erinnern, was sein Vater über den Rechtsanwalt erzählt hatte; es war, glaubte er zu wissen, in Abwandlungen immer die gleiche Geschichte gewesen, aber sie fiel ihm nicht mehr ein.

Dessen Frau, las er nun, hatte in dieser Diskussion einen Nationalratsabgeordneten der Sozialisten scharf angegriffen, weil der sich angeblich eine riesige Villa gebaut, aber von der Gebietskrankenkasse, deren Funktionär er offenbar war, bezahlen hatte lassen, zum Teil wenigstens. Winterndorfer sah ein Foto der Villa, ein riesiges, modernes Bauwerk, aber, so fand er, lange nicht so eindrucksvoll wie die Schnötzinger-Villa. Unter dem Bild las er: ACHT-MILLIONEN-VILLA FÜR NUR DREI MILLIONEN?

Und dann fand er auf dieser Zeitungsseite noch ein Foto, auf dem er selbst zu sehen war, draußen auf der Terrasse sitzend.

Im ersten Augenblick dachte Winterndorfer gar nichts, eins fügte sich einfach nicht zum anderen, es konnte gar nicht sein, daß ein Foto von ihm in der Zeitung war. Das mußte jemand anderer sein. Der Mann auf dem Bild war durch einen schwarzen Balken über den Augen halb unkenntlich gemacht, aber es war Winterndorfers Frisur, die der Mann trug, und er hatte einen Jogginganzug an, der dem, den Winterndorfer gestern abend in die Wäsche getan hatte, aufs Haar glich. Und die Terrasse war seine Terrasse, die Dachrinne war zu sehen, die seit Jahren schon erneuert hätte werden müssen, und die Überzüge der Sitzkissen waren gestreift wie die draußen vor dem Haus.

In der Bildunterschrift wurde der Mann Kurt W. genannt, von diesem Kurt W. war auch in den letzten beiden Absätzen des Artikels die Rede. Kurt Winterndorfer fand sich auf einmal, als hätte er das Lesen verlernt, nicht mehr zurecht in den Zeilen. Er las das Wort Sozialschmarotzer und las, daß die Beranek-Schnötzinger ihn so genannt hatte. Er las etwas übers Holzhacken, dann das Wort Frühpensionist, und ihm fiel ein Satz ein, den er einmal über seine Krankheit gelesen hatte und der ihm sonst nur in der Nacht einfiel, wenn er nicht schlafen konnte: »Die nach langer Krankheitsdauer entstehende Hirnschrumpfung kann mit Schwachsinn enden.«

Seine Frau blickte ihn jetzt erstaunt an, hatte er den Satz laut gesagt?

Er schlug die Zeitung zu, hörte seine Frau »Was ist denn?« fragen, er wollte antworten, wußte aber nicht, was er hätte sagen können, er glaubte auch, er würde kein Wort herausbringen. Er atmete tief durch, schlug die Zeitung dort wieder auf, wo er, ohne es gemerkt zu haben, den Mittelfinger hineingesteckt hatte, und da war das Foto dieser Frau da drüben, das Foto dieser Villa und das Foto von ihm selbst.

Er stand auf, wieder fragte seine Frau »Was ist denn?«, wieder gab er keine Antwort, er ging hinaus, durch den Windfang diesmal, hinaus auf die Straße, die er überquerte, dann stand er vor dem zweiflügeligen Schmiedeeisentor der Schnötzinger-Villa, er fand keine Klingel, weder an der einen noch an der anderen Säule, und er dachte schon, wieder umkehren zu müssen, aber dann probierte er und fand das Tor offen.

Er ging den Kiesweg entlang zur Villa hinauf, fünf breite und flache, von einer Art Balustrade gesäumte Stufen führten zur Haustür hinauf, altes Holz, abblätternder Lack, zwei Türflügel, Glas, ein schmiedeeisernes Gitter davor, ein Löwenkopf mit Ring im Maul als Türklopfer, ein Klingelknopf an der Wand. Winterndorfer drückte ihn. Wie lange er wartete, wußte er später nicht mehr, dann stand die Frau vor ihm.

Er hielt ihr die Zeitung entgegen, die er, ohne es zu bemerken, mitgenommen hatte: »Frau Doktor, wie können Sie sowas behaupten!«

»Ich behaupte gar nichts«, sagte sie, dann nahm sie ihm die Zeitung aus der Hand, die sie offenbar noch nicht gesehen hatte, überflog die Seite und sagte endlich: »Die Zeitungen schreiben, was sie wollen.«

»Frau Doktor, das ist doch alles … Hören Sie, ich hab Multiple Sklerose und …«

Sie fiel ihm ins Wort: »Das ist Pech für Sie. Aber dafür kann ich ja nichts, oder?«

Winterndorfer wußte, er würde, was immer er jetzt antwortete, ins Skandieren, so nannte man es, verfallen, und je mehr er es würde vermeiden wollen, umso schwerer würde sie ihn verstehen.

Aber versuchen mußte er es! »Das mit dem Holzhacken«, fing er an, »das ist doch lächerlich, das ist doch nur …«

Es schien, dachte er erleichtert, ganz verständlich zu klingen, aber sie ließ ihn nicht ausreden: »Hören Sie, mir ist das wurscht, was Sie machen. Was wollen Sie eigentlich von mir?«

»Frau Doktor, ich verlange von Ihnen …«

»Sie verlangen was von mir? Ihre Frechheit möcht ich haben …«

Winterndorfer riß ihr die Zeitung, die sie immer noch hielt, aus der Hand, hätte sie ihr am liebsten ins Gesicht geschlagen. »Frau Doktor, da stimmt überhaupt nichts! Kein Wort! Dreißigtausend im Monat, ich glaub, ich spinn!«

»Das glaub ich auch. Wenn Ihnen was nicht paßt, wenden Sie sich an die Zeitung. Oder ans Salzamt. Wiederschaun!«

Sie schlug die Haustür zu, und Winterndorfer brauchte einen Augenblick, um zu begreifen, was ihm da eben geschehen war. Dann drückte er noch einmal den Klingelknopf, seine Hand zitterte zwar, als er die Bewegung ansetzte, und sie traf, er hatte kaum damit gerechnet, den Klingelknopf sogar, dann nahm er all seinen Mut zusammen.

Ihr Kopf erschien noch einmal in der Tür, und sie sagte sehr ruhig, sehr bestimmt: »Einmal wenn Sie noch läuten, dann ruf ich die Polizei, ja! Verschwinden S', aber schnell, ja!«

Schon war ihr Kopf wieder weg, die Tür geschlossen.

Winterndorfer stand da und dachte, daß man das, was er fühlte, wohl ohnmächtige Wut nennen müßte, und nach dem einen Augenblick, da er das gedacht hatte, fühlte er gar nichts mehr. Er hätte noch einmal läuten können, aber ließ es bleiben, er drehte sich um und ging sehr langsam durch den Park hinunter auf die Straße. (Ein unbefangener Beobachter hätte nun bemerkt, worin die seltsame Art seines Gehens bestand: Ein Bein, das rechte, schien nicht richtig zu funktionieren. Der allfällige Beobachter hätte auch sehen können, daß die Behinderung nun stärker zu erkennen war als knapp eine halbe Stunde zuvor. Aber niemand sah es, denn die Lanzgasse war an diesem Sonntagmorgen um zehn nach acht ganz menschenleer.)

23

Krennhofer schob ein paar zusammengeheftete Blätter Papier über den Schreibtisch, das allerletzte Blatt war aufgeschlagen: »Da unterschreib!«

»Was ist das?« fragte Axel.

»Dein Vertrag. Die Normalarbeitszeit zahlt der Kommerzialrat Wanek, den Rest bezahlen wir.«

Ganz oben auf der letzten Seite, auf der unten schon eine Unterschrift stand, las Axel, daß er für vier Wochen fünfundvierzigtausend Schilling bekommen sollte. Was erwartete man dafür von ihm? Er mußte lesen, was auf den vorderen Seiten stand…!

»Was ist?« fragte Krennhofer. »Zu wenig?«

»Nein«, sagte Axel schnell. »Nein, nein.« Bestimmt konnte Krennhofer ihm ansehen, daß er mit so viel gar nicht gerechnet hatte.

»Also dann unterschreib!« sagte Krennhofer und würde es, dachte Axel, als Mißtrauen auffassen, wenn er sich nun hinsetzte und den Vertrag in aller Ruhe durchlas.

»Eigentlich soll man nichts unterschreiben, was man nicht genau gelesen hat …«, sagte Axel.

»Sagt wer?« fragte Krennhofer. »Dein Bruder, der demnächst die Steuerberaterprüfung macht?«

»Woher weißt du das?«

»Wir leben in einer Informationsgesellschaft.« Krennhofer grinste ihn an. »Das geht schon in Ordnung, da gibt's nichts Kleingedrucktes.«

Und ich werd's trotzdem lesen! dachte Axel, aber dann beugte er sich über den Schreibtisch, nahm den Kugelschreiber, den Krennhofer ihm entgegenhielt… Nein! Er gab den Kugelschreiber zurück, nahm das Papier an sich. »Ich les mir das durch, aber nicht jetzt, weil ich die Doktor Beranek abholen muß. Ich unterschreib morgen.«

»Na, klar liest du dir das durch, das ist dein gutes Recht,

und beim Krennhofer kann man sowieso nicht vorsichtig genug sein«, sagte später die Beranek. »Ich hab drauf bestanden, daß sie dich ordentlich bezahlen: Ordentliche Arbeit – ordentliches Geld.«

»Danke«, sagte Axel.

»Wer was kann, soll auch was verdienen«, sagte die Beranek. »Und, Axel, wie's nach der Wahl weitergeht, das hängt von dir ab. Ich kann, wenn ich will, schon was tun für dich. – Übrigens: Ich wett, der Krennhofer hat dich gebeten, ihn ein bisserl zu informieren.«

»Wie meinen Sie das?« fragte Axel, obwohl er wußte, wie sie es meinte; aber tatsächlich hatte Krennhofer nichts dergleichen von ihm verlangt, das aber sagte er nicht.

»Du, Axel, du bist ... Wenn du auch noch loyal bist, dann kannst was werden. Schneller als du vielleicht glaubst. Im anderen Fall, wenn du mir in den Rücken fällst, mach ich dich fertig. So wie ich den Krennhofer fertig machen werd – zu gegebener Zeit.«

Gegen halb zwölf am Abend, im VERDI in der Langegasse, sagte Sandra, nachdem er ihr das Papier gezeigt hatte: »Axel, wenn du das unterschreibst, dann gehörst du zu denen!«

»Wo steht das? Zeig mir bitte, wo das da drin steht!«

»Dann unterschreib!«

»Das ist eine Partei wie jede andere! Ich weiß schon, was du meinst, aber ... Früher einmal vielleicht, aber jetzt ...«

Sandra fiel ihm ins Wort: »Du meinst, weil sie sich jetzt DIE DEMOKRATEN nennen, sind sie's auch? Du glaubst das doch nicht, die ändern sich nie! *Überwindung aller alten, abgewirtschafteten Ideologien, strikte Abgrenzung nach Linksaußen wie nach Rechtsaußen*, das hab ich auch gelesen, aber das ist doch der billigste Schmäh überhaupt!«

»Eben nicht!« behauptete Axel. »Denk einmal logisch ...!«

»Sag *du* mir bitte nicht, daß ich logisch denken soll!«

Axel ließ sich nicht beirren: »Wenn sie noch so wären wie

früher einmal, dann wären sie nie mehrheitsfähig, also müssen sie ja ...«

Sandra sprang auf, nahm ihre Jacke. »Du bist sowas von naiv, das gibt's ja überhaupt net!« Dann war sie draußen.

Martin fand am anderen Morgen beim Frühstück nicht viel auszusetzen an Krennhofers Papier. »Sicher ist, daß du noch nie für ein paar Wochen so viel Geld gekriegt hast.«

Axel trug heute statt T-Shirt und Lederjacke ein Hemd mit Kragen und ein Sakko. »Das ganze Überlegen hat eh keinen Sinn«, sagte er, »weil unterschreiben muß ich das sowieso. Weil die Arbeit mach ich ja, und wenn ich Geld sehen will ... Daß ich auf die Kohle nicht verzichten kann, das weißt du am besten. – Martin, sag bitte aber der Sandra nichts davon, weil für die sind DIE DEMOKRATEN ...«

»DIE DEMOKRATEN sind eine demokratisch gewählte Partei, was immer manche Leut auch sagen.«

Den ironischen Tonfall überhörte Axel und sagte nur: »Eben.«

24

Oft und gerne redet der Chef, wenn er im Extrazimmer eines sehr bekannten, sehr vornehmen Innenstadtrestaurants eine exklusive Tafelrunde um sich versammelt, von LEADERSHIP. Einmal läßt er sich vom Kellner den FALTER bringen, schlägt den Kleinanzeigenteil auf und liest vor: »*Musiktherapie, Existenzanalyse nach Viktor Frankl*. Darunter kann man sich etwas vorstellen. Aber was könnte das bedeuten: *Selbstausrichtungsworkshop* und *Augentraining mit Gehirnintegrations- und Kleeblattspiel ...*?«

Niemand in der Runde weiß es.

»Begriffe wie *Shiatsu, Reiki* oder *Tantrayoga*«, fährt der Chef fort, »die hab ich, glaub ich, schon gehört. Aber *Da Guang Ming*,

Posturale Integration, Erdgongklangbad und *Indianisches Chakraheilen*, was mag das nur sein? Letzteres, hört zu, wird so erklärt: *Der persönliche Totempfahl und Krafttiere als Krisenhelfer und Wegbegleiter.*« Er blättert weiter und liest vor: »*Leben Sie wirklich?*« Und dann: »*Leben lernen! Wir hören Ihnen zu. öS 400,–/Std.*«

Es scheine, führt er dann aus, als müßten wir unser Leben wirklich erst lernen. Er verweist auch auf all die Lebenshilfebücher und daß, wer im Fernsehen Lebenshilfestellung anbiete, mit höchsten Einschaltziffern rechnen dürfe, was den Verdacht erhärte, wir oder wenigstens viele von uns könnten das Leben ohne fremde Hilfe nicht mehr bewältigen.

Klar, es gebe Menschen, die brauchten, weil das Leben sie grausam beschädigt und gehandicapt habe, psychotherapeutische Behandlung. Und es gebe wenigstens potentiell in jedem Leben Situationen, in denen man gut beraten sei, »professionelle Hilfe« in Anspruch zu nehmen. Und Supervision sei für Menschen in psychisch extrem belastenden Berufen eine feine Sache. »Aber sind die Interessenten all dieser Kurse wirklich von Grund auf psychisch beschädigt? Und können sie Streß nicht mehr wie früher einmal beim Briefmarkensammeln abbauen oder etwa bei einem Gespräch mit Freunden im Biergarten?«

All diese Kurse, Seminare und Workshops vermittelten, so scheine es bei näherem Hinsehen, mehr oder weniger geschlossene Weltbilder, die freilich, das sollte in postideologischer Zeit wohl bekannt sein, allesamt falsch seien. »Aber was soll's, wenn man nur daran glaubt!« Um den Glauben gehe es ja auch, um metaphysische Bedürfnisse, die von den Großkirchen kaum noch befriedigt werden könnten, weshalb auch Sekten der sonderbarsten Art erstaunlichen Zulauf hätten.

Konservative und mehr noch reaktionäre Kreise beklagten, führt der Chef weiter aus, in diesem Zusammenhang immer wieder den Verfall der guten alten abendländischen Werte. Und der Chef verweist dann in diesem Zusammenhang auf seinen Vorgänger, der einmal geschrieben habe: »Leere Kirchen, leere

Seelen. Wieviel Leere verträgt das Land?« Wahr sei, fährt der Chef weiter fort, dies: »Früher hat man uns gesagt, wie wir leben sollen. Die Eltern haben es uns gesagt, die Kirche und der Staat. Angenehm war das nicht. Darum haben wir ja auch rebelliert dagegen. Mit dem Erfolg: Eltern, die nicht als repressiv gelten wollen, trauen sich nicht mehr, ihre Kinder zu erziehen. Die Kirche hat nichts mehr zu sagen, der Staat redet uns ins Privatleben so wenig drein wie nur möglich. Uns geht's richtig gut. Wir können innerhalb der vom Strafrecht gesetzten Grenzen leben, wie wir wollen. Bloß: Wir scheinen nicht zu wissen, wie wir leben wollen, also suchen wir uns jemanden, der es uns sagt. Und wir lassen uns helfen. Kaum ein Paar, das sich trennen will, schafft das heute noch ohne therapeutische Hilfe, und das Zusammenbleiben erst recht nicht. Nicht einmal im Urlaub mögen viele auf solche Hilfe verzichten, weshalb sie sich Animateuren ausliefern. Individualität geht dabei verloren, klar, aber wen stört's? Eigenes, selbständiges Nachdenken kann auf diese Art vermieden und verhindert werden, vielleicht geht's in Wirklichkeit nur darum?«

Hier macht der Chef, wann immer er darauf zu sprechen kommt, eine Pause, seinen Zuhörern Gelegenheit zum Nachdenken zu geben.

Und er wartet stets so lange, bis einer aus der Tafelrunde sagt, dies sei die Chance einer neuen Politik.

Da nickt der Chef, geht aber noch nicht gleich darauf ein. Alle diese Angebote hätten, führt er statt dessen weiter aus, eines gemeinsam: Sie kosteten Geld, oft sehr viel Geld. Die Güterproduktion verliere, er scheue sich nicht diese Platitüde zu wiederholen, in postindustriellen Gesellschaften an Bedeutung, es boome der Dienstleistungssektor. Diese ganz neuen Dienstleistungen in Anspruch nehmen zu können, werde zur Prestigefrage, weshalb das Angebot für die, die es sich leisten könnten, besonders reichhaltig sei. Das Seminarangebot für Manager etwa. Es gebe buchstäblich nichts, was ein Manager nicht in irgendeinem Seminar lernen könnte. Und neuerdings ließen sie sich auch »coachen«. Habe ein Manager einst entscheidungsfreudig und stark erscheinen wollen, brauche heute einer, der auf sich halte, einen Coach wie früher nur die Eishockeyspieler oder die Skirennläufer.

»Erinnert sich noch jemand?« fragt er dann plötzlich. »Früher einmal haben die Linken vom Ideal des mündigen, selbstbestimmten Bürgers gesprochen, gar vom *aufrechten Gang*.« Wieder sei eine Seifenblase aus dem ideologischen Zeitalter geplatzt. Der Mensch bedürfe der Führung, daran sei nicht zu rütteln. Nicht eine Wiederbelebung der alten abendländischen Werte, von so vielen selbst noch ideologisch Denkenden herbeigesehnt, bringe aber die Lösung, viel eher schon, was man vor dem Zeitalter der palavernden Aufklärung gewußt habe: Daß jene nämlich, die – und nun verwende auch er, aber ja!, diesen Begriff – zum aufrechten Gang fähig seien, die vielen Humpelnden, wenn nicht gar auf dem Bauch Kriechenden leiten und führen müßten. Dazu müsse man sich bekennen. An diesem mangelnden Bekenntnis zur Führung, damit zur Macht, sei ja auch die Herrschaft der alten Parteien gescheitert, die es nicht mehr gewagt hatten zu regieren, die nur mehr reagiert hätten, bestenfalls noch verwaltet. Führung sei unabdingbar, da das Wort aber ein wenig belastet sei, sagt der Chef, spreche er lieber von LEADERSHIP.

Und sogar ein egalitäres Element könne, wer da wolle, in dieser Forderung entdecken: Lebenshilfe würde auf diese Art auch denen zuteil, die sich die privatwirtschaftlichen Angebote, die er vorher erwähnt habe, nicht leisten könnten. Das Bekenntnis zu LEADERSHIP sei demnach, recht verstanden, auch ein Beitrag dazu, den – wie man früher einmal gesagt habe – Unterprivilegierten ihre Würde zurückzugeben.

25

Bei einer Pressekonferenz im Café Landtmann hatte er zum ersten Mal das Gefühl, daß die anderen dachten, er gehöre dazu. Für die zehn oder zwölf Journalisten, die gekommen waren, gehörte Axel wohl zu den DEMOKRATEN, er hatte ihnen zu Beginn die vorbereiteten Pressemappen überreicht; wohin sonst sollte der junge Mann mit dem Pferdeschwanz gehören, wenn nicht zur Partei?

So lange sie nicht von ihm verlangten, er müsse eine blaugelbe Uniform tragen wie die Wahlhelferinnen, so lange sei es ihm, dachte Axel, ganz egal, was irgendwer dachte. Außerdem, überlegte er, sei es sehr unwahrscheinlich, daß irgendwer hier im Raum überhaupt einen Gedanken an ihn verschwendet hatte.

Zu Mittag, als er mit der Beranek an einem Würstlstand lehnte, griff sie auf einmal nach seinem Pferdeschwanz und fragte, ob er sich die Haare nicht doch endlich schneiden lassen wolle.

»Damit ich ausschau wie der Krennhofer?« fragte Axel. »Nein. Die andern von der Band sind sowieso sauer auf mich, weil ich jetzt nicht spielen kann. Wenn ich mir die Haare auch noch schneiden laß, haun s' mi aussi.«

»Meinst, daß da noch einmal was wird?«

»Wir kriegen unsere Chance schon noch«, sagte Axel und hoffte, daß es entschlossen genug klang.

»Wie lange geht's heute?« fragte sie.

»Bis halb zehn«, Axel mußte nicht erst nachschauen, er hatte den Terminplan im Kopf. »In Simmering fangen wir an. Lauter Einkaufszentren heute nachmittag.«

Daß er neuerdings die Beranek, wenn sie sich »unters Volk mischte«, gemeinsam mit jedem, der es wollte, mit einer Polaroidkamera fotografierte, war Axels Idee gewesen. Er hatte es nicht erfunden, vielmehr vor Jahren einmal bei einem anderen Wahlkampf gesehen, an der Straßenbahnhaltestelle am

Ring vor dem Stadtschulratsgebäude, er hatte sich daran erinnert und es der Beranek vorgeschlagen, die angetan war von der Idee. An diesem Nachmittag verschoß er fast zwanzig Polaroid-Packs und alle Abgebildeten wollten die Unterschrift der Beranek auf dem Foto. Und alle wollten ihr die Hand schütteln, viele sagten ihr, sie würden das Bild »in Ehren halten«, und alle wünschten sie ihr viel Glück. Und die Beranek litt dabei, Axel sah es deutlich, es schien ihm, als könne sie diese Leute, zu denen sie aus der Distanz so gerne redete, in der Nähe nicht ertragen, als ekele es sie vor den Händen, die sich ihr entgegenstreckten, und wenn jemand sie anfaßte, am Arm nur oder an der Schulter, zuckte sie zusammen, was freilich außer Axel niemandem aufzufallen schien.

Es wurde halb elf an diesem Abend, Sandra wartete seit zehn auf ihn im VERDI, sie hatte ihn am Nachmittag angerufen, weil sie gestern wohl ein wenig zu heftig reagiert habe.

Um dreiviertel zwölf lagen sie dann im Bett, und Axel sagte, nachdem er vorhin im Auto schon von einer Wahlrede der Beranek erzählt hatte: »Vierzehn Stund am Tag hält die durch wie nix! Die Frau hat eine Kondition, das ist ein Wahnsinn!«

»Kannst du vielleicht irgendwann über was anderes auch reden!« fragte Sandra. »Oder gibt's jetzt überhaupt nur mehr die Beranek und ihre Scheißpartei!« Ehe Axel noch etwas antworten konnte, sprang sie aus dem Bett und fing an, sich anzuziehen.

»Geh, was hast denn?« fragte Axel.

»Ruf mich an, wenn der Wahlkampf vorbei ist!« schrie Sandra, nahm ihre restlichen Kleidungsstücke, rannte hinaus und knallte die Tür zu.

Axel hätte aus dem Bett springen, ihr nachlaufen müssen, aber er blieb liegen. Er hätte, wäre sie zurückgekommen, stundenlang mit ihr diskutieren müssen, dazu war er zu müde.

(Als sie aus dem Haus trat, da stand auf der gegenüberliegenden Straßenseite ein Mann, der holte ein kleines Diktiergerät aus der Tasche, hielt es ganz nahe an den Mund und flüsterte nach einem Blick auf die Uhr: »Dienstag, fünfzehnter September, dreiundzwanzig Uhr einundfünfzig.«)

»Kleine Meinungsverschiedenheit gestern am Abend?« fragte Martin in der Früh, er mußte die Tür gehört haben.

»Sie ist nervös jetzt, wegen der Diplomprüfung, weißt eh«, sagte Axel, nahm einen Schluck aus der Kaffeetasse seines Bruders, und Martin sagte: »Geh bitte, ich kann das nicht leiden! Nimm dir halt selber ein Häferl!«

Vor ihm lag eine Zeitung, Axel sah wieder ein Foto der Beranek darin, und Martin sagte: »Wennst mich fragst, diesmal gewinnen die. Ich hab für die nie was übrig gehabt, ob sie sich jetzt so nennen oder so, aber … Sie gewinnen auch nicht, weil sie so gut sind, sondern weil die anderen … Hör zu, Axel, vielleicht ist das eine echte Chance für dich. Du bist sozusagen von Anfang an dabei …«

(Später, nach Axels Tod, wird Martin sich genau an diesen Satz erinnern, den er zweimal gesagt hatte, an diesem Tag und ein paar Tage zuvor, und er wird versuchen, sich einzureden, er sei – deutlich erkennbar – nicht ernst, jedesfalls nicht als Aufforderung gemeint gewesen. Und als einen Beweis für sich selbst, daß Axel es genau so verstanden hatte, wird er sich dies in Erinnerung rufen:)

Axel ging hinaus, kam gleich darauf mit einem Button wieder, auf dem WIEN DEN WIENERN! ÖSTERREICH DEN ÖSTERREICHERN! zu lesen stand, den legte er vor Martin hin und sagte: »Steck ihn an, dann bist sozusagen auch von Anfang an dabei.«

26

Krennhofer brachte neues Material über die Beranek, das meiste bezog sich auf ihre Schule, wo sie ein strenges Regiment zu führen schien und alle aufmüpfigen Kollegen, die sie gewiß nicht als Kollegen, sondern eher als Untergebene sah, unbarmherzig und unversöhnlich verfolgte mit dem Ziel, daß sie selbst um Versetzung an eine andere Schule ansuchten. Alles folgte dem Schema, das Loitzenthaler und Bruno schon vom Fall dieses einen Zeichenlehrers her kannten. Ihre Opfer waren bereit zu reden, aber was sie sagten war nicht viel mehr als Tratsch, neue Erkenntnisse waren daraus nicht zu gewinnen. Zudem bekannte sich die Beranek ja zu ihrem Führungsstil, es sei, da sie als Direktorin sonst kaum Kompetenzen zur Personalauswahl habe, die einzige Möglichkeit, einen in sich einheitlichen, an einem Strang ziehenden Lehrkörper zu formen, der ihre Absicht, aus dieser Schule ein Elitegymnasium zu machen, auch verwirklichen konnte.

»Was du da hast«, sagte Loitzenthaler jetzt zu Krennhofer, »das deckt sich im wesentlichen mit dem psychologischen Gutachten, das wir gestern gekriegt haben.« Weiter ließ er sich darüber nicht aus.

Bruno hatte inzwischen neues Material über Schnötzinger bekommen, er habe nun einen recht guten Einblick in dessen Geschäfte und Verbindungen, mehr schien er aber Krennhofer nicht sagen zu wollen. Im großen und ganzen seien die Recherchen über das Ehepaar Schnötzinger-Beranek abgeschlossen.

Krennhofer schien enttäuscht, aber Loitzenthaler meinte, sie könnten sich hier in der Zentrale nicht ewig mit Randproblemen beschäftigen, hätten vielmehr das große Ganze des Wahlkampfes im Auge zu behalten, und neue Konzepte für die Zeit danach seien auszuarbeiten. Ein gewaltiger Erfolg zeichne sich ab, größer wahrscheinlich als man vor wenigen Wochen noch zu denken gewagt; mit den Schwarzen müsse man ja schon lange nicht mehr rechnen, aber auch die Roten hätten nur mehr die Person des Bürgermeisters anzubieten, nichts mehr sonst; alle Themen, die sie aufgriffen, ließen die Wähler kalt und fänden auch kaum Resonanz in den Medien. DIE DEMOKRATEN müßten, führte Loitzenthaler weiter aus, auch auf den größten denkbaren Erfolg, den er natürlich nicht verschreien wolle, wohl vorbereitet sein, auf daß sie nicht am Ende die Früchte des gewonnenen Krieges im Frieden wieder verspielten.

Krennhofer mußte seine Felle davonschwimmen sehen, und ihm war, selbst wenn Loitzenthaler und Bruno es gewollt hätten, längst nicht mehr zu helfen. Sie hätten ihm sagen können, daß der Wahlkampf die eine Sache und die Zeit danach eine ganz andere sei, daß womöglich auch in der Partei die Karten am Tag nach der Wahl ganz neu gemischt würden, aber sie sagten nichts. Sie hätten ihm raten können, sich rechtzeitig auf die Seite der Beranek zu schlagen, um einen Karrieresprung in ihrem Windschatten zu versuchen, aber wozu? Er mußte selbst wissen, was gut für ihn war.

»Also braucht ihr gar kein Material mehr über die Schnötzingerin?« fragte Krennhofer jetzt.

»Aber ja«, meinte Bruno, »Material kann man nie genug haben. Wissen ist Macht. Vor allem möchte ich alles über ihren Buben wissen, den sie sich da angelacht hat. Pudert der sie eigentlich?«

Krennhofer wußte es nicht. »Eher nein, ich glaub nicht.«

Was über die Beranek und ihren Mann gesammelt worden war, füllte zwei große Stahlblechkassetten. Die wichtigsten Informationen hatte Bruno kopiert, sie würden nun Martinek oben im ersten Stock übergeben, den man im Haus den Bombenbastler nannte. Seine Aufgabe war es, das jeweilige Material derart zusammenzufassen und zu formulieren, daß hieb- und stichfeste Anschuldigungen daraus wurden, die jederzeit aus der Schublade gezogen und von einer Minute zur anderen als Bombe zur Explosion gebracht werden konnten.

Eine Weile saß Krennhofer schweigend da, seine Enttäuschung kaum verbergend, und weder Loitzenthaler noch Bruno wußten ihm Aufmunterndes zu sagen, also stand er auf.

»Wart!« sagte Bruno. »Wir gehen gleich mit.« Er nahm die beiden Stahlblechkassetten unter den Arm. Unten in der Sala Terrena wollte Krennhofer sich verabschieden, aber Bruno sagte: »Komm mit!« Einen fragenden, verwunderten Blick Loitzenthalers ignorierte er.

Sie stiegen, es war Nacht und ganz still im Palais, in den Keller hinunter, und die Eisentür, vor der sie stehenblieben, hatte zwei Schlösser, den Schlüssel zum einen hatte Loitzenthaler, den Schlüssel zum anderen Bruno.

»Jetzt müßtest du dich vor Ehrfurcht eigentlich anscheißen«, sagte Bruno zu Krennhofer, »denn du Unwürdiger betrittst in wenigen Sekunden das heimliche Allerheiligste der Partei.« Eingedenk des Theologiestudiums, das Krennhofer abgebrochen hatte, als der frühere Chef als neuer Gott in sein Leben getreten war, verwendete Bruno ihm gegenüber gerne religiös gefärbtes Vokabular.

»Der Chef«, meinte Krennhofer, »der hat, nehm ich an, beide Schlüssel?«

»Der Chef«, sagte Bruno, »hat gar keinen Schlüssel.«

»Der Chef«, fügte Loitzenthaler hinzu, »weiß gar nichts von diesem Raum. Übrigens hat auch der frühere Chef nichts davon gewußt.«

Der Raum war fensterlos, an die fünfzig Quadratmeter groß, ein Archiv, wie Krennhofer sah, als Bruno das Licht aufdrehte, Stahlregale an allen Wänden, voll mit Schachteln und Aktenordnern, alle säuberlich beschriftet. Und dann gab es da noch einen Tresor, fast so groß wie ein Kleiderschrank.

Auch er mußte von Loitzenthaler und Bruno gemeinsam aufgesperrt werden, jeder von den beiden drehte dann zusätzlich noch dreimal am Zahlenrad, und als die Tür endlich offen war, sah Krennhofer dreißig, vielleicht noch mehr Stahlkassetten darin. Bruno stellte die beiden mit BERANEK und SCHNÖTZINGER beschrifteten dazu, und als Loitzenthaler die Tresortür schon wieder schließen wollte, sah Krennhofer eine Kassette mit den Initialen des neuen Chefs, instinktiv wollte er danach greifen, aber Bruno schrie ihn an: »Finger weg!«

»Wenn ... Wenn ... Wenn das herauskommt«, stotterte Krennhofer, »dann bricht euch das das Genick.«

»Und wenn du zu irgendwem auch nur ein Wort über diesen Raum sagst«, meinte Bruno, »dann bricht dir das wortwörtlich das Genick. Nimm das ernst! Ein Wort, und du bist tot.«

Krennhofer nickte, er nahm es ernst.

Loitzenthaler legte ihm, nachdem er mit Bruno die Tresortür geschlossen und wieder versperrt hatte, die Hand auf die Schulter: »Wahrscheinlich ahnt der Chef ja was. Er war jedenfalls, als es mit dem früheren Chef zu Ende ging, ganz froh, daß wir ihm Material über ihn liefern konnten.«

»Und wo liegt das Material über mich?« fragte Krennhofer.

Bruno deutete in eine Ecke: »Natürlich nicht im Tresor. Dort hinten irgendwo.«

Später im Auto wollte Loitzenthaler von Bruno wissen, wozu das gut gewesen sei, Krennhofer das Kellerarchiv zu zeigen.

»Es muß nicht alles immer zu etwas gut sein«, meinte Bruno. Es sei eine Laune gewesen, und Krennhofer habe nun eine absolut geheime Information, mit der er, wolle er nicht Selbstmord begehen, absolut nichts anfangen könne. Der Gedanke gefalle ihm irgendwie. »Erinnerst du dich an die Geschichte mit Mose, dem der Herr der Heerscharen das Gelobte Land zwar gezeigt hat, aber er hat es ihn, weil er irgendwas angestellt hatte, nicht betreten lassen.«

»Was hat der Krenni angestellt?«

»Zu wenig vielleicht.«

27

In Strategiefragen wollte Krennhofer sich, er sagte es mit allem Nachdruck, nichts dreinreden lassen, von Axel schon gar nicht, und alle Fragen, die sich darauf bezogen, ließ er unbeantwortet. Mochte Axel, wenn er denn meinte es besser zu können, sich um die Feinabstimmung der Termine und ähnliche Details kümmern, die großen Linien bestimmte Krennhofer, daran konnte auch die Beranek nichts ändern, auch wenn sie Axel darin recht geben mußte, daß Krennhofer – als immer noch potentieller Konkurrent der Beranek – dabei in Gewissenskonflikte geraten mußte. Er plante und koordinierte den Wahlkampf der Beranek, wie er mehr als einmal betonte, im engen Einvernehmen und ständigen Kontakt mit der Zentrale, diskutierte, was es zu diskutieren gab, mit Loitzenthaler und Bruno, mit sonst niemandem. Eifersüchtig wachte er darüber, daß sein abgestecktes Tätigkeits- und Verantwortungsfeld von niemandem betreten wurde; auch die Beranek selbst wußte nicht, warum sie heute hier und morgen dort aufzutreten hatte. Auf eine direkte Frage antwortete er ihr einmal, es sei mühsam genug, die einzelnen Schritte zu setzen und möglich zu machen, wenn er sie auch noch erklären müßte, dann reiche die Zeit bis zur Wahl gewiß nicht aus, »das ganze Programm durchzuziehen«. Er könne nur arbeiten oder erklären, beides zusammen nicht. Und die Beranek hatte sich zu Axels Verblüffung damit zufrieden gegeben. Ihre unübersehbaren Erfolge schienen Krennhofer immer reizbarer zu machen, sie wollte es, da sie ihn brauchte, jetzt nicht zur offenen Konfrontation kommen lassen.

Falls tatsächlich ein System hinter den Einsatzplänen stand, so war es für Axel nicht leicht zu durchschauen. Auffällig schien ihm nur, daß sich nach zwei Wochen Konzentration auf die Außenbezirke nun die Termine innerhalb des Gürtels häuften. Auch schien es, daß sie jetzt auch Auftritte wahrzunehmen hatte, für die eigentlich ein anderer DEMOKRATEN-Kandidat vorgesehen gewesen war.

Für diese Vermutung sprach, daß sie von diesem heutigen Auftritt in der Opernpassage erst gestern abend erfahren hatten, die Veranstaltung selbst aber mußte, so wie sie organisiert war mit Transparenten, Plakaten, Wahlhelferinnen und Ordnern, schon länger geplant gewesen sein. Vielleicht hätte ursprünglich Öllerer, der Spitzenkandidat, hier auftreten sollen.

Vor hundert Leuten etwa, Axel hatte versucht sie zu zählen, hatte die Beranek zu reden angefangen, jetzt waren es wenigstens doppelt so viele, und es wurden immer mehr, denn nicht wenige, die über die Rolltreppen herunter oder aus der Ladengasse von der U-Bahnstation Karlsplatz her kamen, blieben stehen und hörten zu.

Axel stand ein wenig abseits vor einer Auslage, in der Tweedhüte und englische Regenmäntel angeboten wurden, und rief von seinem Handy aus in der Billrothstraße an, Isolde sollte noch ein paar Schachteln Beranek-Folder bereithalten, er würde sie in einer Viertelstunde abholen lassen.

Dann ging er an den langen Tapezierertisch, der mitten in der Passage stand, vor dem gläsernen Rund der PIZZA-HUT-Filiale, Werbematerial aller Art lag darauf, auch Buttons, wie Axel selber einen trug, auch Videokassetten mit dem Bild der Beranek auf dem Cover, und er sagte zur Wahlhelferin, die hinter dem Tisch saß: »Gertraud, du läßt da alles liegen und stehen, das kann auch wer anderer machen, du fährst sofort in die Billrothstraße und holst noch ein paar Schachteln mit dem Folder, weil der geht uns sonst noch aus heute. Nimm dir ein Taxi! Und sag denen, sie müssen unbedingt heute noch den Auftrag zum Nachdrucken geben, weil wir kommen nie aus damit ...«

»Könnt ich das nicht vielleicht am Nachmittag, weil ...«, meinte das Mädchen in der blau-gelben Uniform, aber Axel fiel ihr ins Wort: »Gertraud, wenn ich sag jetzt, dann mein ich jetzt!«

»Okay, Boß!« sagte die Wahlhelferin, und Axel ärgerte sich darüber und ärgerte sich auch über seinen Ton, aber was für eine Wahl blieb ihm denn, wenn sie selbst nicht unterscheiden konnte, was dringend war und was nicht?

Er sah ihr nach, wie sie die Rolltreppe in Richtung Kärntnerstraße hinauffuhr, und ihm fiel ein, er hätte ihr sagen sollen, daß es auf der anderen Seite näher zu einem Taxistandplatz sei, nämlich dem vor der AIDA, direkt gegenüber der Oper. Aber auf die zwei Minuten kam es nun wirklich nicht an.

Axel blickte sich um, welche von den anderen Wahlhelferinnen er hinter den Tisch setzen könnte, da sah er Gicko vor sich stehen.

Der griff nach dem Anstecker an Axels Jacke und zog daran: »Ich hab geglaubt, du bist nur der Fahrer, sonst nichts!«

»Eh«, sagte Axel, »mehr oder weniger...«

»Bitte, Axel, weißt du überhaupt...? Bitte, Axel, das sind Verbrecher!« Warum schrie Gicko, der Idiot, bloß so! »Bitte, Axel, sowas Menschenverachtendes wie diese Arsch-Partie gibt's ja überhaupt nimmer!«

»Schrei net so!« flüsterte Axel, denn schon waren, er sah es aus den Augenwinkeln, ein paar von den Ordnern aufmerksam geworden.

Gicko aber ließ sich nicht beirren, er deutete auf eines der Plakate an der gewölbten Glaswand hinterm Tisch und rief: »Daß ausgerechnet die sich jetzt Die Demokraten nennen, das haltst ja im Hirn nicht aus!«

Schon war Gicko hinter dem Tisch, wollte das Plakat herunterreißen, Axel versuchte ihn daran zu hindern und fand augenblicklich, worauf er lieber verzichtet hätte, die Unterstützung von zwei Ordnern, relativ kleinen, aber gedrungenen Männern mit großen Händen und so muskulösen Nacken, daß sie die Hemdkrägen nicht schließen konnten, obwohl doch geschlossene Kragenknöpfe sehr in Mode waren bei den Funktionären. Sie hätten es, Axel wußte es, nicht dabei bewenden lassen, Gicko am Abreißen des Plakates zu hindern, einer hatte ihn schon am Arm zu fassen gekriegt, im nächsten Augenblick würde er Gicko den Arm auf den Rücken drehen, und dann – Axel war, ohne es wahrhaben zu wollen, ganz sicher – würde der andere zuschlagen. »Lassen Sie ihn in Ruhe, bitte!« schrie Axel und fügte, als die beiden Männer zögerten, noch ein »Bitte!« hinzu.

Da ließ der eine Ordner Gicko endlich los, der starrte Axel lange an und lachte dann: »Schau her! Die Fleischhackerhunde folgen dir aufs Wort. Bravo, Axel!«

Gicko drehte sich um und ging auf eine der Rolltreppen zu. Axel wollte den beiden Männern sagen, sie müßten das nicht ernst nehmen, da sah er, wie Gicko sich auf der halben Rolltreppe noch einmal nach ihm umdrehte, dann war er oben verschwunden.

Axel ließ die Ordner stehen, lief Gicko nach, aber als er oben auf dem Opernring ankam, war Gicko schon verschwunden.

Später, wieder im Auto, sagte die Beranek zu ihm: »Axel, das hast du aber doch gewußt, oder?, daß du dich einmal entscheiden mußt – für oder gegen uns.«

Axel antwortete nicht, schaute nur geradeaus.

»Axel, ich muß dir was sagen«, sagte die Beranek dann auf einmal. »Ich hab mit dem Krennhofer gewettet, daß du dir die Haare abschneiden läßt.«

»Diese Wette werden Sie verlieren.«

»Denk drüber nach, Axel!«

Darauf antwortete Axel nicht.

28

Krennhofer hatte an diesem Abend eine gute Nachricht: »Die vom Fernsehen haben angerufen, die möchten für den REPORT ein kleines Interview mit Ihnen machen. Drei oder vier Minuten ...«

»Zehn Minuten!« sagte die Beranek, und Krennhofer auf der anderen Seite des Schreibtisches lachte: »Frau Doktor, denen können wir keine Vorschriften machen. Noch nicht.«

»Man muß ...«, fing die Beranek an und wußte nicht gleich, was sie weiter sagen sollte, dann fiel ihr ein: »Der Axel wird sich drum kümmern.«

»Na, Axel«, grinste Krennhofer, »da wünsch ich dir viel Glück.«

Axel war mit Isolde die morgigen Termine durchgegangen, jetzt horchte er auf: »Glück? Wofür?«

»Ich erklär's dir später«, sagte die Beranek.

Und am Abend fragte Schnötzinger: »Du meinst, daß der Bub das hinkriegt mit'm Fernsehen?«

»Nein.« Die Beranek schüttelte den Kopf. »Da ist nichts drin. Aber wenn aus wem was werden soll, dann muß man ihn fordern. Er muß lernen, wie man mit bestimmten Leuten umgeht.«

»Und du mußt langsam deine Ansprüche für die Zeit nach der Wahl anmelden«, meinte Schnötzinger. Der Wahlkampf konzentriere sich, selbst ein Blinder müsse das sehen, immer stärker auf sie. Wenn die Zeitungen über wen von den DEMOKRATEN schrieben, dann über sie, und da sie die Hauptlast der Arbeit zu tragen habe, müsse sie jetzt auch ihren Preis nennen, um nicht am Ende übervorteilt zu werden.

Beide wußten sie, was gemeint war, von Anfang an hatte die Beranek den Kulturstadtratsposten angestrebt, vor drei Wochen wäre es noch vermessen gewesen, das auszusprechen, aber jetzt schien der Augenblick tatsächlich gekommen. Ungewiß blieb freilich, ob der Chef dem zustimmen konnte, zu radikal verschieden waren die Vorstellungen der Beranek von dem, was eine linke Kulturschickeria seit nun schon Jahrzehnten als Kulturpolitik betrieben hatte, und der Chef hatte bisher nie erkennen lassen, wie einschneidend die Veränderungen sein würden nach einer allfälligen Übernahme der Macht in Wien. Eine absolute Mehrheit schien nach den neuesten Umfrageergebnissen zwar möglich, aber wenig wahrscheinlich, und ob der Chef in einer Koalition das Kulturressort für die DEMOKRATEN mit jenem wünschenswerten Nachdruck beanspruchen würde und den direkten Kampf gegen die linke Schickeria wagen, die gewiß ihre Pfründe mit Zähnen und Klauen zu verteidigen bereit war, das alles war fraglich, wie überhaupt sein Kulturverständnis fraglich, wenn nicht sogar fragwürdig war. In einer HOMESTORY einer Zeitschrift hatten die Beranek und ihr Mann das Penthouse des Chefs gesehen, all den modischen Schnickschnack…

»Jedenfalls ist jetzt der Zeitpunkt, da er dir eine verbindliche Zusage geben muß«, sagte Schnötzinger. »Und ich werde die Hilfe, die meine Geschäftsfreunde ihm angedeihen lassen wollen, auch mit dieser Frage junktimieren.«

29

Am Frühstückstisch sagte Axel »Ich weiß gar nicht, wie man mit so jemand redet« und meinte den Redakteur vom Fernsehen.

»Auf keinen Fall am Telefon!« riet Martin. »Und nicht mit irgendwem, sondern mit dem Sendungsverantwortlichen, so heißt das, glaub ich, bei denen. Und vor allem: Frechheit siegt! Du verlangst fünfzehn Minuten, vielleicht kriegst zehn.«

Leicht gesagt! Axel stand auf, ging ins Badezimmer, er war schon wieder spät dran.

Vor dem Spiegel kämmte er die Haare zurück und steckte sie hinten ins T-Shirt: So würde er also mit kürzeren Haaren aussehen. Immer wieder hatte er daran gedacht, die Haare abschneiden zu lassen, lange bevor er die Beranek gekannt hatte.

Die langen Haare waren, ohnehin nicht sehr originell, dachte er nun, sowas wie ein Markenzeichen der Band, aber Axel gefiel sich gar nicht damit. Nur konnte er sie jetzt, da die Beranek es von ihm verlangte, nicht schneiden lassen, dieses Zeichen zu geben war er keinesfalls bereit. Sie schien nicht daran zu zweifeln, daß er nach ihrer Pfeife tanzen würde, immerhin hatte sie mit Krennhofer gewettet. Und diese Wette würde sie verlieren! So alt konnte sie gar nicht werden, daß sie ihn mit kurzen Haaren sah! Auch wenn er, wie er nun dachte, lieber heute als morgen zum Friseur gegangen wäre, dieser

Wette wegen würde er es nicht tun, hundertprozentig nicht! Und um die Länge ihres Fernseh-Interviews mochte sich auch kümmern, wer da wollte!

Als er dann aber in die Lanzgasse fuhr, rief er Isolde an, sie solle einen Termin für ihn mit diesem Fernsehmenschen ausmachen, und sie solle, schärfte Axel ihr ein, sich nicht mit irgendwem zufrieden geben, er müsse unbedingt den Sendungsverantwortlichen selbst sprechen.

Isoldes Rückruf kam, als die Beranek gerade in ein Polizeiwachzimmer in Simmering gehen wollte: Axel könne sofort auf den Küniglberg kommen, ein Doktor Löschenkohl erwarte ihn jedenfalls im Laufe des Vormittags.

Die Beranek schickte ihn los, er kenne ja den Terminplan und wisse, wo er sie zu welchem Zeitpunkt wieder abholen konnte, sie wolle sich inzwischen mit einem Taxi behelfen.

Axel kannte das Fernsehzentrum, seit er einmal drei Wochen lang einen Filmregisseur gefahren hatte. Er bekam beim Pförtner eine gestempelte Etikette mit dem ORF-Logo ausgehändigt, die er sich als Tagesausweis an die Jacke kleben sollte, fuhr dann zwischen Betonwänden hinauf zum Besucherparkplatz, umrundete das flache, viereckige Wasserbecken, das sie hier den Teich nannten, und stellte den Wagen ab.

Am Empfang vor den gläsernen Lifts sagte er einer rotgewandeten Dame, daß er von einem Herrn Doktor Löschenkohl erwartet werde, sie sagte »Dritter Stock« und nannte eine Zimmernummer.

Drei Minuten später saß er in einem engen, plastikgrauen Büro jenem Redakteur gegenüber, und weitere drei Minuten später hatte er ihm, es ging ganz leicht, sein Anliegen vorgetragen.

Der Doktor Löschenkohl winkte ab: »Die Doktor Beranek ist ja nicht einmal die Spitzenkandidatin …«

»Aber viel interessanter als der Öllerer, oder?« sagte Axel.

Der Redakteur, ein kleiner, stämmiger Mann, dem der Bauch über den Hosengürtel quoll, lachte ein wenig: »Das ist wahr, aber das ist keine Kunst. Interessanter als der Öllerer ist jeder, sogar der Mann von meiner Hausmeisterin.« Er schwieg eine Weile, schien Axel nicht recht einschätzen zu können. »Auf den ersten Blick«, sagte er dann, »sind Quereinsteiger immer interessanter, aber die meisten verschwinden auch wieder ganz schnell.«

»Sie kommt an bei den Leuten«, sagte Axel.

Löschenkohl hatte sowas gehört, ja, darum wolle man ja ein Interview mit ihr. Dann fragte er, nachdem er auf seinem Kalender gesucht hatte, auf dem offenbar Axels Name stand: »Herr Kessler, wie kommen Sie eigentlich zu dieser Partei?«

»Ich bin überhaupt nicht dabei. Ich bin gar kein Mitglied ...«

»Aha«, sagte Löschenkohl, sonst nichts. Er überlegte einen Augenblick, dann streckte er die Hand nach dem Telefon aus, tippte eine vierstellige Nummer ein. »Servus, ich bin's. Wegen dem Report nächste Woche: Wir machen sieben Minuten mit der Beranek ... Ja, ich weiß eh. Aber sieben Minuten geht schon. Ich glaub, die gibt was her. – Ja, ich komm dann gleich.«

Er legte den Hörer wieder auf: »Wir zeichnen das Interview morgen vormittag auf, ich nehm an, ihr arbeitet sowieso am Samstag auch, Montag und Dienstag hab ich leider kein Studio frei, also morgen, so um elf herum, aber es wäre gut, wenn die Doktor Beranek eine halbe Stunde früher da ist, wegen dem Schminken.«

Axel holte tief Luft und sagte dann: »Zehn Minuten. Oder überhaupt nicht.«

»Net! Bitte net!« wieder lachte Löschenkohl. »Die Beranek soll sich bedanken bei Ihnen. Wenn nämlich wer aus der Zentrale angerufen hätt oder gekommen wär, womöglich der Loitzenthaler oder am End sein Rottweiler, wie heißt er denn?, dann hätt ich eisern nein gesagt.«

Einmal versuchte es Axel noch: »Acht Minuten.«

Der Redakteur stand auf, streckte Axel die Hand hin: »Wiederschaun!«

Axel holte die Beranek, es war zehn vorbei, in einem Altersheim in der Leopoldstadt ab und sagte: »Ich hab sieben Minuten herausgeschunden.«

»Fein, danke«, sagte die Beranek, mehr nicht.

Ein paarmal noch während des Tages fing Axel von seinem Gespräch mit dem Fernsehredakteur zu reden an, aber sie reagierte nicht, und Axel, der meinte ein Anrecht auf Lob zu haben, nahm sich vor, er würde sich in Hinkunft gewiß kein Bein mehr ausreißen für sie. Dienst nach Vorschrift, mehr nicht. Die Arbeit war gut bezahlt, also machte er sie. Alles andere ging ihn nichts an. Keine Fleißaufgaben mehr. Noch hatte er, fiel ihm ein, nicht darüber nachgedacht, wofür er das Geld verwenden würde, vielleicht sollte er sich endlich eine ordentliche Stereoanlage für sein Zimmer kaufen …

Am Abend dann, nach einem Termin im Extrazimmer eines Gasthauses in Hütteldorf, kurz nach halb zehn, wollte die Beranek in ein Innenstadtrestaurant gebracht werden, das Axel nur dem Namen nach kannte. Noch ein Termin an diesem Abend? Einer der nicht auf Axels Liste stand?

Zwanzig Minuten später saßen sie in einem sehr noblen Lokal, in das Axel, wie es ihm schien, ganz und gar nicht paßte. Die Beranek hatte Wein bestellt und hob nun ihr Glas: »Wenn was klappt, dann soll man auch feiern! Auf dein Wohl, Axel!«

Auch Axel hob sein Glas, sie stießen an, dann meinte Axel: »Ich sollt das vielleicht nicht sagen … Aber so schwer war's gar nicht ...« Ein fragender Blick der Beranek, und er fügte hinzu: »Der Doktor Löschenkohl, der rechnet, glaub ich, damit, daß Die Demokraten gewinnen und möcht der Partei vorbeugend schon einmal einen Gefallen tun, damit er später …«

Ein Lächeln der Beranek: »Du begreifst schnell, Axel, alle Achtung. – Wenn ich, was wahrscheinlich ist, in den Gemeinderat komm, dann werd ich mit sehr großer Wahrscheinlichkeit auch Stadträtin, diesmal können sie uns nimmer ins Eck stellen ... Als Stadträtin brauch ich einen Büroleiter. Der Krennhofer rechnet fix damit, daß er, wenn schon nicht Gemeinderat, so wenigstens das wird. Aber er wird's nicht.«

»Sondern?«

»Wenn du willst, dann wirst du's.«

»Das könnt ich doch gar nicht.«

»Was man noch nicht kann, das muß man lernen. Und du lernst sehr schnell, Axel.«

Was sollte er darauf sagen? Mehr als einmal hatte er in den letzten Tagen daran gedacht, daß, wie man sagte, in dieser Partei auch junge Leute sehr rasch etwas werden konnten. Warum also nicht auch er? Nein, in einer Partei wollte er bestimmt nichts werden. Aber woanders, sagte er sich jetzt, würde er es niemals schaffen.

Einer von den Kellnern im Smoking kam an den Tisch und brachte die Speisekarten.

30

Als die Beranek das riesige Wohnzimmer betrat, klingelte gerade das Telefon. Schnötzinger war schon aufgestanden, um abzuheben, und die Beranek deutete ihm: Ich bin nicht da!

Schnötzinger hob ab: »Ja, bitte?« Nach ein paar Sekunden sagte er: »Nein, tut mir leid, Herr Winterndorfer, die ist nicht da. – Nein. – Nein, ich hab damit nichts zu tun, ich weiß auch nichts und möchte vor allem nichts dazu sagen ...«

Es war ein altmodischer Telefonapparat, der da in der Wohnhalle stand, schwarz, mit einer Wählscheibe anstatt eines Ziffernblocks, und für den Hörer gab es eine richtige Gabel zum Auflegen, gleich daneben noch eine kleinere Gabel, darin hing ein kleiner runder Zusatzhörer. Die Beranek griff jetzt danach und hörte einen Mann in einer seltsam rhythmisierten Sprechweise sagen: »Ich hab heute anonyme Briefe gekriegt.«

(Winterndorfer griff, kaum zweihundert Meter entfernt, nach einem davon, insgesamt sechs lagen auf dem Küchentisch.) »Daß ich mich freuen soll drauf, was nach der Wahl mit solchen Leuten wie mir passiert!« hörten die Beranek und Schnötzinger. (Und drüben auf der anderen Straßenseite in seiner Küche griff Winterndorfer nach einem anderen Brief und las vor:) »Wir wissen schon, wie man solche Volksschädlinge wie dich behandelt, gegen solches Ungeziefer gibt es ausgezeichnete und sehr wirksame Mittel ...«

Schnötzinger fiel dem Mann ins Wort: »Das ist natürlich alles sehr unerfreulich, aber ich kann da wirklich nichts tun, Herr Winterndorfer. Ich tät an Ihrer Stelle diese blöden Briefe zur Polizei bringen ...«

»Was hab ich Ihrer Frau getan? Die macht mich fertig! Aber warum? Was hab ich ihr getan?« Die Stimme klang jetzt noch merkwürdiger als zuvor. »Glaubts ihr wirklich, ihr könnts euch alles erlauben!«

»Mäßigen Sie sich ein bißchen, ja! Ich weiß gar nicht, warum ich mir das anhör! Noch dazu um diese Tageszeit!« Er blickte seine Frau an, und sie verstand seinen Blick und nickte: Ja, einfach auflegen war wirklich das Beste! »Gute Nacht!« sagte Schnötzinger noch. »Und rufen Sie bitte nicht mehr an, ja!«

(Drüben auf der anderen Straßenseite in der Küche hielt Winterndorfer seinen Telefonhörer noch eine ganze Weile in der Hand. Und als er ihn dann auflegen wollte, zitterte seine Hand so stark, daß er die Gabel gewiß nicht finden würde. Intensionstremor, so hieß das, Winterndorfer wußte es, und er konnte ihn, er brauchte nur eine Weile, unter Kontrolle bringen. »Und ich klag sie doch, diese Bagasch!« sagte er dann.

»Geh!« sagte seine Frau. »Wenn der Rechtsanwalt doch sagt, daß es keinen Sinn hat ...«

»Die wissen schon, wie s' schreiben müssen, daß man sie nicht klagen kann«, hatte ihnen der Anwalt, den sie konsultiert hatten, wörtlich gesagt.

»Sag mir bitte, was das heißt!« schrie nun Winterndorfer. »Nur weil s' den Namen net ausschreiben und weil s' ein paarmal *angeblich* schreiben? Das weiß doch trotzdem jeder, daß ich gemeint bin! Das gibt's doch überhaupt nicht, daß man sich gegen so eine Sauerei nicht wehren kann!«)

(Nur im engsten Kreis der Vertrauten spricht der Chef von Zeit zu Zeit über die für die Psychohygiene der Menschen da draußen so bedeutsame Notwendigkeit, Mißstände an sehr konkreten Beispielen aufzuzeigen. Es genüge durchaus nicht, von korrupten Politikern alten Stils zu sprechen, ihre Verkommenheit müsse vielmehr am Beispiel eines – zur Not auch ganz willkürlich gewählten – Mannes vorgeführt werden, der einen Namen und eine Adresse habe. Hier kämen, führt er dann aus, die gleichen Wirkungsmechanismen zum Tragen wie in jenem alten Brauch, gelegentlich einen exemplarisch Schuldigen zu benennen. Da kommt er dann auf den in 3. Mose 16 erwähnten und in anderer Form in vielen Religionen bekannten Brauch der Israeliten zu sprechen, zu Jom Kippur über zwei Böcke das Los zu werfen, woraufhin der eine dem Herrn geopfert worden sei, der andere aber, nachdem der Hohepriester ihm symbolisch die Verfehlungen und Sünden des Volkes auf den Buckel geladen habe, in die Wüste hinausgetrieben und dort dem Asasel zuteil geworden sei; eine etwas unklare Formulierung, erläutert er dann, denn Asasel könne sowohl einen Ort meinen oder aber eine Macht, einen Wüstendämon vielleicht, einen gefallenen Engel oder aber auch den Teufel. Heute könne man Asasel, meint der Chef dann, am ehesten mit dem Volkszorn gleichsetzen, dem, gerade wenn er erst aufkeime, in bestimmten Abständen ein Opfer gebracht werden müsse, auf daß er sich nicht voll entfalte und am Ende gegen die Herrschenden richte. Er sei, sagt der Chef, in der Sozialpsychologie nicht unbedingt ein Anhänger der Frustrations-Aggressions-Hypothese, räume aber ein, daß es gemeinschaftsfördernd sei, die innerhalb der eigenen Gemeinschaft erlebten oder wenigstens erahnten Ursachen für Frustrationen bestimmten Gruppen oder auch nur einem einzigen Menschen außerhalb der eigenen Gemeinschaft zuzuschreiben. Häufig böten sich dafür Repräsentanten der latent ohnehin vorhandenen Feindbilder an, er aber werde in Zukunft dafür plädieren, daß das Los gelegentlich auch einmal auf Mitglieder der Gemeinschaft selbst, sogar auf prominente Mitglieder falle, weil damit die Entschlossenheit suggeriert werde, die eigenen Reihen bedingungslos sauber zu halten. Auf Schuld oder Unschuld des exemplarischen Schuldigen käme es dabei nicht an, es gehe darum, ein uraltes und, er scheue sich nicht es auszusprechen, atavistisches Ritual zu vollziehen, weil die Menschen da draußen ohne bestimmte halt- und sicherheitbietende Rituale ihr Leben nicht bewältigen könnten.)

31

Axel hatte den zweiten Termin an diesem Samstagvormittag nicht verschieben können, also absagen müssen. Jetzt fuhren sie die Maxingstraße bergauf, und er versuchte im Rückspiegel zu erkennen, ob die Beranek nervös war. Sie blätterte in ihren Unterlagen und blickte auch am Eingang des Fernsehzentrums nicht auf, als Axel die Tagesausweis-Etiketten entgegennahm.

Sie waren fünf vor halb elf oben beim Empfang, und gerade als Axel sich bei einer der beiden rotkostümierten Damen anmelden wollte, kam eine junge Frau, um sie abzuholen. Im gläsernen Lift fuhren sie in den ersten Stock hinauf, und die Beranek fragte, wer sie denn interviewen würde. Die junge Frau, eine Redakteurin vielleicht oder auch nur eine Sekretärin, nannte einen Namen, den Axel nicht kannte, und führte die Beranek und ihn an einem Zeitungskiosk vorbei zur Maske. Axel wollte draußen auf dem Gang warten, aber die Beranek bat ihn, hier zu bleiben, also schaute er zu, wie sie geschminkt wurde, und sie schien ganz ruhig.

Eine Viertelstunde später kam die junge Frau zurück, um sie hinüber ins Studio zu begleiten, sie gingen wieder am Zeitungskiosk, dann an einer zettelgespickten Wand mit Wohnungs- und Gebrauchtwagenangeboten vorbei, einen langen Gang entlang und kamen in die Cafeteria, durchquerten sie, die junge Frau öffnete eine schwere Eisentür zu einem engen Gang, der in einen mit schwarzen Tüchern ausgehängten Raum führte. Ganz dunkel war es hier, nur zwei Fauteuils, die vor einem halbkreisförmig gespannten blauen Vorhang standen, waren von den Scheinwerfern scharf herausgeleuchtet. Drei Kameras, ein paar Männer standen in einer Ecke beisammen, eine Frau, die Axel schon einmal im Fernsehen gesehen zu haben glaubte, saß in einem der Fauteuils, und irgendwer im Dunkeln sagte, daß er das Licht doch noch einmal korrigieren müsse.

Die Frau, eine Redakteurin wohl, oder vielleicht mußte man sie Moderatorin nennen, stand auf, schüttelte der Beranek die Hand, nickte Axel zu und sagte dann, es werde wohl noch zwanzig Minuten dauern, sie könnten ruhig noch draußen einen Kaffee trinken.

»Gibt's irgendwas vorher zu besprechen?« fragte die Beranek.

»Von mir aus nicht«, sagte die Moderatorin.

Also gingen sie wieder hinaus, Axel holte an der Theke Kaffee, dann saßen sie auf schwarzem Leder in einer der Logen, die an einer dreiviertel Meter hohen Betonwand aufgereiht waren. »Es wird schon schiefgehen«, sagte die Beranek, die bemerkt zu haben schien, wie nervös Axel war.

Unter der Betonwand, einen Halbstock tiefer, unter einer schrägen, raumhohen Glaswand kam eine Gruppe alter Leute herein. »Da macht ein halbes Altersheim einen Ausflug«, sagte die Beranek. Sie kamen die paar Stufen herauf in die Cafeteria, sammelten sich um eine rotgewandete junge Frau, die ihnen erklärte, wie die Führung durchs Haus im einzelnen vor sich gehen werde.

Eine halbe Stunde lang mußten Axel und die Beranek warten, dann wurden sie wieder ins Studio geholt. Die Beranek bat man, in dem einen Fauteuil Platz zu nehmen, und Axel sagte, er werde draußen warten, aber die Beranek flüsterte: »Bleib herinnen, Axel. Ich fühl mich wohler, wenn du da bist, wenn ich zu dir hinschauen kann.«

Axel nickte, (durchaus stolz, hätte ein unbefangener Beobachter konstatieren können), und trat ein paar Schritte zurück.

»Junger Mann, Sie müssen auch in die Maske«, sagte ein Kameramann zu ihm.

»Wieso? Warum?« fragte Axel.

»Weil wenn Sie da stehen bleiben, dann sind Sie im Bild.«

Also suchte sich Axel einen Platz, wo er nicht störte, wo die Beranek ihn aber sehen konnte.

32

Im Squash war Loitzenthaler nicht zu schlagen, Bruno war am Verlieren, als sein Handy schrillte, das in einer Ecke an der Glaswand lag, das die Kabine zum Restaurant hin abgrenzte.

Doktor Wischnewski war dran, er habe die Leute, die Bruno sich gewünscht habe, ob man schon einen Termin für den Einsatz wisse?

»Voraussichtlich Mittwoch, der dreißigste September, oder Donnerstag, der erste Oktober«, sagte Bruno. Als das Gespräch beendet war, schaute Loitzenthaler ihn fragend an, aber Bruno schüttelte den Kopf: Ein Hinweis, daß es um eine jener Geschichten ging, von denen niemand in der Partei etwas wissen sollte, was immer dann unumgänglich war, wenn Bruno etwas plante, womit die Partei im Ernstfall nicht in Verbindung gebracht werden durfte.

Bruno wollte jetzt nicht mehr weiterspielen, er hatte verloren, er gab sich geschlagen. Im Umkleideraum sagte er, er werde auch vom Adlatus der Beranek, Krennhofer sei ja fleißig am Materialsammeln, ein Psycho-Profil erstellen lassen.

»Überschätzt du den Buben nicht ein bissel?«

»Der Bursche scheint ganz tüchtig zu sein, auf die Tüchtigen muß man aufpassen. Es ist nur so eine Vermutung, vielleicht täusch ich mich ja.« Er habe den Knaben bisher nur zweimal kurz gesehen. »Aber ich spür da was im Urin.«

Unter der Dusche fragte Bruno dann plötzlich, ob Loitzi gern irgendwen abschießen würde.

»Wie abschießen?«

»Mehr oder weniger ganz wörtlich.«

Loitzenthaler hielt sich den ausgestreckten Zeigefinger, der voll Seifenschaum war, an die Stirn: »So?«

»Na, vielleicht nicht ganz. Aber wer weiß. Ich rechne damit, daß er ins Häfen geht. Ordentlich verurteilt, von einem ordentlichen Gericht. Für wenigstens zehn Jahre, stell ich mir vor, wird man den aus dem Verkehr ziehen.«

»Und den darf ich mir aussuchen?«

»Du bist mein bester Freund, oder nicht?« Er könne sich, meinte Bruno, natürlich auch einen Kandidaten aus dem Telefonbuch aussuchen, aber warum nicht eins mit etwas anderem verbinden? Das Telefonbuch, korrigierte er sich, sei übrigens keine gute Idee, ein paar Mindestanforderungen müsse der gute Mann schon erfüllen, eine rote Vergangenheit sei zum Beispiel unabdingbar.

Da kenne er viele, meinte Loitzenthaler. »Laß mich bis morgen oder bis Montag nachdenken, wen ich am liebsten los wäre.«

»Und was machen wir heute noch?«

»Klingt, als hättest du einen Vorschlag.«

»Was wär wieder einmal mit einem Naserl voll?« fragte Bruno. Er habe Koks ganz exquisiter Sorte gekriegt und sei, ihn brüderlich zu teilen, durchaus bereit.

»Woher?«

»Geh davon aus, daß es Leute gibt, die sich mein Wohlwollen erkaufen möchten.«

33

Am Sonntag, dem zwanzigsten September, regnete es in Strömen, an Veranstaltungen im Freien war nicht zu denken, sie wurden in Säle verlegt, aber nur wenige Leute kamen, die Stimmung war deprimierend, und Axel konnte an diesem Tag der Beranek nichts recht machen, es war, als gäbe sie ihm die Schuld für den Regen.

Am Montag schien dann wieder die Sonne, und die Veranstaltung am Hietzinger Platzl war größer als alle, bei denen die Beranek bisher aufgetreten war. Sie stand vor dem Hintergrund einer weißgefärbelten neugotischen Kirchenfassade auf dem Podium neben Öllerer, dem Spitzenkandidaten der DEMOKRATEN, den Axel schon kennengelernt hatte und der seine bis dahin unangefochtene Position von der Beranek bedroht sehen mußte. Sein Instinkt, in langen Funktionärsjahren geschult, mußte ihm sagen, daß die noch verbleibende Wahlkampfzeit gegen ihn und für die Beranek arbeitete. Wenn er die Stellung, auf die er so lange hingearbeitet hatte, behalten wollte, mußte er nun anfangen, sie zu verteidigen, (daß es dafür längst zu spät war, mochte er allenfalls ahnen). Da er die Beranek, offenbar Liebkind des Chefs, nicht angreifen durfte, schien er entschlossen, statt sich von ihr verdrängen zu lassen, statt ihr seine Termine abzugeben, gemeinsam mit ihr aufzutreten und sich als ihr Mentor auszugeben, und er machte (ob er das wußte, ist schwer zu sagen) keine gute Figur neben ihr. Er war farblos, ein altgedienter Parteisoldat, in der Organisation stärker als in öffentlichen Auftritten; er konnte mit den alten Kameraden reden oder mit enttäuschten Arbeitern, kaum mit den, wie er es wohl nannte, gutbürgerlichen Schichten, die jetzt vor dem Podium standen. Mittelalter, viele auch schon im Pensionsalter, wohlsituiert die meisten. Manche von den Frauen, die da heraufblickten, wünschten sich wohl, so elegant auszusehen wie die Beranek, manche Männer wünschten sich wohl eine wie sie ins Ehebett; daß die Frauen da unten ihre Männer mit ihm, Öllerer, zu deren Schaden verglichen, durfte er nicht hoffen.

So viele Leute hatten sich auf dem sonst von parkenden Autos verstellten Platz versammelt, daß die Ordner und die gelb-blauen Wahlhelferinnen Mühe hatten, die Hietzinger Hauptstraße für den 58er und die Busse freizuhalten, die in die Maxingstraße abbogen.

Hier, bei der ersten Haltestelle, vor einem Kaffeehaus stand Axel neben zwei Polizisten, zwei weitere unterhielten sich beim Taxistandplatz auf der anderen Straßenseite mit den Taxlern, die, um zuhören zu können, neben ihren Autos standen.

Öllerer scherzte oben auf dem Podium mit der Beranek, sagte jedenfalls etwas zu ihr, was sie zum Lachen brachte; noch waren die Mikrofone und Lautsprecher nicht eingeschaltet, noch spielte die Blasmusikkapelle, die vor dem schönbrunnergelb gestrichenen Postamt im Kaiserstöckl stand.

Ein Verkehrsflugzeug war plötzlich über dem Platz zu sehen, riesengroß und sehr nah, fast unwirklich langsam zog es über das Stück Himmel hin, und alle schauten nach oben, auch die Blasmusiker, und ein paar fremde Töne mischten sich in den Kaiserjäger-Marsch.

Links von Axel, unter den alten Kastanienbäumen, oder nein, es waren keine Kastanien, sondern Ahornbäume, hatte sich im kleinen heckenbegrenzten Gastgarten eine Gruppe junger Leute versammelt, bereit für eine kleine Gegendemonstration, bereit zwei Transparente zu entrollen, die jetzt noch um dreimeterhohe Stangen gewickelt waren. (Ein wenig abseits von ihnen, an der Hauswand des Cafés stand Winterndorfer, den Axel nur das eine Mal in seinem Garten gesehen hatte und jetzt nicht erkannte.) Die Polizisten behielten die jungen Leute im Auge, und die fingen, als die Blasmusik endete und Öllerer oben auf dem Podium ein Mikrofon in die Hand nahm, zu pfeifen an.

»Liebe Wienerinnen und Wiener, liebe Freunde …!« begann Öllerer, und die paar Demonstranten im kleinen Gastgarten rollten nun die Transparente aus, es waren die gleichen, die Axel schon vor ein paar Tagen zum ersten Mal gesehen hatte. RETTET DIE DEMOKRATIE VOR DIESEN DEMOKRATEN! stand auf dem einen und auf dem anderen: GEGEN RASSISMUS! GEGEN VERHETZUNG! GEGEN DIESE DEMOKRATEN!

»Es ist mir«, schrie Öllerer ins Mikrofon, »eine besondere Ehre und Freude, Ihnen heute eine Dame von hoher Intelligenz, von großem Engagement und von rückhaltloser Zivilcourage vorzustellen: Frau Doktor Hildegard Beranek-Schnötzinger!« Man hat ihn, überlegte Axel nun, in Konzert-Kategorien gedacht, vom Star des Abends zur Einmann-Vorgruppe degradiert.

Die Pfiffe der Demonstranten gingen im Applaus der Menschenmenge auf der anderen Straßenseite unter. Axel sah, wie die Polizisten einander zulächelten, nachsichtig, kam ihm vor, vielleicht auch mitleidig; sie würden die paar jungen Leute, es waren, wie Axel nun zählte, gerade sieben, unbehelligt lassen.

Er blickte auf die Uhr, er hatte jetzt wenigstens eine halbe Stunde Zeit, die paar Telefonate, die er führen mußte, konnten warten, Axel wandte sich ab, ging die Maxingstraße entlang und stand gleich darauf vor einem Friseursalon.

Die Zeit würde reichen. Er wußte längst, daß er es tun würde, warum also nicht gleich jetzt? Er lehnte sich mit dem Rücken an die Wand neben der Eingangstür und atmete tief durch. Dann fiel ihm ein, daß Montag war, die Friseurläden hatten also geschlossen. Er atmete auf, als er sich aber umdrehte, sah er, daß der Salon doch geöffnet hatte.

Eine Fügung des Schicksals, sagte er sich. Also! Er würde sich einen Ruck geben, und nach zwanzig Minuten würde es vorbei sein. Es war eine Entscheidung, aber ja. Aber andererseits, was wäre damit wirklich entschieden? Er würde ein wenig anders aussehen als vorher, nichts sonst. Wer immer es wie auch immer deutete, das war nicht seine Sache. Ein Bekenntnis – Wozu eigentlich? Was besagte die Haarlänge? – war damit gewiß nicht verbunden. Was die anderen aus der Band dazu sagen würden, spielte nach der Auseinandersetzung mit Gicko keine Rolle mehr, freilich schränkte Axel sofort ein: Noch war er in der Band, und er würde, wenn erst der Wahlkampf vorbei war, wieder spielen, Gicko regte sich leicht auf, aber er war nicht nachtragend, er würde in Ruhe mit ihm über alles reden können.

Axel durfte jetzt nicht zu lange nachdenken. Konnte er die Entscheidung irgendwem übertragen? Auf einmal hatte er das Handy herausgeholt und tippte Sandras Nummer ein. Wenn er sie erreichte und sie sich mit ihm treffen wollte, heute abend oder morgen oder spätestens in drei Tagen, dann würde er es nicht tun. Er erreichte sie nicht. Also drehte er sich um, ehe er aber die Glastür noch aufgedrückt hatte, fiel ihm noch eine Möglichkeit ein: Er zählte es an den Knöpfen seines Hemds ab: Ja – nein – ja – nein ... Er endete, knapp überm Gürtel, auf Ja. Er war versucht, das Hemd so weit aus dem Hosenbund zu ziehen, bis er doch noch einen Nein-Knopf erreichte, aber er wollte nicht schwindeln. Ja hieß Ja, also betrat er den Friseursalon. Die eine Hoffnung blieb noch, daß er mehr als eine halbe Stunde würde warten müssen, aber der Salon war leer.

Dann saß er unter dem weißen Umhang vor dem Spiegel, sah hinter sich den Friseur, einen Mann um die fünfzig, der ein Toupet zu tragen schien.

»Kurz«, sagte Axel.

»Wie kurz?«

»Sehr kurz«, sagte Axel und dachte noch einmal: In zwanzig Minuten ist es vorbei. Dann sah er im Spiegel, daß er ausschaute, als wolle er aufspringen und davonlaufen.

Auch der Friseur schien es zu bemerken. »Is' was?«

Axel schüttelte den Kopf und schloß die Augen. Als er dann eine Hand des Friseurs in seinen Haaren spürte, sagte er schnell: »Nein! Doch nur die Spitzen! Höchstens zwei Zentimeter.«

Es dauerte länger, als Axel gedacht hatte, der Friseur ging mit großer Sorgfalt an sein Werk. Ein ums andere Mal sagte er, daß so schönes Haar selten sei bei Männern, Axel werde gewiß von den Mädchen darum beneidet.

Als er aufs Platzl zurückkam, war die Kundgebung fast vorbei. Die Beranek stand noch da, von zwanzig oder mehr alten Leuten umringt, die auf Autogramme warteten, Öllerer neben ihr freute sich, wenn manchmal auch er um seine Unterschrift gebeten wurde. Natürlich hatte er eigene Autogrammkarten, aber jetzt hielt man ihm, falls überhaupt, die Karten der Beranek hin, und er setzte seine Unterschrift neben die ihre.

Wieder zog ein Flugzeug sehr groß und sehr tief über den Platz, wieder blickten alle nach oben, und einer der Polizisten sagte, bei einer bestimmten Wind- und Wetterlage setzten die Maschinen ihren Landeanflug auf Schwechat von dieser Seite her an.

Auch die Demonstranten waren noch da, enttäuscht, wie es Axel vorkam, weder hatten sie über eine kleine Verärgerung hinaus auf sich aufmerksam machen können, noch waren sie, was ihnen gleichfalls als Erfolg gegolten hätte, von der Polizei verjagt oder irgendwie behelligt worden.

(Winterndorfer, immer noch ein wenig abseits von ihnen, schickte sich nun an, die Maxingstraße zu überqueren. Vielleicht wollte er drüben die Beranek ansprechen, er schien erregt, er zitterte ein wenig, als er vor dem Zebrastreifen stand und auf eine Lücke im Verkehr wartete. Dann sah er, daß links von ihm die Demonstranten die beiden Transparente wieder einrollten, einige gingen schon Richtung Hauptstraße davon, da schien Winterndorfer seinen Plan zu ändern und lief ihnen nach, so gut er eben laufen konnte, und kam an der Straßenecke mit einem jungen Mann ins Gespräch.)

Als Axel dann eine Viertelstunde später mit der Beranek am Schloß Schönbrunn vorbeifuhr, sagte er: »Ich war beim Friseur, ich wollt's wirklich, aber ...«

Im Rückspiegel sah er, daß die Beranek nickte. Es kam ihm vor, als habe sie einen Augenblick lang gelächelt, aber dessen war er nicht sicher.

Es wurde am Abend jetzt jeden Tag später, Axel selbst war schuld daran, er ordnete, um nicht unnütz fünfmal oder zehnmal am Tag quer durch die Stadt zu fahren, die Termine nach geografischen Kriterien, so gelang es ihm, immer noch eine Veranstaltung ins ohnehin volle Tagesprogramm zu stopfen und noch eine und noch eine; heute war es halb zwölf, als sie in die Lanzgasse kamen.

»Mein Mann ist für drei Tage in Hamburg«, sagte die Beranek.

»Geschäftlich?« fragte Axel.

Sie antwortete nicht, sondern sah im Vorüberfahren zu jenem Haus hinüber, in dem, wie Axel es für sich nannte, *ihr* Sozialschmarotzer wohnte, noch brannte Licht hinter zwei Fenstern.

Als sie dann vor der Villa hielten, sagte die Beranek: »Mein Mann ist gut zwanzig Jahre älter als ich …«

Axel wartete, ob sie weiterreden würde, sie tat es aber nicht, also stieg er aus, um ihr die Wagentür zu öffnen.

»Du weißt so viel über mich«, sagte sie nun, »aber du weißt noch gar nicht, wie ich wohne. Komm auf einen Schluck mit rein.«

Axel erschrak: »Tschuldigung, Frau Doktor, ich muß heute noch …« Ihm fiel nichts Passendes ein, so stotterte er herum: »Ein anderes Mal gern, wirklich, aber … Ich hab fest versprochen, daß ich … Ich bin eh schon zu spät dran …«

»Komm mit!« sagte sie nur, faßte ihn an der Hand und zog ihn in den Park hinein. Sie zerrte ihn, es kam ihm idiotisch vor, hinter sich her auf die Villa zu, da blieb er noch einmal mit einem Ruck stehen: »Ich muß wenigstens das Auto zusperren.«

Aber die Beranek zog ihn – lächelte sie dabei? – einfach weiter.

Drinnen im Haus dann, in der Wohnhalle, die Axel fremder vorkam als irgendein Raum, den er je betreten hatte, fiel sie über ihn her, küßte ihn heftig, und er ließ es geschehen. Er dachte, daß sie nun wahrscheinlich ein wenig Leidenschaft von ihm erwartete, er schloß seine Arme hinter ihrem Rücken, aber kam sich nur überrumpelt vor. Er sah an ihr vorbei auf ein gewaltiges Bild, das drei überaus exakt gemalte nackte Frauen zeigte, dann sah er die fast lebensgroße Statue des nackten Muskelmannes, der sich auf sein gar mächtiges Schwert stützte, und er spürte, daß sein Schwanz erigierte, auch die Beranek mußte es spüren, so eng umschlungen sie ihn hielt, und Axel hätte auf einmal, er wußte nicht warum, am liebsten gelacht.

Sie ließ nun von ihm ab und sagte: »Das wünschst du dir doch schon lange. Ich weiß es. Ich hab's jedesmal bemerkt, wenn du daran gedacht hast.«

Hatte er je wirklich daran gedacht? Er hätte es bestritten. Ein paarmal hatte er ihre Beine betrachtet, ein paarmal ihren Busen und öfter als ein paarmal, gestand er sich ein, ihren Hintern, aber nie, so sagte er sich jetzt, hatte er dabei etwas anderes als »Eigentlich ganz okay für ihr Alter« gedacht.

Jetzt stand er da mit seiner Erektion, und er glaubte zu wissen, wie er dreinschaute, wie einer nämlich, der augenblicklich davonlaufen wollte. Die Beranek schien es nicht zu bemerken, sie packte nun wieder seine Hand, zog ihn hinter sich her quer durch die Halle zu einer Tür, hinein in einen Raum, in dem Axel das Wort Gemach einfiel. Es war eine Art Ankleideraum: Schränke, ein großer Spiegel. Zwei Türen, die eine, durch die die beiden eben eingetreten waren, und eine andere.

Die Beranek fing an, ihm die Jacke auszuziehen, vielleicht erwartete sie, daß Axel sie nun küßte, aber er tat es nicht, auch nicht, als sie ihm das Hemd auszog, dann betrachtete sie ihn, er kam sich taxiert vor, sie schien zufrieden und sagte: »Schuhe und Hose kannst du ja allein ausziehen.« Und als Axel keine Anstalten machte, das zu tun, fragte sie, und es klang ein wenig verwundert: »Worauf wartest du?« Dann verschwand sie in der zweiten Tür.

Da schlüpfte Axel also aus den Schuhen und ließ die Hose hinunter. Er hatte, wie draußen in der Halle schon im Ansatz, nun ganz deutlich das Gefühl, neben sich zu stehen und sich selber zuzusehen, und er kam sich lächerlich vor, wie er nun in der Unterhose dastand und wartete und dabei aussah, als suche er einen Fluchtweg. Es gab nur ein kleines Fenster, Axel blickte hinaus in den finsteren Park, aber er würde nicht abhauen.

Plötzlich hatte er Angst, seine Unterhose könnte nicht sauber sein, aber er hatte sie erst heute morgen angezogen, und sie war, wie er sich überzeugte, durchaus sauber, beim Nachsehen bemerkte er, daß sein Schwanz längst wieder abgeschlafft war.

Sie ist so alt wie meine Mutter, dachte er, konnte mit diesem Gedanken aber nichts anfangen, sie *war* nicht seine Mutter, Sarie war genau so alt gewesen.

Sie nimmt sich, was sie haben will, dachte er dann, aber auch dieser Gedanke blieb in seinem Kopf ohne Antwort, ohne Resonanz.

»Einen Augenblick noch!« hörte er sie nebenan rufen und dann: »So! Jetzt kannst du kommen!«

Axel zögerte, er überlegte, was ihn erwarten würde, wie sie ihn erwarten würde, dann ging er auf die Tür zu, durch die die Beranek vorhin verschwunden war, er ging hinein, und sie erwartete ihn, er war fast ein wenig enttäuscht, in einem leichten Nachthemd, das niemand als aufregend bezeichnet hätte.

Aus dem Schlafzimmer blieb ihm das riesige Bild überm Bett am deutlichsten in Erinnerung, einen hellen, heiteren Laubwald zeigend. Ein paarmal ertappte er sich dabei, daß seine Augen, während er sie fickte, dem Weg folgten, der sich über ihm zwischen den Bäumen hinschlängelte. Ein paarmal dachte er, daß er stolz sein müßte, weil eine Frau wie die Beranek von ihm gevögelt werden wollte, aber er war nicht stolz, tat nur, was sie von ihm erwartete; wenn sie seinen Schwanz lecken wollte, legte er sich auf den Rücken, wenn sie sich hinkniete und ihm den Arsch zuwandte, drang er von hinten in sie ein. Dann war's vorbei, er schien seine Aufgabe zu ihrer Zufriedenheit erfüllt zu haben, und jetzt dachte Axel, daß irgendwann einmal er sie vögeln würde anstatt, wie eben jetzt, von ihr gevögelt zu werden.

Zehn Minuten später war Axel wieder angezogen, sie standen an der Haustür, und die Beranek, die einen Bademantel trug, sagte: »Kein Wort, hörst du! Zu niemandem! Auch nicht zu mir! Du sprichst mich nie darauf an, verstanden!«

Axel nickte nur und wußte nicht, ob er sie noch einmal küssen sollte, er ließ es bleiben und ging hinaus.

(Auf der anderen Straßenseite saß ein Mann in einem unbeleuchteten Auto, der sah Axel in den Minivan steigen und wegfahren. Der Mann hielt ein kleines Diktiergerät ganz nahe an den Mund und sagte leise nach einem Blick auf die Uhr: »Einundzwanzigster September. Null Uhr zwölf.«)

(Und drinnen in der Halle sah Schnötzinger durch die breite Tür, wie die Beranek immer noch draußen im Flur an der Haustür stand. Nun drehte sie sich um, kam in die Halle zurück, Schnötzinger streckte ihr die linke Hand hin, und die Beranek griff danach. Hand in Hand verschwanden sie.)

34

Bruno lachte: »Also pudert der Knabe sie doch. Ich hab's ja gewußt.«

»Ich hab einen Abschußkandidaten«, meinte Loitzenthaler: »Günter Meseritz.«

»Ah, gut«, Bruno schien erfreut, fragte dann aber doch: »Und warum? Ich mein, eh klar, warum, aber warum grad er und nicht ein anderer von der Sorte?«

»Ich hab nachgedacht, wer geht mir am meisten auf die Eier, und da ist mir nach sorgfältiger Gewissenserforschung der Meseritz eingefallen, die Sau.«

Günter Meseritz war Journalist, freier Publizist, wie er sich selbst nannte, er hatte zwei Bücher über den früheren Chef veröffentlicht, ihn dabei zum rechten Gottseibeiuns stilisiert, und Meseritz mochte von der Partei, die sein Lebensthema geworden war, auch nach der Umbenennung nicht lassen. »Er schreibt grad an einem Buch über den neuen Chef«, sagte Loitzenthaler.

Bruno nickte nur, natürlich wußte er es.

»Er will«, sagte Loitzenthaler, »nachweisen, daß die Abkehr von rechts nur Kosmetik ist, daß der Chef sogar selbst Kontakte zu rechtsextremen Kreisen pflegt.«

»Da vergißt er hoffentlich den Schnötzi nicht«, meinte Bruno.

Unten im Keller füllte das Material über Meseritz viele Ordner. Die Partei hatte ihn, was der alte Chef so gern getan hatte, mit Klagen eingedeckt, er war aus allen Verfahren unbeschädigt und unverurteilt herausgekommen, er war in keine der Fallen gegangen, die man ihm gestellt hatte, und die massive Propaganda, ihn als linksanarchistischen Terroristen zu brandmarken, war weitgehend wirkungslos geblieben. Loitzenthaler hatte eine gute Wahl getroffen. »Alle Achtung!« sagte Bruno. »Ich hätt eher geglaubt, du suchst dir in so einem Fall einen aus, mit dem du eine private Rechnung zu begleichen hast. Aber du denkst nur an die Partei, Tag und Nacht, hab ich recht?« Natürlich wußte Bruno, daß hier durchaus auch eine offene private Rechnung beglichen werden sollte. Meseritz hatte in Loitzenthalers Zeit als Sicherheitssprecher der Partei manchmal fast täglich über ihn geschrieben und ihn als dumpfen, tölpelhaften, des Lesens und Schreibens kaum mächtigen Ex-Polizisten nach Strich und Faden verarscht. Loitzenthaler hatte seither viele Kurse besucht, an der Parteiakademie und drei Sommer lang in Harvard, an der Berlitz School hatte er fließend Englisch und leidlich Spanisch gelernt, an seinem Proleten-Image aber litt er noch heute.

»Loitzenthaler, dieser Name allein ist schon Programm«, diese Formulierung von Meseritz hatte Bruno jetzt noch gut in Erinnerung, obwohl er damals mit der Partei noch nichts zu tun gehabt und sich für Politik kaum interessiert hatte. Einer Partei, die heimlich immer noch Nazi-Gedankengut pflegte, wäre er übrigens niemals beigetreten, er hielt den Nationalsozialismus, wie er des öfteren betonte, für große Scheiße, freilich hatte er ein schmales Büchlein zu Hause, »Der Aufstieg der NSDAP« benannt, der darin vor allem in taktischer Hinsicht beschrieben wurde, er nannte das Buch für sich seine Bibel, unabhängig von jeder Ideologie sei, hatte er Loitzi einmal gesagt, eine bessere Anleitung zur Machtergreifung nie geschrieben worden.

35

Im Weghuberpark, zwischen dem Palais Trautson, in dem das Justizministerium untergebracht ist, und dem Raimund-Denkmal mochten sich an die tausend Menschen versammelt haben. Der Park, der sich hinüber bis zur Lerchenfelderstraße dehnt, ist durch Hecken in mehrere kleine Abschnitte aufgeteilt, der der Neustiftgasse benachbarte Abschnitt würde genügen, hatten die Organisatoren gedacht, und in seiner Mitte, die Pflanzen schonend, das Podium über einer Blumenrabatte errichtet, aber nun drängten sich die Menschen auch jenseits der Hecken; auch auf dem Parkplatz vor dem Ministerium standen sie und unten auf dem Rasen an der Museumstraße, einige hockten auf den Klettergerüsten des Kinderspielplatzes.

Der Minivan stand neben dem Volkstheater, auf einem für Behindertenfahrzeuge reservierten Parkplatz, Axel saß hinten, wo sonst die Beranek saß, das Notebook vor sich auf dem Klapptischchen, das Handy daneben, er mußte irgendwann in den nächsten zwei Tagen die beiden Termine unterbringen, die heute abend ausfielen, weil man sich, wie von der Parteizentale gewünscht, die REPORT-Sendung gemeinsam ansehen wollte.

Axel erschrak, als jemand an die Scheibe klopfte, dann sah er Peter draußen stehen.

Axel öffnete die Tür, wollte zuerst sitzenbleiben, weil er dachte, Peter würde ohnehin gleich weitergehen, aber der schien zum Reden aufgelegt, also stieg Axel aus.

Peter sei, sagte er, mit der U-Bahn gekommen, müsse in ein Geschäft in der Neustiftgasse, er freue sich, Axel zu sehen. »Ich wollt dich eh schon die längste Zeit einmal anrufen, nämlich ... Weißt, ich seh's nicht ganz so wild wie der Gicko, aber ... Ich hoff, du weißt, was du machst.«

»Klar. – Klar, weiß ich das.« War Trotz angebracht? Axel kam sich auf einmal kindisch vor, er fragte: »Und wie rennts bei euch?«

»Vielleicht wird's doch noch was mit einer Tournee«, meinte Peter. »Nix Aufregendes, drei Wochen ...«

In diesem Augenblick hätte Axel alles gegeben für eine Andeutung Peters, daß er noch dazugehörte. Ein Wort, und von einer Sekunde zur anderen hätte er der Beranek gekündigt, egal wie windig die neue Hoffnung auch wäre. Aber das Wort kam nicht, so fragte Axel vorsichtig: »Und wer spielt Sax? Oder spielts wieder wie früher ...?«

»Wissma noch net«, sagte Peter. »Das ist alles noch ... Ich glaub's diesmal erst, wenn wir wirklich unterwegs sind.«

Nach einer langen Pause sagte Axel: »So hundertprozentig hab ich eh net dazugehört ...«

»Das ist, bitte, ein Blödsinn! Du, Axel, wennst Zeit hast, ruf an, gemma einmal auf ein Bier.«

Sie sahen einander an, hoben jeder den rechten Arm und klatschten als Gruß die Handflächen aneinander.

Peter drehte sich um, ging davon, Axel schaute ihm nach, wollte wieder in den Wagen steigen, aber die idiotischen Termine waren ihm jetzt so scheißegal wie nur irgendwas auf der Welt.

Er dachte daran, was die Beranek ihm am Freitagabend im Restaurant gesagt hatte, oft hatte er seither daran gedacht, jetzt klammerte er sich daran. War es ein Versprechen? Wenn ja, so zweifelte er sehr daran, daß die Beranek es halten würde, und leichten Herzens hätte er es vergessen, wäre Peter jetzt zurückgekommen und hätte »Spiel wieder mit!« gesagt. Ohnehin konnte er sich unter der Tätigkeit des Büroleiters einer Stadträtin nichts vorstellen, und es lohne sich, überlegte er jetzt, auch nicht, darüber nachzudenken. Sie hatte es gesagt, um ihn bei der Stange zu halten, um ihn zu motivieren, denn natürlich brauchte sie ihn jetzt, auf Krennhofer allein angewiesen, wäre sie aufgeschmissen gewesen. In seinem Kopf spukte seit Tagen eine Idee, wie der Wahlkampf der Beranek viel effizienter gestaltet werden könnte, sie war erst in Bruchstücken da, die sich noch nicht zueinander fügten, und gestern war ihm plötzlich eingefallen, sie würde ihn, wäre sie erst da und zu Ende gedacht und durchgeführt, für diesen Büroleiterjob qualifizieren, jetzt verbot er sich diesen Gedanken. Er würde sich als Seifenblase erweisen wie so viele andere Hoffnungen zuvor. Den Job würde, wenn Axel erst bis zum Umfallen gerakkert hatte, irgendeiner aus der Partei kriegen, es gab so viele in der Partei, die nach langen Oppositionsjahren endlich mit gutdotierten Posten versorgt sein wollten.

Neben dem Bühneneingang des Volkstheaters saßen auf Stühlen zwei Bühnenarbeiter, die beobachteten, was auf der anderen Straßenseite geschah.

Heute waren, wie Axel feststellte, mehr Demonstranten als gestern gekommen, außer den beiden ihm schon bekannten Transparenten sah er drei neue, auf einem wurde die Beranek eine unverschämte Lügnerin genannt.

Axel hörte sie nur, sah sie nicht, die Sträucher am Parkrand und ein Baum verdeckten sie, und daß er gestern mit ihr geschlafen hatte, kam ihm längst ganz unwirklich vor. Er sah, wenn er daran dachte, das Stück Wald über ihrem Bett in vielen Details vor sich, er sah die drei nackten Frauen auf dem Bild in der Halle, aber die Beranek sah er nicht. Und doch hatte es sie gegeben heute nacht, aber diese Stimme, die jetzt aus den Lautsprechern dröhnte, paßte nicht dazu. Axel mochte ihre Stimme nicht, wenn sie für ein paar hundert Ohren schrie, und er dachte sie in zwei Personen aufgespalten: Die eine von den beiden mochte er, wenn sie hinter ihm im Auto saß und nicht über Politik redete, sondern irgendetwas Belangloses erzählte, die manchmal lachte und mit der er geschlafen hatte ... Oder nein, die ihn ins Bett gezerrt hatte, das war die andere, die über öffentliche Plätze hinplärrte.

Mit der einen, die ganz anders war als jene der großen Auftritte, würde er gerne einmal schlafen. Doch gab es, Axel wußte es, nicht zwei, nur die eine, die jetzt wieder von *ihrem* Sozialschmarotzer redete.

»Ich kenn da einen«, hörte Axel aus den Lautsprechern scheppern, »der ist, seit die Zeitungen auch über ihn schreiben, eh schon berühmt geworden, der weiß gar nicht, wohin mit seiner Kraft, der muß sich beim Holzhacken abreagieren, damit's ihn nicht zerreißt vor lauter Kraft ...«

Die Demonstranten fingen zu pfeifen an, schrien dann im Chor: »Lü-ge! Lü-ge! Lü-ge ...!«

»Diesem Sozialschmarotzer«, die Lautsprecherstimme der Beranek übertönte den Sprechchor, »steckt man dreißig-, fünfunddreißigtausend Schilling Frühpension in den ... Entschuldigung, jetzt hätt ich bald was gesagt ...«

Im mehrhundertfachen Lacher gingen die Pfiffe der Demonstranten unter. Axel konnte sie von seinem Platz aus, da Buschwerk sie verdeckte, nicht sehen, er sah nur ihre Transparente, und eines davon wackelte auf einmal, verschwand dann, gleich darauf liefen, derweil die Beranek weiter schrie, zwei junge Männer aus dem Park heraus auf die Neustiftgasse, drei Ordner hinter ihnen her.

Die werden die zwei nie erwischen! dachte Axel, hoffte es, aber so sicher war das nicht. Die beiden jungen Männer liefen die Neustiftgasse hinauf, am Justizministerium entlang, aber vor der Mechitaristenkirche schon waren die drei Ordner, doppelt so alt zwar, aber offenbar trainiert, nur mehr ein paar Meter hinter ihnen. Die jungen Männer liefen zwischen den Autos hindurch auf die andere Straßenseite hinüber, blickten sich um, sahen ihre Verfolger dicht hinter sich, und dann – Axel dachte noch: Nicht in ein Haus! Einfach weiterrennen! – verschwanden sie in einer Haustür, und die drei Ordner folgten ihnen.

Axel sah jetzt, daß er nicht allein beobachtete, was da geschah, auch die zwei Bühnenarbeiter sahen zu, und ihm schräg gegenüber, nahe dem Raimund-Denkmal, standen vier Polizisten, sie mußten alles gesehen haben, berieten nun offenbar, was zu geschehen hatte, und zwei von ihnen gingen jetzt langsam die Neustiftgasse hinauf. Der ältere von den beiden nahm sein Funkgerät, sagte irgendwas.

Axel folgte ihnen auf der anderen Straßenseite, drei oder vier Autolängen vor dem Haustor hielt er an, und die beiden Polizisten blieben drüben vor dem kleinen Café Volkstheater stehen und machten keine Anstalten, die Straße zu überqueren.

Unten liefen nun zehn oder zwölf Demonstranten aus dem Park heraus auf die Straße, aber da waren auf einmal eine ganze Menge Polizisten, die sie ins Gebüsch zurückdrängten.

Dann kamen die drei Ordner aus dem Haus, einer schob eine Stahlrute zusammen, steckte sie ein. Die Polizisten drüben auf der anderen Straßenseite mußten es sehen, reagierten aber nicht, oder hatten sie, Axel war jetzt nicht sicher, doch reagiert? Hatten sie den drei Männern nicht zugenickt?

Sie gingen an Axel vorbei, ihr Nicken zu ihm her war nicht zu übersehen, sie kannten ihn also, hielten ihn für einen der ihren. Erst als die drei fast schon wieder unten beim Volkstheater waren, überquerten die Polizisten die Straße, betraten das Haus, und kamen gleich darauf mit den beiden jungen Männern wieder, einem davon lief Blut übers Gesicht. Beide wehrten sich gegen die Griffe der Polizisten, und jetzt erst sah Axel, daß sie beide mit Handschellen gefesselt waren.

»Zwei Festnahmen, ich brauch einen Wagen. Neustiftgasse, Ecke Gardegasse, schräg gegenüber vom Justizministerium«, sagte der eine Polizist in sein Sprechfunkgerät.

»Ich steig aus!« sagte Axel eine halbe Stunde später im Auto.
»Das wirst du nicht!« schrie die Beranek ihn an.

Er hätte sich gar nicht mehr ins Auto setzen sollen, fiel Axel ein, ihr einfach den Schlüssel überreichen und weggehen, das wär's gewesen! Nun würde er sie noch bis zum Abend fahren müssen, danach würde er den Wagen bei Wanek auf den Hof stellen und morgen früh einfach nicht mehr kommen. Den heutigen Tag würde er schon irgendwie überstehen, er würde genau wie am Anfang so wenig reden wie nur möglich, und im schlimmsten Fall konnte er den Wagen immer noch einfach am Straßenrand abstellen und davongehen.

Die Beranek schien zu ahnen, daß er es ernst meinte, sie beugte sich nach vorne, legte ihm die Hand auf die Schulter und sagte: »Axel! Ich brauch dich!«

Axel schüttelte nur den Kopf. Er sah ihr Gesicht im Rückspiegel, es war nicht mehr ihr Auftrittsgesicht, sondern wieder das private oder, dachte er, ein drittes, das er noch nicht kannte.

Dieses Gesicht verschwand aus dem Rückspiegel, und ihre Hand lag nicht mehr auf Axels Schulter, die Beranek hatte sich wieder zurückgelehnt, sie muß nachdenken, dachte Axel, sie denkt darüber nach, wie sie mich doch herumkriegen kann.

Sie bogen, weil Axel den Gürtel, wann immer es möglich war, vermied, von der Neustiftgasse in die Wimbergerstraße ein, und plötzlich fielen ihm, als wäre er blind gewesen in den letzten drei Wochen, die zahllosen Wahlplakate auf, die großen an den Plakatwänden, die kleinen auf Dreiecksständern, die sich um jeden Pfahl schlangen, der da nur aus dem Gehsteig ragte, andere Ständer waren an Hauswände gelehnt, und auf allen Plakaten waren, egal von welcher Partei sie stammten, Köpfe zu sehen, auf den meisten DEMOKRATEN-Plakaten der Öllerer-Kopf, der Beranek-Kopf war selten, und Axel erinnerte sich, daß vor zwei Tagen im Bezirksbüro darüber gesprochen worden war, daß zusätzliche Beranek-Plakate im Stadtbild auftauchen müßten, auf allerhöchsten Wunsch, der Chef persönlich habe es angeordnet. Der Wahlkampf kam, wie sie es im Büro nannten, in die heiße Phase, aber Axel war es, als begriffe er erst jetzt, daß die Beranek einen Wahlkampf führte, und er führte ihn mit ihr und hatte vor einer halben Stunde noch über eine ganz neue Wahlkampfidee nachgedacht.

Nun konnte er sich nicht mehr einreden, daß das ein Job wie jeder andere sei, also würde er ihn aufgeben, so einfach war das, und er würde der Beranek nicht erlauben, es zu komplizieren.

Sie wird sagen, dachte Axel, daß sie ohne mich nicht auskommen kann, und er wußte, was er darauf antworten würde: Was ich tu, kann ein anderer auch. Das würde sie, Axel hoffte es, bestreiten, ganz gewiß würde sie ihm schmeicheln, ihm das Gefühl der Unentbehrlichkeit geben wollen. Es wird ihr, dachte Axel entschlossen, nichts nützen.

»Was steht auf dem Programm?« fragte sie jetzt.

»Ein Supermarkt im vierzehnten.«

»Ruf an und sag, daß ich nicht komm!«

Und Axel rief an, er würde den heutigen Tag noch fertigmachen, und er fuhr, wie die Beranek ihn anwies, zur Höhenstraße hinauf, und als die Beranek es anordnete, stellte er den Wagen ab, und nun standen sie auf einem Weg, der an einem Waldrand entlangführte, rechts von ihnen eine Wiese, die Axel an die Wiese hinterm Haus in Zell am See denken ließ. Sie gehörte zum Haus seiner Eltern, wurde aber von einem Bauern gemäht, einmal im Jahr, Anfang Mai, war sie gelb von Löwenzahn und dann, eine Woche später, gelb von Hahnenfuß …

Die Beranek hatte, seit sie aus dem Auto gestiegen waren, kein Wort gesagt, sie ging, Axel folgte ihr, und was immer sie auch sagen würde, er fühlte sich stark genug, seinen Entschluß nicht zu widerrufen.

»Wenn's wirklich so war, wie du sagst«, fing sie endlich an, »dann sorg ich dafür, daß sowas nie wieder passiert.«

Axel schwieg.

»Axel, du kannst mich jetzt nicht im Stich lassen!«

Axel antwortete nicht. Er konnte lange schweigen, stundenlang wenn es sein mußte.

»Was glaubst, warum ich das mach? Warum ich mir das antu? Später Ehrgeiz, hm? Weil ich auf meine alten Tage noch was werden will, ja? Glaubst du wirklich, daß das der Grund ist – oder sagen wir: der einzige Grund?«

Die Versuchung, wenigstens den Kopf zu schütteln, war groß, aber Axel widerstand ihm.

»Axel! Traust du mir das wirklich zu, daß ich mit solchen Methoden einverstanden bin?«

Nun mußte er, wollte er nicht ganz und gar mißverstanden werden, wenigstens den Kopf schütteln.

»Das kommt garantiert nicht mehr vor, ich sorg dafür!«

Gern hätte Axel nun gefragt, wie sie das denn machen wolle, geschweige denn garantieren könne.

»Auf jeden Fall kann ich gar nichts dagegen machen, wenn ich nicht dabei bin! Und je mehr ich in der Partei zu sagen hab, umso mehr kann ich dagegen tun«, sagte sie – und dann: »Axel, wenn du mich jetzt hängen läßt, Axel, dann … dann schaff ich's nicht.«

»Was ich tu, kann jeder andere auch«, sagte Axel nun doch.

Jetzt schüttelte die Beranek den Kopf. Sie blieb stehen, da hielt auch Axel an. Ganz langsam näherte sie sich ihm. Fast scheu hob sie die Hand und streichelte mit dem Handrücken Axels Wange. Axel zuckte zurück, blieb aber stehen (er hätte, wird er später denken, einfach weglaufen sollen), lange standen sie einander gegenüber, dann sagte sie: »Axel, mir ist das sehr wichtig, daß du verstehst, warum ich das mach. Herrgott noch einmal, das muß dir doch schon aufgefallen sein … Hm?«

Axel zögerte, schüttelte dann den Kopf.

»Ich … Weißt, ich kann das nicht so zeigen, aber … Du bist nicht einfach nur irgendein Mitarbeiter …« Sie wartete, bis Axel wenigstens nickte, dann fuhr sie fort, im Ton nun wieder sehr sachlich: »Die Demokraten werden gewinnen. Das wird so sein und muß so sein, weil sonst dieser Staat vor die Hunde geht. Die Leute spüren das und ... Axel, möchtest du wirklich, daß dann nur die Loitzenthalers und Brunos und Krennhofers das Sagen haben? Daß die, auch wenn sie in der gleichen Partei sind, anders denken als ich, das muß dir doch schon aufgefallen sein! Ich darf nicht einfach aussteigen und alles diesen Leuten überlassen, die nur an die Macht wollen und über meine Ideale höchstens lachen! Weil sie gar nicht mehr wissen, was Ideale sind.«

Axel schwieg, er mußte schweigen, durfte sich auf ein Gespräch mit ihr nicht einlassen, und sie schien das zu akzeptieren, sie wandte sich ab von ihm, ging weiter. Axel aber blieb stehen, da kam sie zurück zu ihm: »Axel, schau dich um, dieses Land geht vor die Hunde, wenn sich nicht bald was ändert! Diese sogenannte Demokratie, die von Funktionären beherrscht wird, die nur an sich selber denken. Diese Cliquen, die sich gegenseitig alles zuschieben! Die Haberer, wo immer der eine dem anderen einen Gefallen schuldig ist! Ich weiß, wovon ich red.« Sie lachte jetzt ein bißchen. »Ich bin Direktorin von einem Gymnasium geworden, aber was glaubst du, wie lange das gedauert hat? Ich war besser qualifiziert als die meisten anderen, die sowas lange vorher schon geworden sind. Aber die waren in so einer Clique drin und hatten das richtige Parteibüchl ... Ich hatte keines und war durch meinen Vater auch noch abgestempelt. Hast du einmal was gehört von ihm?«

Axel schüttelte den Kopf.

»Er war Psychiater und hat sein Leben lang daran gearbeitet, wie man die Psychiatrie auf eine solide naturwissenschaftliche Grundlage stellen könnte, das galt nach dem Zusammenbruch auf einmal als Verbrechen. Plötzlich durfte man den Schädel eines Schwerverbrechers oder eines Wahnsinnigen nicht mehr vermessen. Die Amerikaner haben es, als Sieger konnten sie das, einfach verboten, tabuisiert, so wie sie vieles, was sie nicht verstanden haben oder was ihnen unangenehm war, einfach verboten und tabuisiert haben.« Aus subjektiv amerikanischer Sicht könne sie das verstehen, dieses Rassen- und Völkergemisch, Nachkommen von deportierten Schwerverbrechern zum Teil, könnten schon aus Gründen des Selbstschutzes nicht an Forschungen interessiert sein, wie ihr Vater sie betrieben habe.

»Ich war achtzehn, grad hatte ich die Matura gemacht«, erzählte sie, »da waren die Zeitungen auf einmal voll mit Berichten über die angebliche Vergangenheit meines Vaters, ein Jahr später war er tot, es hat ihn umgebracht, *sie* haben ihn umgebracht.«

Sie schwieg eine Weile, kam dann wieder auf die Amerikaner zu sprechen, die sie als ganze Nation für geisteskrank hielt, einerseits fast ausschließlich orientiert an materiellen Werten, andererseits auf geradezu bizarre Weise religiös. »Und deren Kultur mußten wir nach fünfundvierzig übernehmen!« Eine Kultur, die das Primitive zur Norm erhoben habe, und eine Kunst, die von Geisteskranken gemacht würde! »Hast du dir das schon einmal überlegt, warum in der sogenannten zeitgenössischen Kunst nichts Schönes mehr vorkommen darf?« fragte sie. »Wenn diese sogenannten Künstler die Welt wirklich so sehen, wie sie malen, dann versteh ich nicht, warum sie sich nicht einfach umbringen, weil in einer so abstoßend häßlichen Welt kann doch keiner wirklich leben wollen.«

Sie würde, dachte Axel, auch die beiden kleinen Shona-Plastiken, die er aus Zimbabwe mitgebracht hatte und die in seinem Zimmer in Zell am See standen, bis er hier in Wien eine eigene Wohnung finden würde, abstoßend häßlich finden. Ihm gefielen sie, sie hatten ihm in Chitungwiza sofort gefallen und würden ihm, wenn er sie wieder sah, immer noch gefallen, mochte die Alte reden, was sie wollte. Plötzlich fiel ihm – ohne rechten Zusammenhang, wie ihm vorkam – ein, daß sich in Zimbabwe wie auf der ganzen südlichen Halbkugel das Wasser beim Ablaufen aus einem Waschbecken anders als hier bei uns gegen den Uhrzeigersinn drehte …

Die Beranek war jetzt auf den jüdischen Einfluß in Amerika zu sprechen gekommen, sie habe weißgott nichts gegen die Juden, aber das Judentum sei nun einmal aus seiner Geschichte heraus heimatlos, folglich in der ganzen Welt und nirgends zugleich daheim, könne folglich keinen Sinn für die deutsche Eigenart besitzen, sich einem Land, dem eigenen, in besonderer Weise verbunden zu fühlen, das Wort Heimat sei ein in keine andere Sprache wirklich zu übersetzendes deutsches Wort, und wer es ohne Ironie ausspreche, gelte heute den zynischen heimatlosen Aufklärern in der linken Kulturmafia als dumpfer Provinzler.

»Wenn du aber«, redete sie weiter, »etwas dagegen sagst, wenn du dich gegen die Meinungsdiktatur auflehnst, dann stellen sie dich ins rechte Eck. Und erst recht wenn du dich gegen die politische Meinungsdiktatur auflehnst!« Aus Amerika habe man die Meinung, was politisch korrekt sei – »Der Ausdruck allein!« – und was nicht, einfach unkritisch übernommen, wie seinerzeit nach fünfundvierzig diese Staatsform, die den Namen Demokratie einfach okkupiert habe für eine Herrschaft des Kapitals, das sich Wählermehrheiten nach Belieben kaufen könne. »In diesem Land muß sich vieles ändern und wird sich vieles ändern. Alles wurde immer übertrieben, die Ausländerfreundlichkeit, der humane Strafvollzug. Man kennt kein vernünftiges Maß mehr. Wir, die Demokraten, wir sind, denke ich mir manchmal, der Pendelschlag, der alles wieder ins Lot bringen muß. Wir müssen vor allem wieder an uns selber glauben, nicht an das, was uns irgendwer von außen her aufzwingt.« Ein ganz neuer Patriotismus sei nötig, vor allem auch in der Kunst und der Kultur, man müsse sich zum Beispiel auch, ohne als sentimentaler Tepp zu gelten, zu dieser Stadt bekennen dürfen. Ob Axel denn schon einmal aufgefallen sei, daß die sogenannten Künstler glaubten, sich nur kritisch über Wien äußern zu dürfen? In Paris könne ein Künstler seine Stadt in den wunderbarsten Chansons besingen, »aber wir hier haben nur ein paar kitschige Wienerlieder, weil die sogenannten wirklichen Künstler die Stadt nur in den Dreck ziehen.« Damit müsse einmal Schluß gemacht werden, und damit werde Schluß sein, wenn sie das Kulturressort übernehme. »Wir müssen wieder normal werden!«

Aber eben dieser Ziele wegen dürfe man den Kampf nicht allein den Krennhofers, Brunos und Loitzenthalers überlassen, weil dann die Ideale erst recht wieder auf der Strecke blieben. Solche Leute seien freilich vonnöten, das könne man bedauern, aber nicht ändern. »Und wenn's einmal ein bissel härter zugeht, als es sein sollte: Das ist ein Kampf, den wir da führen. Wennst einen Saustall ausmisten willst, mußt eine Mistgabel in die Hand nehmen ...!«

(Von unten, von der Höhenstraße aus hätte man sie, so nahe wie sie beieinander standen, für ein Liebespaar halten können. Der Mann, der sie fast bildfüllend im Kamerasucher sah, wartete darauf, daß sie sich endlich umarmten und küßten, aber sie taten es nicht, standen nur da am Waldrand und redeten. Ohne rechte Freude stützte der Mann den Arm mit der Kamera im offenen Autofenster ab, um bei dieser langen Brennweite die Bilder nicht zu verwackeln, und drückte ein paarmal auf den Auslöser.)

36

Sie wußte, daß sie ihn überredet, nicht überzeugt hatte, und sie durfte, wollte sie nicht alles wieder zerstören, wenigstens an diesem Tag nicht weiter auf ihn einreden. Und nichts sollte geschehen, was ihn mißtrauisch machen könnte. Ein Besuch im Wachzimmer in der U-Bahnstation Karlsplatz stand an diesem Dienstag noch auf dem Programm, sie sagte ihm, er solle inzwischen nebenan im Buffet einen Kaffee trinken oder was auch immer; er sollte nicht hören, wenn sie davon redete, daß das Drogenproblem, für das der Karlsplatz zum Synonym geworden war, mit Humanitätsduselei nicht zu lösen sein würde; er sollte nicht hören, wenn sie den Polizisten, die ein hartes Vorgehen und eine Deckung von oben für drakonisches Eingreifen fordern würden, in allem recht gab.

Gegen Abend dann fuhren sie in die Billrothstraße, und sie sagte ihm, daß er den Abend frei habe: »Beschwert sich deine Freundin denn gar nicht darüber, daß du überhaupt keine Zeit für sie hast?« Sollte er einen Abend, eine Nacht mit ihr verbringen! Sie würde ihn zum Aufgeben nicht überreden können, er mußte ja dabei bleiben, das war seine Chance, und wenn er sich dazu nicht weiter gedrängt fühlte, würde er glauben, es sei sein eigener Entschluß, dabeizubleiben. Und wenn er, woran die Beranek nicht zweifelte, blieb, dann würde sie sich etwas einfallen lassen, ein besonderes Geschenk vielleicht, das ihn endgültig band und verpflichtete.

Heute abend konnte sie ihn leicht entbehren, gewiß würde auch Krennhofer in die Zentrale fahren, er würde sie mitnehmen.

»Natürlich, sehr gern«, sagte der, als sie alles Aktuelle besprochen hatten. »Wir können gleich fahren.« Aber da schien Krennhofer noch etwas einzufallen, er griff nach einer Mappe: »Ihr Lieblingssozialschmarotzer hat uns geschrieben ...«

»Mir auch«, sagte die Beranek, »ich kenn das Zeug.«

»Das ärztliche Attest da ...«, Krennhofer drehte und wendete ein Papier und wackelte dabei mit dem Kopf. »Der ist, schaut's aus, wirklich krank. Multiple Sklerose, und das ist, wie der Volksmund sagt, kein Lercherlschas. Eine Cousine von mir hat das, sollt man sich nicht wünschen ...«

»So arg wird's bei dem schon nicht sein,« meinte die Beranek, »sonst könnt er nicht ...«

Krennhofer holte ein anderes Papier aus der Mappe: »Und die andere Kopie da ... Gar so viel verdient der eigentlich nicht.«

»Immer noch zu viel«, sagte die Beranek. Krennhofers Ton gefiel ihr nicht, sie mußte ihm zeigen, daß man sie nicht einschüchtern konnte. Dann fragte sie aber doch: »Kann der irgendwas gerichtlich gegen uns unternehmen?«

Krennhofer legte die Mappe in die Schreibtischlade zurück. (Dort lagen, was die Beranek nicht sehen konnte, auch etliche Fotos, das zu oberst war erst heute zu Mittag aufgenommen worden, die Beranek und Axel zeigend, an einem Waldrand stehend.) Krennhofer wackelte wieder mit dem Kopf. »Unternehmen kann er bei Gericht natürlich was. Aber wenn er's tut, dann zieht sich das lang lang hin... Vorsichtshalber hab ich ein bißchen nachschauen lassen, ob's irgendwas gibt, was man notfalls gegen ihn verwenden könnt.«

»Und?«

»Nix erstaunlicherweise. Ein anständiger, ehrlicher und früher fleißiger Österreicher. Gut, er ist bei der SPÖ, aber das ist ja nicht... Vorläufig noch nicht.«

Krennhofer grinste die Beranek an und schien zu erwarten, daß sie mit ihm grinste, sie tat ihm den Gefallen.

»Ich tät ihn einfach nicht mehr erwähnen«, sagte er dann. »Höchstens ganz indirekt...«

»Den Namen hab ich«, sagte die Beranek, »längere Zeit eh schon nimmer genannt, bei dem Fernsehinterview auf keinen Fall...«

Um sich dieses Fernsehinterview gemeinsam anzusehen, hatten sich außer der Beranek und Krennhofer nur Loitzenthaler und Bruno und ein Mann, der sich nicht vorgestellt hatte, im Konferenzraum der Parteizentrale versammelt. Die Beranek hatte auch den Chef erwartet, nun war sie enttäuscht.

Enttäuscht auch von dem, was nun auf dem Bildschirm lief. »Um den Herrn Mayrhofer als Person geht's ja nicht«, sagte sie dort gerade, und sie kam sich als Zuschauerin fremd vor dabei. »Es geht um das ganze politische System. Da hat sich eine Politikerkaste etabliert, die den Staat als ihr Eigentum betrachtet.« Hätte sie es anders formulieren sollen? Hätte sie es besser sagen können?

Die Männer um sie herum schienen zufrieden, Loitzenthaler und Bruno schauten immer wieder den Mann an, der sich nicht vorgestellt hatte, schienen auf seine Reaktion gespannt, und immer wieder nickte er, dann nickten auch sie.

»Für die«, sagte die Beranek auf dem Bildschirm, »ist der Staat ein Selbstbedienungsladen. Die denken keine Sekunde mehr an die vielen kleinen anständigen Leut, denen der Staat immer neue Lasten auferlegt, damit er sich diese Politikerkaste überhaupt leisten kann.«

Wieder nickte der Mann, er war, schien es der Beranek, noch keine vierzig, wieder nickten dann auch Bruno und Loitzenthaler, und Krennhofer, als er es sah, nickte mit.

»Schaun Sie«, hörte die Beranek sich weiter sagen, »die Linken haben früher von einer Klassengesellschaft geredet, und dann hat man geglaubt, die gibt es nicht mehr. Aber es gibt sie wieder: Es gibt heute zwei Klassen: Die einen, die sich vom Staat nehmen, was sie nur kriegen können: Die Politiker von der alten Sorte. Die vielen Sozialschmarotzer, die dieses politische System schamlos ausnützen. Die Asylanten, die sich's bei uns gut gehen lassen und die nicht einmal dann abgeschoben werden, wenn sie straffällig werden. Die Staatskünstler, die Millionen kassieren für den Mist, den sie produzieren, oder – was weiß ich – vielleicht auch nur dafür, daß sie unsere Partei verleumden. Das ist die eine Klasse, und die andere, das sind die vielen kleinen, anständigen, fleißigen Leute, die das alles bezahlen müssen. – Vielleicht seh ich das als sogenannte Quereinsteigerin besonders deutlich: Dieses System ist nicht mehr reformierbar: Immer wenn's in diesen Parteien, die die Macht im Staat unter sich aufgeteilt haben, einen Riesenskandal gegeben hat, hat jemand nach einer Reform geschrien, und was ist dabei herausgekommen?«

Ein Handy tüdelte jetzt, instinktiv öffnete die Beranek ihre Handtasche, obwohl sie wußte, daß ihr Telefon anders klang.

Es war Loitzenthaler, der angerufen wurde, er meldete sich flüsternd, und die Beranek sagte derweil im Fernsehen: »Es hat bei diesen sogenannten Reformen überhaupt nichts herauskommen können, weil ... Wissen Sie, mein Mann ist Rechtsanwalt, der hat einen schönen Vergleich gefunden: Man kann auch die Insassen der Strafanstalt Stein nicht über ein neues Strafrecht abstimmen lassen ...«

Das war nicht schlecht! Nun nickte auch die Beranek, sie hatte sich inzwischen an ihr Bild auf dem Bildschirm gewöhnt, da bemerkte sie, daß Loitzenthaler ihr schon eine ganze Weile sein Handy hinhielt: »Für Sie! Der Chef!«

Bruno sprang zum Fernseher, drehte den Ton leiser, aber auf dem Bildschirm war jetzt schon der Redakteur zu sehen, das Interview war ohnehin zu Ende.

»Ja, Beranek-Schnötzinger. – Danke. – Danke. – Ich hab mich bemüht, ja. – Danke. – Oh, danke, damit hab ich eigentlich nicht gerechnet. – Ich tu, was ich kann. – Danke. Wiederschaun.« Die Beranek gab Loitzenthaler das Handy zurück. »Der Chef will, daß ich an der Te-Vau-Konfrontation teilnehm, und ich soll mit einem Doktor Meerwald ...« Sie zeigte auf den Mann, der sich nicht vorgestellt hatte: »Ich nehm an, daß Sie das sind.« Sie hatte den Namen schon gehört, man redete von ihm als dem Medienberater des Chefs, es hieß, alle seine Fernsehauftritte trainiere der Chef mit Meerwald, überhaupt alles öffentliche Auftreten und Reden des Chefs werde von ihm gecoacht.

»Da müssen wir arbeiten«, sagte Meerwald zur Beranek. »Sie sind ein Naturtalent, aber das wissen Sie ohnehin.« Der Aussprache nach kam er aus Deutschland. »Allerdings Sie formulieren manchmal zu kompliziert.«

»Ein bissel differenzieren muß man schon«, wandte die Beranek ein.

»Nicht im Fernsehen!« stöhnte Meerwald. »Der letzte Satz war Spitze! Sowas brauchen wir: Die Sager, die jeder versteht und die am nächsten Tag in jeder Zeitung zitiert werden.«

37

Die Idee kam zu spät. Jetzt, als Axel aus dem METEORIT wieder hinaus auf die Straße trat, hatten sich die Bruchstücke auf einmal mit einem Ruck zusammengesetzt, fast ohne sein Zutun, jedenfalls ohne daß er darüber nachgedacht hätte, aber es war zu spät.

Die paar Lokale, die Sandra gern besuchte, hatte er abgeklappert, weiterzusuchen hatte keinen Sinn, sie konnte überall sein, hatte vielleicht zufällig jemanden getroffen und war mit ihm oder ihr irgendwohin gegangen, wo sie vorher nie gewesen war, sie konnte in irgendeiner Wohnung sein, und Axel würde sie nicht finden, wenn er auch die ganze Nacht nach ihr suchte.

Ohne jede Hoffnung rief er noch einmal bei ihr zu Hause an, und ihre Mutter sagte ihm, was sie schon zweimal gesagt hatte, daß Sandra nicht da sei, daß sie weder wisse, wohin Sandra gegangen sei, noch mit wem sie sich habe treffen wollen, und auch nicht wisse, wann sie zurückkommen werde.

Er hätte Sandra erzählt, was er heute gegen Mittag mitangesehen hatte, sie hätte es in aller Schärfe kommentiert, Axel glaubte sicher zu wissen, was sie gesagt hätte, sie hätte ihn, darauf wäre es angekommen, jedenfalls darin bestärkt, den Job sofort aufzugeben, und er hätte es getan. Er wäre morgen früh einfach nicht hinaus in die Lanzgasse gefahren, hätte jedes weitere Gespräch mit der Beranek verweigert – und seinen Job bei Wanek verloren.

Die Versöhnung mit Sandra wäre die Belohnung dafür gewesen. Er dachte an diesem Abend immer wieder an diese eine Nacht zurück, war das erst gestern gewesen?, und fremder als die Beranek selbst kam ihm nun das Haus vor, das sie bewohnte. Er sehnte sich danach, mit Sandra zu schlafen, und hätte damit, dachte er, die Nacht von gestern tilgen können.

Jetzt stand er allein am Spittelberg. Er mußte die Entscheidung selbst treffen, ohne Aussicht auf eine Belohnung vermutlich, denn es war ungewiß, ob Sandra auch zu ihm zurückkehren würde, wenn sie nicht das Gefühl haben konnte, seine Entscheidung herbeigeführt zu haben. Sie hielt ihn, darüber machte Axel sich keine Illusionen, für ein korruptes Arschloch, und er glaubte nicht, daß sie dieses Urteil revidierte, nur weil er sich nun von der Beranek trennte; der Vorwurf, sich überhaupt mit ihr und überhaupt »mit denen« eingelassen zu haben, würde bestehen bleiben.

Als Axel jetzt zur Burggasse hinunterging, kam ihm einer entgegen, den er nur unter dem Namen Odysseus kannte, angeblich so benannt, weil er, wenn er des Abends zu seiner Frau heimkehren wollte, oft die Orientierung verlor und gewaltige Umwege machte, sodaß seine Heimkehr wenn schon nicht zehn Jahre lang, so doch gelegentlich zehn Stunden lang dauerte. Ob Odysseus Sandra heute abend irgendwo gesehen habe? Er nickte, erinnerte sich dann aber nicht mehr, wo eigentlich. »Es war erst vor einer halben Stunde oder so«, sagte er, »ich glaub, im Verdi war's, ja, ganz bestimmt ...« Er war betrunken wie bisher noch jedesmal, wenn Axel ihn getroffen hatte, aber vielleicht war seiner Erinnerung diesmal zu trauen ...

Als Axel dann in die Langegasse kam, fiel ihm ein, er hätte Odysseus fragen sollen, mit wem Sandra unterwegs war. Davon hing ab, ob sie bereit sein würde, mit Axel allein zu reden. Aber vermutlich hätte Odysseus sich ohnehin nicht erinnert. Man konnte vom Gehsteig aus durch die Fenster hinunter ins Lokal sehen, das im Souterrain liegt, Axel entdeckte Sandra nicht, aber sie konnte im hinteren Raum sitzen ...

Axel kannte das VERDI, weil der Regisseur, den er drei Wochen lang gefahren hatte, gerne hierherkam, der hatte ihm eine kleine Rolle in seinem nächsten Film versprochen, dann aber nichts mehr von sich hören lassen, so war Axel in der Hoffnung, ihn zu treffen, ein paarmal hierhergekommen, einmal auch mit Sandra. Das Lokal selbst hatte ihr gefallen, nicht aber die Musik, die dauernd lief, populär Klassisches, symphonische Hadern, schmachtend-dröhnende Opernarien.

Axel ging die paar Stufen ins Lokal hinunter, fand Sandra auch im hinteren Raum nicht, der Pächter, ein Ukrainer oder Weißrusse, wie Axel sich zu erinnern glaubte, kannte Sandra nicht, wußte, obwohl er gut deutsch sprach, offenbar auch mit Axels Beschreibung nichts anzufangen, nein, er glaube nicht, daß die, die Axel suchte, heute hiergewesen sei. Axel setzte sich hin und bestellte ein Bier.

Sein Plan, morgen früh einfach nicht mehr aufzutauchen, kam ihm, während er Andrea Bocelli CON TE PARTIRÒ singen hörte, auf einmal kindisch vor. Die Beranek hatte mit dem, was er in der Neustiftgasse, ganz hier in der Nähe, beobachtet hatte, vermutlich wirklich nichts zu tun, und Axel glaubte ihr auch, daß sie es nicht billigte. Andererseits: Er hatte es selbst gesehen, es war geschehen, und es war eben kein einmaliger Ausrutscher, wie die Beranek es hatte darstellen wollen. Sie hätten in der Opernpassage auch Gicko niedergeschlagen, hätte Axel es nicht verhindert. Oder nein, dachte er jetzt, in aller Öffentlichkeit hätten sie es wahrscheinlich nicht getan, aber vielleicht hätten sie Gicko in eine Toilette abgedrängt...

Während er das zweite Bier bestellte und Andrea Bocelli immer noch sang, TIME TO SAY GOODBYE nämlich mit irgendeiner Tussi gemeinsam, da überlegte Axel, ob es ihm gelingen würde, sich einzureden, daß er nur für die Beranek, nicht aber für ihre Partei arbeitete, und er kam zum Schluß, daß es ihm vermutlich nicht gelingen würde. Er hatte den Vertrag – und es war ein Vertrag! – mit der Partei abgeschlossen, und die Beranek stellte sich nicht als Privatperson, sondern eben als Kandidatin dieser Partei der Wahl. Und in dieser Partei hatten die Loitzenthalers und Brunos das Sagen, die, was Axel gesehen hatte, ganz gewiß billigten und daran allenfalls kritisiert hätten, daß es vor einem Zeugen und vor möglichen anderen Zeugen geschehen war.

Von seiner Idee würde Axel, wie immer er sich auch sonst entscheiden sollte, ganz gewiß nicht reden, das stand in diesem Augenblick fest für ihn. Keine Fleißaufgaben! Es war eine sensationelle Idee. Sie hätte vielleicht, dachte er jetzt in einem, wie er selbst konstatierte, Anfall von Größenwahn, ganz wesentlich zum Wahlsieg der Beranek beitragen können, aber da es nicht allein ihr Wahlsieg sein würde, sondern der Sieg der Loitzenthalers, Brunos und Krennhofers, würde Axel, das kam ihm als heroischer Entschluß vor, seine Idee für sich behalten. Er würde vielleicht für die Beranek weiter arbeiten wie bisher, aber – dies war seine Sanktion für das, was er gesehen hatte – diese Idee nicht preisgeben.

Sie sich im Detail wenigstens auszudenken, war freilich eine Verlockung, der er guten Gewissens nachgeben konnte. Wenn er feststellte, daß sie funktionieren würde, und das würde sie!, so konnte er sich noch heroischer fühlen in seinem Entschluß, sie denen nicht zur Verfügung zu stellen als Strafe dafür, daß sie brutale Schweine waren. Sie waren vielleicht, schränkte Axel dann ein, auch nicht viel brutaler als die Schweine in den anderen Parteien, Schweine gab es ganz gewiß in allen Parteien, und er würde, er sagte es sich immer wieder, keine gemeinsame Sache mit solchen Schweinen machen, ob sie nun zur einen oder zur anderen Partei gehörten.

Daran änderte, sagte er sich, während er nun das dritte Bier trank und DIE DREI TENÖRE singen hörte, auch die Tatsache nichts, daß seine Idee der Beginn einer Karriere innerhalb der Partei hätte sein, ihm den Büroleiterjob sicher hätte verschaffen können, aber – seine Gedanken fingen an sich zu wiederholen – in einer Partei, in der solche Schweinereien ungestraft geschehen konnten, wollte er keine Karriere machen.

Freilich fragte er sich jetzt im Ernst, ob irgendjemand außer ihm, Gicko zum Beispiel, auch nur eine Sekunde lang gezögert hätte, eine solche Chance zu ergreifen, wenn sie sich ihm nur böte. Und ob der Grund dafür, daß Sandra so redete, wie sie redete, nicht möglicherweise nur darin lag, daß sie sich durch die Wahl ihrer Studienfächer unweigerlich ins Out gestellt hatte, was irgendeine Berufskarriere anlangte? Vermieste sie ihm jeden Gedanken an eine Karriere, nur weil sie wußte, daß sie selbst nie eine machen würde? Axel kam sich, während DIE DREI TENÖRE immer noch sangen, auf einmal als Idiot vor, der, weil er auf andere hörte, die vielleicht größte Chance seines Lebens sausen ließ. Denen man noch nie etwas angeboten hatte, die mochten leicht behaupten, sie seien unbestechlich! Sein Vater hatte so etwas immer wieder gesagt, Axel dachte über den genauen Wortlaut nach, aber er fiel ihm nicht mehr ein. Konnte man es Bestechlichkeit nennen, wenn er seine Chance ergriff? Und falls ja, war das nicht eher eine Art Auszeichnung, die nicht jedem zuteil wurde, daß man ihn bestechen, wenigstens kaufen wollte. Man kauft nur, dachte er, was man haben will, was einem etwas wert ist. Man konnte es so oder so nennen. Und wie Gicko oder Sandra es nennen würden, war ihm auf einmal ganz egal. Sandra hatte, wie sonst sollte er es nennen?, Schluß gemacht mit ihm, und Gicko hatte ihn, wie sonst sollte er das nennen?, aus der Band ausgeschlossen. Was kümmerte ihn also die Meinung der beiden! Beide würden sie, wenn sie es hören sollten, sagen, daß sie es ohnehin gewußt hätten, na also! Für sie war er ein Arschloch, also würde er sich verhalten, wie sich ihrer Meinung nach ein Arschloch verhielt. Und lieber in ihren Augen ein Arschloch als einer, der nie ein Bein auf den Boden kriegt. Er hätte sich eine andere Art von möglicher Karriere gewünscht, eine andere Chance, aber es gab nur diese eine, und er würde sie ergreifen, man konnte sich die wirkliche Chance, die sich einem vermutlich ohnehin nur einmal im Leben bot, nicht aussuchen. Hier, in der Partei nämlich, an der Seite der Beranek konnte er etwas werden, und zwar jetzt und nicht erst in zwanzig Jahren, falls überhaupt.

Axel saß noch eine ganze Stunde lang allein da, trank noch ein viertes Bier, und seine Gedanken gerieten ein wenig durcheinander. Einmal fiel ihm ein neues Detail zu seinem Plan ein, dann dachte er darüber nach, was die Beranek ihm oben an der Höhenstraße gesagt hatte, daß der Idealismus in der

Partei nicht ganz untergehen dürfe und all das, dann überlegte er sich Sätze, mit denen er – viel später einmal – Sandra alles doch noch würde erklären können. An der Richtigkeit seiner Entscheidung zweifelte er die ganze Stunde lang nicht mehr.

Am anderen Morgen hielt Martin ihm einen Zeitungsausschnitt hin, den er gestern aus dem Büro mitgebracht hatte. »Da steht«, sagte er, »wie das wirklich ist mit dem angeblichen Sozialschmarotzer Winterndorfer …«

Axel griff das Blatt nicht an: »Nämlich?«

»Na, lies!«

»Du, ich bin eh schon so spät dran …« Nein, er würde das Blatt nicht nehmen! Er würde sich nicht schon wieder irre machen lassen!

»Der Winterndorfer« sagte Martin, »der hat Multiple Sklerose. Das mit dem Holzhacken … Die haben Muskelprobleme und vor allem Probleme mit der Koordination von Bewegungen, der wollt das mit dem Holzhacken irgendwie trainieren, eh nur in schubfreien Zeiten und höchstens ein paar Minuten am Tag … Zusätzlich zu den normalen Übungen, die er machen muß, aber die sieht man halt nicht. Das Holzhacken schon, weil das kann er ja nicht gut im Wohnzimmer … Das kommt so in Schüben, weißt, und der Arzt, den die da gefragt haben, der sagt, daß in der Zeit dazwischen Bewegungstraining das Allerwichtigste ist. Da gibt's ganz spezielle Programme. Holzhacken gehört nicht dazu, aber so blöd, meint der Arzt, ist das gar nicht … Und da! Schau einmal, was er wirklich an Pension kriegt …«

Axel schaute nicht, fragte statt dessen: »Dann ist das deiner Meinung nach eine unglaubliche Sauerei?«

»Auf jeden Fall« sagte Martin.

Axel schrie ihn auf einmal an: »Wieso erzählst du mir das? Wenn du auch glaubst, daß ich aussteigen soll, dann sag's ganz direkt!«

»Du tust, was du für richtig hältst«, sagte Martin.

»Genau so ist es« sagte Axel, wieder ein wenig versöhnlicher. »Schweinereien gibt's in jeder Partei. Daß' in der Politik hart zugeht, und zwar in allen Parteien, das ist klar ... Und wenn du dich fürs Mitspielen entscheidest, mußt auch die Spielregeln akzeptieren.«

»Davon abgesehen, daß ich das in diesem Zusammenhang nicht ganz versteh: Du hast dich also fürs Mitspielen entschieden?«

Darauf gab Axel keine Antwort. Er zog sich fertig an, holte die Beranek ab, sie wollte, obwohl anderes auf dem Terminplan stand, in die Zentrale in der Rathausstraße gebracht werden, sie erzählte von der TV-Konfrontation und daß sie dafür trainieren müsse.

Eine halbe Stunde später saß Axel in einem Frisiersalon, eine Friseuse griff ihm in die Locken, blickte ihn fragend an, als wolle sie nicht glauben, daß er sich diese schönen langen Haare, die sie vorhin noch bewundert hatte, wirklich abschneiden lassen wollte, aber Axel hatte das Hin-und-her-gerissen-Sein satt, sein Entschluß sollte unumkehrbar sein.

Eine erste lange Haarsträhne fiel zu Boden, und Axel sagte sich, daß er darüber erleichtert sei.

38

Ein kahler weißer Raum war als improvisiertes Studio adaptiert worden, eine paar Scheinwerfer hingen von der Decke, zwei Videokameras waren auf die beiden Fauteuils gerichtet, in denen die Beranek und ihr, wie Meerwald ihn nannte, Sparringpartner saßen.

Meerwald selbst saß mitten im Raum vor einem Tisch, auf dem Monitore und Videorecorder aufgebaut waren. Jetzt rief er »Stop! Stop!« und sprang wütend auf.

»Was war jetzt wieder falsch?« fragte die Beranek.

Meerwald kam zu ihr, beugte sich über sie, sodaß sie sein Eau de Toilette riechen konnte: »Sie argumentieren schon wieder!«

»Entschuldigung!«

»*Entschuldigen* Sie sich nicht!« jetzt schrie Meerwald. »Das ist das Schlimmste überhaupt ...« Er wollte zu seinem Stuhl zurückkehren, da fiel ihm aber ein: »Bevor ich's vergeß, ein sozusagen stilistisches Detail. *Sie wissen genau* ... und *Jeder weiß* ...«

Die Beranek schaute ihn fragend an.

»So fangen Sätze an, mit denen man dem anderen unterstellt, daß er etwas wider besseres Wissen sagt.«

»Aha.«

Meerwald schien entschlossen, sich in Geduld zu üben: »Der andere behauptet, die Erde ist eine Kugel. Sie aber sagen, die Erde ist eine Scheibe. Wenn Sie jetzt sagen: *Sie wissen genau*, daß die Erde eine Scheibe ist ... Oder Sie sagen: *Jeder weiß*, daß die Erde eine Scheibe ist ... Dann kommt das bei einem Zuschauer, der sich nicht genau auskennt, so an, daß der andere nur aus taktischen Gründen behauptet, die Erde wäre rund ...«

Jetzt verstand die Beranek, was er meinte: »*Sie wissen genau*, warum die Sozialschmarotzer sich breit machen können in diesem Land.«

Meerwald jubelte: »Genau!«

»*Jeder weiß*, daß drei Viertel der Asylanten nichts als Kriminelle sind. – *Sie wissen genau*, wer schuld daran ist, daß zigtausende fleißige Leute, die wirklich arbeiten möchten, keine Stelle finden.«

»Gut, genauso funktioniert das!« Er ging in Hockstellung, um auf gleicher Höhe mit der Beranek zu reden, und faßte nach ihrem Arm. »Dann zu was Grundsätzlichem: Sie wissen wahrscheinlich, daß das Fernsehen fünfundzwanzig Bilder, eigentlich fünfzig Halbbilder pro Sekunde sendet. Das hat physiologische Auswirkungen: Wir können, was im Fernsehen kommt, praktisch nur mit der rechten Gehirnhälfte wahrnehmen, also nur emotionell … Die linke Gehirnhälfte spricht auf dieses elektronische Flimmern nicht an. Das heißt: Jedes Argument verpufft. Is' völlig sinnlos. Nur Emotion kommt rüber.«

»Interessant«, meinte die Beranek.

»Wer bei einer Fernsehdiskussion recht hat, ist scheißegal«, erklärte Meerwald. »Gewinnen muß man! Den anderen fertigmachen! Die Leut wollen Blut sehen. Zwei Themen, nicht mehr! Und auf denen sitzenbleiben, egal worüber der andere reden möcht! Nicht auf ihn eingehen, unter keinen Umständen, einfach weiterreden – und angreifen! Wer anfängt sich zu verteidigen, der hat schon verloren …«

Plötzlich erhob sich Meerwald wieder, zerrte am Arm der Beranek, zog sie hinter sich her vor die Monitore, er spulte zwei Bänder je ein Stück zurück, eines zeigte die Beranek mit ihrem Sparringpartner, der jetzt teilnahmslos vor den Kameras saß, es mußte also vorhin schon aufgenommen worden sein, das andere hatte Axel bei der Diskussion mit den Kandidaten der anderen Parteien gedreht. Meerwald schien die Stellen, die er suchte, genau zu kennen, er stoppte den einen Recorder, dann den anderen, und dann war die Beranek auf zwei Monitoren in ganz ähnlichen Posen zu sehen: »Da! Ihre Körpersprache! Ganz eindeutig in Verteidigungsposition! Das ist tödlich, das kriegt unterschwellig jeder mit! Angreifen! Dem Killerinstinkt freien Lauf lassen!«

Die Beranek ging, da Meerwald offenbar weiter nichts zu sagen hatte, zu ihrem Fauteuil und ihrem Sparringpartner zurück, setzte sich wieder hin.

»Sie können ihn nur killen«, sagte Meerwald, »wenn Sie ihn auch wirklich killen *wollen*! Sie haben ein Messer in der Hand, und Sie stoßen zu, ohne einen Sekundenbruchteil zu zögern! Und wenn's drin steckt, drehen Sie's noch einmal herum, damit er auch wirklich hin ist! – Und dabei natürlich lächeln! Los!«

39

Anders als sein Vorgänger drängte sich der neue Chef nicht in die mediale Öffentlichkeit. Was es zu tagespolitischen Fragen zu sagen gab, ließ er einen seiner beiden Stellvertreter sagen. Er selbst gewährte etwa einer Zeitung nur selten und immer erst nach langem Hofiert-Werden einen Interview-Termin und trat nur selten, nur wenn es um Grundsatzfragen ging, im Fernsehen auf, aber wenn, so wurde es als Ereignis besonderer Art zelebriert. Ein Bekanntheitsgrad von hundert Prozent könne, hatte ihm angeblich Doktor Meerwald klargemacht, nicht weiter gesteigert werden, ein Gesicht aber könne sich entgegen der Meinung der meisten PR-Experten sehr wohl verbrauchen. Der Chef konnte delegieren und machte sich rar, auch in der Partei selbst.

Nur selten kam er in die Zentrale, zwei-, dreimal in der Woche für höchstens einen halben Tag. Er saß dann im Büro seines Vorgängers, das er, man wunderte sich, nicht verändert hatte. Wo er wirklich arbeitete, ob in seinem Penthouse oder irgendwo anders, wußte anscheinend niemand im Haus, Loitzenthaler jedenfalls wußte es nicht.

Der war nun zum Chef bestellt, hatte am Telefon eine Liste von etwa einem Dutzend Journalisten und Zeitungsherausgebern erhalten, über die sollte er dem Chef Hintergrundinformationen bringen, gemeint waren Martineks Bomben.

Manchmal erklärte der Chef seine Anweisungen, manchmal nicht, diesmal tat er es, als Loitzenthaler ihm die gewünschten zwölf Mappen brachte und drei weitere, die Loitzenthaler besonders interessant erschienen, sozusagen als Bonus dazu.

Nun gelte es, meinte der Chef, das Meinungsklima für die Zeit nach der Wahl vorzubereiten. Er werde aus diesem Grunde von sich aus und höchstselbst, dies könne er nicht delegieren, das Gespräch mit bestimmten wichtigen Meinungsbildnern suchen, die einen zum Essen in sein Lieblingsrestaurant laden, andere zu sich nach Hause, zu einem Zeitungseigentümer, dem mächtigsten der Mächtigen, werde er wohl in die Bar des IMPERIAL pilgern müssen, wo selbiger zu residieren und Hof zu halten pflege.

Er strebe, führte er weiter aus, einen völlig neuen, von dem seines Vorgängers radikal verschiedenen Umgang mit den Medien an, auf Kooperation, nicht auf Konfrontation angelegt. Medienleute und Politiker betrieben recht eigentlich das gleiche Geschäft, daß die einen die anderen als sogenannte dritte Kraft zu kontrollieren hätten, dies sei überholter, inhaltsleerer Quatsch. Beide zusammen müßten im Sinne des Konstruktivismus, den er Loitzenthaler jetzt nicht näher erklärte, eine den psychologischen Bedürfnissen der Menschen da draußen entsprechende Realität entwerfen, die von ihnen angenommen werden konnte. Dies wolle er den Journalisten und Zeitungsherausgebern klarzumachen versuchen, und für den Fall, daß der eine oder andere von ihnen im alten Rollenklischee verharren wolle, sei es gut, ein paar Hintergrundinformationen über ihn zu haben.

(Einmal, als der Chef von seiner neuen »ideologiefreien und sachbezogenen Politik« redet, kommt er auf die »Wunderwaffe Behauptung« zu sprechen: Es genüge, etwas zu behaupten, wenn es nur etwas sei, was die Menschen da draußen glauben möchten. Interessant sei, daß man, ohne unglaubwürdig zu wirken, durchaus heute dies und in einem anderen Zusammenhang morgen das Gegenteil behaupten könne. Diese Widersprüche müßten, würde man darauf angesprochen, nicht einmal geleugnet werden, man dürfe sie ruhig ignorieren, denn jederzeit könne man denen, die mit Fingern oder Schreibgeräten darauf zeigten, nachweisen, sie hingen einer jener alten, abgewirtschafteten und längst überholten Ideologien an, die vorgegeben hätten, im Besitze der alleinseligmachenden und widerspruchsfreien Wahrheit zu sein.

»So können wir«, sagt der Chef, »wenn wir mit ausländischen Wirtschaftsvertretern sprechen, durchaus zugeben, daß die sogenannte unsichtbare Regierung der internationalen

Konzerne heute ein Faktor sei, den man nicht mehr ignorieren könne. Und am anderen Tag können wir vor Arbeitnehmern erklären, daß es nicht hingenommen werden kann, daß die Menschen da draußen immer mehr zu leisten haben, immer produktiver zu sein haben und sogar in Massen entlassen werden, nur damit die Aktionäre immer reicher werden. – Das klingt nach einem Widerspruch, nach einem zynischen Widerspruch sogar, doch nur für den, der in den alten ideologischen Kategorien des Entweder-Oder denkt. Für uns sind beide Aussagen gleich richtig, nur die beiden Seiten ein und derselben Medaille.«

Behauptungen und überhaupt Aussagen aller Art müßten, fährt der Chef fort, nicht überprüfbar sein, nur wirksam – und zwar im Augenblick. Dies gelte vor allem auch für eine Sonderform des Behauptens, nämlich für das Besetzen von Begriffen, das – wie der Chef einräumt – ebenso wie das Behaupten selbst von seinem Vorgänger in Ansätzen schon entwickelt worden sei. Wer sich Demokrat und Erneuerer nenne, der gelte vielen Menschen da draußen als Demokrat und Erneuerer, wer die Begriffe anständig und fleißig und ehrlich für sich in Anspruch nehme, der werde damit identifiziert und gleichzeitig würden alle anderen dem Verdacht ausgesetzt, unanständig, faul und unehrlich zu sein, und wer einmal in diesen Verdacht gerate, werde ihn nie wieder los.

Er selbst wolle dieses von seinem Vorgänger übernommene System weiterentwickeln und es dahingehend ausbauen, bis man beim Besetzen von Begriffen das Besetzen durchaus im militärischen Sinn verstehen könne.)

40

Im Kern bestand Axels Idee darin: Die Beranek sollte während der letzten zehn, zwölf Tage des Wahlkampfs wie allgegenwärtig sein in Wien. Die Leute sollten das Gefühl haben: Sie ist überall – und überall zugleich.

Axel hatte nachgerechnet: Sie verbrachten viel zu viel Zeit im Auto, immer noch kam es vor, daß sie drei- oder viermal am Tag quer durch die ganze Stadt fuhren und womöglich wieder zurück, weil die Termine sich nicht ordentlich bündeln ließen. Die großen Publikumsveranstaltungen waren oft so schlecht organisiert, daß sie eine Viertelstunde warten mußten, bis es endlich losging, und dann verplemperte die Beranek noch Zeit damit, irgendeinem Bezirkskaiser zuzuhören, der in Wahrheit niemanden interessierte, weil alle nur kamen, um die Beranek zu hören.

Knapp die Hälfte der zur Verfügung stehenden Zeit, hatte Axel errechnet, konnten sie wirklich für die Wahlwerbung nützen, an manchen Tagen nicht einmal die Hälfte. Axel aber strebte einen Wirkungsgrad von wenigstens achtzig Prozent an, er glaubte jetzt auch, ihn erreichen zu können, und brannte darauf, es zu beweisen.

Zunächst mußte der Zeitaufwand für die Großveranstaltungen radikal reduziert werden. Der jeweilige Vorredner, zum Aufheizen der Stimmung wohl nötig, konnte sagen, was er glaubte sagen zu müssen, auch wenn die Beranek nicht schon neben ihm stand, und er hatte sofort aufzuhören, wenn sie ankam. Sie durfte dann keine Sekunde länger als fünfzehn Minuten reden, die Leute mußten – das war wie bei einem Konzert – mit dem Gefühl weggehen, sie hätten gern noch ein wenig mehr gehört. Das Händeschütteln danach und das Autogrammschreiben waren wichtig, aber der Zeitaufwand dafür konnte reduziert werden, indem an die am Rande der Menschentrauben stehenden Leute bereits vorher unterschriebene Autogrammkarten verteilt wurden.

Diese Großauftritte, die vorzubereiten erheblichen Aufwand erforderte, mußten die Planungszentren sein, um die herum – geografisch wie zeitlich – alle anderen Aktivitäten des jeweiligen Halbtages zu gruppieren waren, die Besuche in den Wachstuben, an denen der Beranek so viel lag, die Besuche in den Altersheimen, in Einkaufszentren und neuerdings auch, obwohl offiziell verboten, in Kasernen.

Dazwischen aber, dies war völlig neu, mußte Zeit und Platz sein für vorher nicht angekündigte Mini-Auftritte an allen nur denkbaren Plätzen und Ecken der Stadt. Drei oder vier Leute in einem neutralen Bus mußten plötzlich irgendwo auftauchen, ein kleines Podium aufbauen, Axel dachte an eine rasch ausfahrbare Hebekonstruktion, nichts durfte dabei auf die Vorbereitung zu einer Wahlveranstaltung hindeuten, das Tun und Treiben aber mußte – wie genau, darüber wollte Axel noch nachdenken – irgendwie Aufmerksamkeit erregen, die Leute mußten neugierig stehenbleiben, und dann mußte die Beranek einfach da sein, aufs Podium steigen und fünf Minuten lang reden und danach so rasch wieder verschwinden, wie sie gekommen war.

Dabei sollte es, hatte Axel sich ausgedacht, außer auf den Autogrammkarten, die auch hier, aber im nachhinein erst, wenn die Beranek schon wieder weg war, verteilt werden sollten, keinen schriftlichen Hinweis auf die DEMOKRATEN geben, die Person der Beranek sollte zur Geltung kommen, nur sie allein.

Sieben, acht solcher Mini-Auftritte mußten an einem Vormittag neben allem anderen zu absolvieren sein, und am Nachmittag mußte sich das in einem anderen Bezirk, in einer ganz anderen Ecke Wiens wiederholen.

»Wie gesagt«, meinte Axel, »man muß das Gefühl kriegen, daß Sie überall zugleich sind, jeder Wiener muß Sie irgendwann einmal selbst gesehen haben.«

Die Beranek lachte. Axel wußte nicht, ob zustimmend oder nachsichtig gemeint, und sagte schnell: »Daß Sie jetzt mit dem

Medienberater arbeiten müssen, ist natürlich ein Handicap, aber so schlimm auch wieder nicht, weil ich ja sowieso Zeit zum Koordinieren brauche, das kann ich derweil erledigen. Sonst kommt's nur darauf an, wie schnell man sich in der Stadt bewegt, und dafür muß man auch auf die öffentlichen Verkehrsmittel zurückgreifen – aber ganz gezielt: Wenn Sie nämlich von Punkt A zu Punkt B mit der U-Bahn fahren müssen, weil das halt am schnellsten geht, kann man an Punkt A einen Mini-Auftritt in der U-Bahnstation einplanen ...«

»Und wenn da einmal eine Kleinigkeit nicht funktioniert«, überlegte die Beranek, »dann haben wir ein Durcheinander, aus dem wir nie wieder rausfinden ...«

»Das muß funktionieren«, sagte Axel, »und das wird funktionieren, das krieg ich hin.«

Sie standen auf der Rathausstraße vor dem Auto, die Idee schien der Beranek zu gefallen, aber: »Ich glaub nicht, daß ich das auch noch schaffe, ich weiß sowieso nicht, wie ich die Zeit bis zur Wahl noch durchhalten soll.«

»Wir nützen nur die Zeit, die jetzt verloren ist«, sagte Axel.

»Wenn du das wirklich machen willst«, meinte die Beranek, »dann brauchst du einen Schreibtisch und ... Ich werd dem Krennhofer sagen, er muß noch einen dritten Tisch in sein Büro stellen, der hat leicht noch Platz, und die Isolde muß dir zur Hand gehen ...«

»Gibt's nicht irgendwo sonst Platz für mich?«

»Hör zu, Axel, ich denk da auch noch an was anderes. Ich glaub das nicht, daß sich der Krennhofer wirklich schon damit abgefunden hat, daß ich sein Mandat hab ... Das läuft mir jetzt auf einmal alles zu glatt. Ich hab immer das Gefühl, am End passiert noch irgendwas, womit ich nicht gerechnet hab. Axel, der Krennhofer, ich bin mir ganz sicher, der hat Material gegen mich. Ich mein, es gibt nichts, was ich zu verbergen hätt, aber ... Du weißt inzwischen ja, wie das ist, man kann alles so oder so interpretieren. Du hast das doch schon gesehen, diese Karteikarten, oder wie man das nennt, im Computer von der Isolde. Ich möcht keine bösen Überraschungen erleben, weißt.«

Axel fragte: »Und Sie meinen, ich soll...?«

»Probier's bitte, Axel.«

»Gut. Aber jetzt müssen wir...« Axel sperrte den Wagen auf, öffnete die Tür für die Beranek, jetzt strubbelte sie ihm durchs kurzgeschnittene Haar, und Axel war froh, daß sie seinen Besuch beim Friseur nicht kommentierte.

41

Die Sitzung am Donnerstag, dem 24. September, war so überraschend einberufen worden, daß die Beranek dachte, der Chef selbst würde daran teilnehmen, aber versammelt hatten sich im großen, bis auf den langen Tisch ganz leeren Konferenzraum wieder nur Loitzenthaler, Bruno und Doktor Meerwald. Es ging darum, die Strategie für die abschließende Fernseh-Konfrontation der Spitzenkandidaten festzulegen, und hier waren unerwartete Schwierigkeiten aufgetaucht. Von Anfang an war klar gewesen, daß die Angriffe der Beranek sich nur gegen den Bürgermeister selbst richten würden, alle anderen Kandidaten sollte sie spüren lassen, daß sie keine Gegner waren für sie, ausgerechnet über den Bürgermeister aber hatte der Sicherheitsdienst der Partei keinerlei brauchbares Material sammeln können. Man war bereit, so schien es, Bruno dafür verantwortlich zu machen, jedenfalls wandte Loitzenthaler sich an ihn, als er ärgerlich feststellte: »Das gibt's ja nicht, irgendwas muß man doch finden bei ihm!«

Bruno versuchte es mit Ironie: »Was willst machen! Unser Herr Bürgermeister ist ein anständiger Mensch.«

Loitzenthaler wandte sich an Meerwald: »Schaut so aus, uns bleibt, wenn wir exemplarisch einen Roten abschießen wollen, doch nur der Mayrhofer...«

Dagegen war die Beranek: »Daß so einer wie der Mayrhofer eine korrupte Sau ist, das wissen die Leute sowieso, das regt keinen mehr auf. Wir brauchen schon was Neues für die Endrunde ...«

Dagegen war nun Doktor Meerwald: »Nein, nein, jetzt einen zweiten Mayrhofer aufbauen, das wär ganz falsch. Das wäre nur *more of the same*. Einen exemplarischen Abschußkandidaten braucht man, und das kann jetzt nur mehr der Bürgermeister selber sein.«

»Wenn wir aber in Wirklichkeit nix haben gegen ihn!« stöhnte Bruno.

»In Wirklichkeit!« wiederholte Meerwald mit leisem Tadel. »Die Wirklichkeit an sich gibt's nicht. Die Wissenschaftler sagen uns, Wirklichkeit ist das Ergebnis von Kommunikation ...« Mit den verständnislosen Blicken der anderen schien Meerwald gerechnet zu haben, denn er setzte sogleich zu einer Erklärung an: »Die Gesellschaft einigt sich stillschweigend darauf, was wirklich ist und was nicht. Wirklichkeit wird konstruiert. Und wenn das Konstrukt von vielen akzeptiert wird, dann ist es wirklich. Und das hat dann, wenn es – ich sag einmal: – völlig frei konstruiert ist, zum Beispiel auch den Vorteil, daß sowas wie mit dem Herrn Winterndorfer nicht passieren kann ...«

Das war ohne Zweifel gegen die Beranek gerichtet, und ihr fiel zur Verteidigung nur ein: »Sowas ist, wenn ich erinnern darf, dem Chef selber auch schon passiert.«

»Und nicht nur einmal, wie wir alle wissen«, bestätigte Meerwald, »und vom früheren Chef wollen wir in diesem Zusammenhang gar nicht reden.« Er schien es also nicht auf eine Konfrontation mit der Beranek anzulegen. »Und es ist beim Herrn Winterndorfer ja auch nichts passiert. Die Klientel der Demokraten liest diese bestimmte Zeitung, die das meint aufklären zu müssen, eh nicht, und die Leser dieser bestimmten Zeitung wählen sowieso anders. Oder anders formuliert: Die einen glauben von vornherein alles, was die Demokraten sagen, und die anderen von vornherein nichts. Also: Gut is' gangen, nix is' g'schehn. Aber mit frei konstruiertem Material kommt man, wenn man's geschickt macht, gar nicht in die Gefahr, widerlegt zu werden.«

Loitzenthaler glaubte verstanden zu haben: »Wenn wir das Gerücht verbreiten, daß der Bürgermeister ein Warmer ist…?«

Meerwald freilich schüttelte sofort den Kopf: »Sex-Affären bringen nichts in Österreich. In Amerika ja, aber bei uns nicht. In Österreich muß, wenn man jemanden killen will, das Neidmotiv bedient werden.«

Bruno lachte: »Bei uns da kann einer seinen Dackel pudern oder seine Kuchlkredenz oder ein Kinderschänder sein, das regt die Leut lang net so auf, wie wenn er mehr verdient als sie.«

»Bei Kinderschändung wär ich mir nicht so sicher«, wandte die Beranek ein.

»Dann stellen wir ihn als Kinderschänder hin!« schlug Bruno vor. »Wir wissen, sagen wir, hundertprozentig, daß er jahrelang seine Tochter mißbraucht hat.«

»Das wär ein bißchen dick«, fand Meerwald. »Aber … eine Affäre mit einer … sagen wir: Zwölfjährigen … das könnte funktionieren.« Er dachte einen Augenblick nach. »Vor knapp zehn Jahren war das. Nähere Umstände, die das glaubwürdig machen, sind leicht zu rekonstruieren. Wenn wir genau wissen, was er damals wo gemacht hat, dann wissen wir auch, wie und wo das geschehen ist… Sehr gut! Das Opfer, heute zweiundzwanzig, ist zu uns gekommen und hat in Anwesenheit eines Notars eine eidesstattliche Erklärung abgegeben… Mehr oder weniger kann man, was damals geschehen ist, als Vergewaltigung ansehen. Vergewaltigung einer Minderjährigen, naja…« Doktor Meerwald schien sehr zufrieden.

Und Loitzenthaler grinste. »Damit wird er sich schwer tun, der Herr Bürgermeister. Das Gegenteil beweisen kann man nicht in so einem Fall. Und sein bedauernswertes Opfer muß aus Gründen des Personenschutzes natürlich anonym bleiben und darf nicht ... Das ist gut! – Frau Doktor?«

Der Beranek gefiel nicht, was hier ausgebrütet wurde, und sie wußte nicht, ob es opportun war, das zu zeigen. »Gibt's irgendeine andere Möglichkeit?« fragte sie.

Loitzenthaler und Meerwald schüttelten gleichzeitig die Köpfe.

»Dann muß es halt sein«, sagte die Beranek, und weil das, ohne daß sie es gewollt hatte, wie ein Seufzer klang, meinte Bruno sagen zu müssen: »So kurz vor dem Ziel darf man nicht zimperlich sein!«

»Sparen Sie sich bitte bei mir Ihre Sprüche, ja!« fuhr die Beranek ihn an.

42

Der Plan funktionierte nicht. Noch nicht, redete Axel sich ein. Es gab zu vieles, woran er nicht gedacht hatte. Immer mehr Interview-Termine mußten eingeschoben werden, die Journalisten rissen sich um die Beranek. Das erste Team, das die Mini-Auftritte vorbereiten sollte, war einfach unfähig, das erwies sich schon am ersten Tag, das Podest wurde gerade erst aus dem Auto geholt, als die Beranek schon eintraf, oder es stand nicht dort, wo es hätte stehen sollen, sondern drei Gassen weiter. Krennhofer hatte die Leute ausgesucht, also mußte in Erwägung gezogen werden, daß sie Axels Pläne absichtlich sabotierten. Krennhofer meinte, die Leute würden sich schon einarbeiten, aber Axel konnte darauf nicht warten, er bestand darauf, Leute seiner eigenen Wahl einzusetzen, darüber kam es zu einer Auseinandersetzung mit Krennhofer, die erst durch ein Machtwort der Beranek entschieden wurde.

Sie tat so, als bemerke sie nicht, daß nichts von dem, was Axel hatte organisieren wollen, wirklich klappte, und wenn es einmal nicht zu übersehen war, redete sie von Anlaufschwierigkeiten, die ganz normal seien; den Plan selber hielte sie, das betonte sie ein paarmal, für ganz ausgezeichnet, fast für genial.

Als er von den »Leuten seiner eigenen Wahl« sprach, hatte Axel an drei Männer gedacht, die für verschiedene Pop-Bands als Roadies arbeiteten, Axel redete mit ihnen, sie wollten den Job, aber am anderen Tag rief einer an, sie hätten es sich wieder überlegt, sie wollten lieber doch nicht für die DEMOKRATEN arbeiten, und Axel war sicher, daß Gicko es ihnen ausgeredet hatte.

Da fuhr Axel, die Zeit wurde immer knapper, in die Herbststraße, holte sich einfach drei Männer vom Arbeitsstrich, Krennhofer mußte sie, die Beranek bestand darauf, engagieren, und mit den dreien klappte es dann auch. Aber zu oft blieb das Podium einfach leer und mußte wieder abgebaut werden, weil die Beranek beim Termin vorher fünfundzwanzig Minuten lang geredet hatte statt nur fünfzehn. An einem Tag regnete es so stark, daß an Veranstaltungen im Freien nicht zu denken war.

Wann immer aber einer der Mini-Auftritte zustande kam, war er so erfolgreich, wie Axel sich das ausgedacht hatte, die Beranek tauchte wie aus dem Nichts auf, redete zu den Leuten, und die hörten ihr zu und standen noch zusammen, um über sie zu reden, nachdem sie schon lange wieder verschwunden war, genau so hatte Axel sich das gedacht; umso mehr ärgerte es ihn, daß der Plan als ganzes nicht funktionierte.

Er hatte, um alles perfekt zu organisieren, auch zu wenig Zeit. Im Büro in der Billrothstraße konnte er nur arbeiten, wenn die Beranek mit dem Medienberater trainierte, Isolde war ihm, da Krennhofer sie mit Arbeit eindeckte, keine große Hilfe, so mußte Axel, was zu tun war, meist vom Auto aus erledigen, er telefonierte, während er fuhr, fast pausenlos, und das Notebook lag eingeschaltet auf dem Beifahrersitz. Die Zeit lief ihm davon, bis zur Wahl war es jetzt gerade noch eine Woche.

Ob die von ihm geplanten Aktionen irgendeinen Einfluß auf das Wahlergebnis hatten, war ihm, gestand er sich offen ein, völlig egal, ihm ging es nur um seine Idee. Er glaubte immer noch daran und mußte, wenn er beweisen wollte, daß sein Plan wirklich funktionieren konnte und nicht einfach Schrott gewesen war, auch spät am Abend noch arbeiten, wenn er die Beranek schon in der Lanzgasse abgeliefert hatte. Er brauchte dafür einen Schlüssel zum Büro, den Krennhofer erst herausrückte, als die Beranek wiederum ein Machtwort gesprochen hatte. Das Argument Krennhofers, daß Axel in der Nacht geradesogut auch zu Hause arbeiten könnte, ließ sie nicht gelten, schließlich sollte Axel ja Zugang zu Isoldes Computer kriegen, ungestört, also wann, wenn nicht in der Nacht? Freilich arbeiteten Krennhofer und Isolde jetzt selbst bis Mitternacht, auch am Wochenende. Aber Axel blieb einmal einfach noch länger als sie, und dann schaltete er Isoldes Computer ein – und dann las er die Aufforderung, das Paßwort einzugeben.

»Ich bin ein Idiot«, sagte Axel am anderen Morgen, es war Montag, als die Beranek zu ihm ins Auto gestiegen war, »das hätte ich wissen müssen.«

»Na und?« fragte die Beranek. »Erstens ist die Isolde nicht sehr intelligent, und zweitens steht sie heimlich auf dich.«

»Glauben Sie?«

Sie hätten in die Alserstraße fahren müssen, sie waren schon wieder spät dran, aber als sie in die Währingerstraße einbogen, verlangte die Beranek: »Wir fahren in die Josefstädter Straße.«

Auf einmal zitterte Axel vor Wut. Schon wieder hielt sie sich nicht an den Plan, auf diese Art konnte es nie funktionieren, und nur sie selber war schuld daran!

Die Beranek schien zu wissen, was er sagen wollte, sie kam ihm zuvor: »Ich hab gesagt, ich will in die Josefstädter Straße!«

Also gut, Axel gab übers Handy Bescheid, das Podium könne in der Alserstraße gleich wieder abgebaut werden, man werde es um zehn Uhr fünfzehn in der Spitalgasse versuchen.

Dann schwieg Axel, bis die Beranek ihm in der Josefstädter Straße etwa auf halber Höhe sagte, er solle hier stehenbleiben.

»Wo bitte?« fragte Axel gereizt, er würde eine halbe Stunde lang brauchen, bis er einen Parkplatz fände.

»Bleib in der zweiten Spur stehen«, meinte die Beranek, »es dauert nicht lang. Solange du nicht auf den Straßenbahnschienen stehen bleibst, passiert schon nichts.«

Es war ein sehr gepflegtes Gründerzeithaus, das sie drei Minuten später betraten, die Treppe, die sie hinaufstiegen, war zweieinhalb Meter breit. Im zweiten Stock blieb die Beranek stehen, holte einen Schlüssel aus der Handtasche, sperrte eine Tür auf, trat in eine Wohnung, die ganz leer war.

»Was ist das?« fragte Axel. »Wird das Ihr Büro?«

Die Beranek antwortete nicht, ging von einem Zimmer ins andere, und Axel folgte ihr: Parkettböden, große, weiße, zweiflügelige Türen, hohe Fenster, Zentralheizung, fast so schön und sogar noch besser erhalten als Martins Wohnung, zwei sehr große Zimmer und ein kleineres, eine komplett eingerichtete Küche, ein kleines Badezimmer, eine Toilette, alles in allem, schätzte Axel, an die hundert Quadratmeter.

»Wie gefällt es dir?« fragte die Beranek jetzt.

»Toll!« sagte Axel nur.

Da überreichte ihm die Beranek die Wohnungsschlüssel, ganz feierlich: »Die Wohnung gehört dir. Du hast doch gesagt, daß du nicht ewig bei deinem Bruder wohnen kannst.«

Axel schüttelte den Kopf, er könne sich die Wohnung gewiß nicht leisten, aber die Beranek, sagte sie, die Miete betrage gerade nur fünftausend Schilling, inklusive Betriebskosten.

»Und Ablöse?«

»Keine Ablöse.«

»So was gibt's heute überhaupt nicht mehr.«

»Doch«, sagte die Beranek, »wenn man die richtigen Leute kennt, dann gibt's das noch.«

Eine Weile standen sie mitten im größten Zimmer einander gegenüber, dann umarmte Axel die Beranek, wollte sie küssen, aber sie entzog sich ihm. Sie habe, lachte sie, gerade erst eine halbe Stunde lang zum Schminken gebraucht. Da hob Axel sie plötzlich hoch, trug sie in eine Fensternische, setzte sie aufs Fensterbrett und tastete unter ihrem Rock, sie trug keine Strumpfhosen, nach dem Slip.

»Nicht jetzt!« sagte die Beranek. »Außerdem kann von unten jeder zuschauen, wenn ich auf dem Fensterbrett sitze.« Aber Axel antwortete nicht, zog ihr den Slip aus, wollte ihre Beine auseinanderzwängen, sie wehrte sich dagegen, aber er kümmerte sich nicht darum, ließ seine Hosen hinunter und vögelte sie, ohne ein Wort und – mit Rücksicht auf ihr Make-up – ohne sie zu küssen. Ich vergewaltige sie, dachte er verwundert und ein wenig erschrocken. Aber nein, sie war erregt, sie war feucht, ob sie es genoß, wußte er nicht festzustellen, sie ließ es jedenfalls geschehen, und während sein Becken sich bewegte, freute Axel sich plötzlich darauf, wie er es seinem Bruder erzählen würde, daß er nun eine eigene Wohnung hatte und endlich ausziehen würde, nicht vor dem Wahltag natürlich, aber gleich danach, er würde ein paar Möbel brauchen, aber ganz wenige nur, die Wohnung sollte so leer wie nur möglich aussehen, immer hatte er von einer großen, fast leeren Wohnung geträumt. Die Beranek stöhnte nun ein wenig, Axels Becken bewegte sich noch ein paarmal, rasch jetzt, ganz selbständig, nach alles in allem drei, vier Minuten war es vorbei.

Als sie wieder hinunter auf die Straße kamen, stand ein Polizist neben dem Wagen und füllte gerade einen Abschleppauftrag aus. Freilich erkannte er die Beranek sofort, sie hatte, wie er sagte, letzte Woche sein Wachzimmer besucht, er entschuldigte sich, zerriß den Zettel, versprach, er werde sie ganz gewiß wählen, er wünsche alles Gute, die Stadt brauche Erneuerung, ein frischer Wind müsse durch Gassen und mehr noch durchs Rathaus blasen, und niemandem außer ihr traue er zu, für diesen frischen Wind zu sorgen.

43

Krennhofer holte aus der Jackentasche einen Packen Fotos und legte sie vor Bruno hin, der sie rasch durchsah und dann beiseite legte. »Das wissen übrigens unsere roten Freunde auch, daß sie sich von ihrem Buben pudern läßt.«

»Sie hat ihm sogar eine Wohnung verschafft«, wußte Krennhofer zu berichten.

»Verständlich«, meinte Bruno, »damit sie ungestört pudern können.« Er blickte Krennhofer eine Weile schweigend an und meinte dann: »Herumreden hat keinen Sinn. Im Augenblick schaut's nicht gut aus für dich. Von allem anderen abgesehen, wir brauchen sie für die Fernsehkonfrontation, wenn die jemand gewinnen kann, dann ist es die Schnötzingerin.«

Krennhofer dachte nach und meinte dann auf einmal aufgeregt, als habe er wenigstens einen rettenden Strohhalm gesichtet, wenn Bruno recht habe und die Roten wüßten wirklich vom Verhältnis der Beranek mit Axel, dann könne sie doch gar nicht bei der Fernsehkonfrontation der Spitzenkandidaten antreten! Man müsse den Chef informieren! Die Gefahr, daß die Roten auf einmal mit dieser Geschichte daherkämen, darauf könne man sich doch nicht einlassen ...!

Loitzenthaler, der bisher schweigend zugehört hatte, fiel ihm ins Wort: »Das können die Roten nicht. Und die Schwarzen, falls sie auch was drüber wissen, können's auch nicht.«

Krennhofer verstand ihn nicht.

»Reden wir deutsch«, meinte Bruno. »Ich weiß hundertprozentig, daß die Roten Bescheid wissen. Aber der Bürgermeister kann im Fernsehen buchstäblich nichts damit anfangen. Krenni, denk nach, warum nicht?«

Krennhofer wußte es nicht.

»Weil die Roten und Schwarzen ständig kritisieren, daß wir mit solchen Methoden arbeiten. Also können sie's selber nicht tun. So ist das: Wer sich in die Moral begibt, kommt darin um. Verstehst, Krenni, sie haben sich selber gelegt: Was uns nützt, würd ihnen schaden. An die und an uns werden ganz verschiedene Maßstäbe angelegt.«

(Der Abschied von den alten, überholten Ideologien, sagt hin und wieder der Chef, bedeute, ja erzwinge sogar auch den Abschied von alten, überholten Moralvorstellungen, die doch allesamt historisch bedingt und ideologisch geprägt seien.)

»Wissen die Roten auch Bescheid über Herrn Doktor Schnötzingers politische Jugendsünden?« Nun lag nicht mehr viel Hoffnung in Krennhofers Stimme. »Und wissen Sie was über seine Geschäfte?«

»Über seine Nazi-Vergangenheit ganz bestimmt«, meinte Bruno, »aber das bringt nix mehr. Sie haben so lange jeden, der mit uns sympathisiert und älter als sechzig ist, als Nazi denunziert, die Platte ist abgespielt, die will keiner mehr hören. Über den Wirtschaftskriminellen Schnötzi hingegen wissen die Roten meinen Informationen nach nichts.«

»Weiß der Chef schon davon?« fragte Krennhofer.

Loitzenthaler grinste ihn an: »Du, wenn du sowas hast und meldest es dem Chef nicht, dann bricht dir das das Genick.«

»Und was sagt der Chef?«

»Nichts, gar nichts«, meinte Bruno.

(Er, der Chef nämlich, saß zu dieser Zeit in der Wohnhalle des Ehepaars Beranek-Schnötzinger und bat den Hausherrn: »Sie werden den Herren meinen Dank bestellen!«

»Grad die Wirtschaft«, sagte Doktor Schnötzinger, »braucht dringend einen politischen Wechsel. Und wenn's hier bei uns gelingt, dann hat das, so geht die Überlegung der Herren, gewiß auch Beispielwirkung auf andere Länder. Die Überweisung erfolgt in der besprochenen Art und Weise ...«

Der Chef bedankte sich noch einmal und stand auf, es sei spät geworden. Den Wunsch der Frau Doktor habe er zur Kenntnis genommen, sagte er noch einmal im Stehen, und er halte das, je mehr er darüber nachdenke, für eine ganz ausgezeichnete Idee. »Es mag sein, daß unsere Auffassungen darüber, was Kunst sei und was Kulturpolitik zu leisten habe, nicht in allen Details übereinstimmen. Aber, gnädige Frau, gehen Sie bitte davon aus, daß Sie nach dem vierten Oktober das Kulturressort übernehmen.« Er halte eine radikale Veränderung gerade in diesem Ressort für ein wichtiges Signal. »Die Leute wählen uns, wenn sie uns denn hoffentlich wählen, ja nicht, damit alles beim alten bleibt. Und um anzuzeigen, daß diese Hoffnungen sich erfüllen, bedarf es nach der Wahl deutlicher Signale. Sie, gnädige Frau, werden solche zu setzen wissen.«

Herr Doktor Schnötzinger und Frau Doktor Beranek-Schnötzinger begleiteten ihn hinaus in den Park, wo auf dem Kiesweg ein kleiner Golf stand, durchaus nicht das letzte Modell. Man habe sich, meinte der Chef jetzt, vielleicht bei seiner Ankunft schon über das merkwürdige Gefährt gewundert, aber er habe es aus Gründen der Diskretion für opportun gehalten, im Auto seiner Tochter zu kommen.

Man lachte ein wenig, man schüttelte Hände, Herr Doktor Schnötzinger öffnete das Gartentor, und gemeinsam mit seiner Frau stand er dann noch eine Weile da und winkte dem kleinen davonfahrenden Wagen nach.)

44

Doktor Meerwalds Frage »Müde?« konnte, wenn nicht zynisch, so nur rhetorisch gemeint sein, er kannte ihr Programm, an diesem Tag hatte die Beranek drei große Kundgebungen und zwei Betriebsbesuche absolviert, sechs Polizeiwachzimmer besucht, zwei Interviews gegeben und dazwischen noch vier von jenen Mini-Auftritten geschafft, die Axel erfunden hatte und auf die er so stolz war. Hätte die Beranek sich jetzt hingesetzt, um eine Viertelstunde Pause zu machen, sie wäre wahrscheinlich auf der Stelle eingeschlafen. In der Nacht fiel ihr das Einschlafen schwer, sie nahm seit einer Woche jeweils eine

Schlaftablette, tagsüber aber hätte sie überall und jederzeit einschlafen können, also weiter!

»Es geht jetzt um die Dramaturgie«, sagte Meerwald. »Erster Vorwurf?«

»Machtmißbrauch«, antwortete die Beranek wie bei einer Prüfung.

»Genau! Damit rechnet er. Punkt zwei und drei?«

»Freunderlwirtschaft und Begünstigung von korrupten Beamten. Das wird er einfach abstreiten ...«

»Und Beweise sehen wollen«, ergänzte die Beranek, »und darauf sag ich: Ich geb Sie Ihnen gern nach der Sendung ...«

»Aber dann! Punkt vier, der Fangschuß: Wer Macht mißbraucht, Freunderlwirtschaft betreibt und korrupte Beamte deckt, vergewaltigt auch Minderjährige!«

»Klar«, sagte die Beranek, kam sich auf einmal wie ferngesteuert vor und dachte gleich darauf: Ich bin's ja auch.

»Ihre Zielscheibe«, schärfte Meerwald ihr ein, »ist ausschließlich der Bürgermeister. Den anderen zeigen Sie, daß das keine Gegner für Sie sind. Wenn man Sie angreift, wie persönlich auch immer: Einfach drüberreden! Ja nicht verteidigen!«

Die Beranek nickte: »Nur angreifen! Alles klar.«

»Wichtig: Punkt vier kommt auf gar keinen Fall früher als fünf Minuten vor Schluß! Das muß als Ergebnis hängen bleiben: Daß der Bürgermeister die größte Sau überhaupt ist. Und er wird die letzten paar Tage des Wahlkampfes nur mehr versuchen, da irgendwie wieder rauszukommen ...«

»Was ihm nicht gelingen wird.«

»Was ihm gar nicht gelingen kann«, bestätigte Meerwald. »Wir erarbeiten Punkt vier jetzt im Detail, und morgen spielen wir's mit jeweils unterschiedlichen Trainingspartnern zweimal eins zu eins durch ...«

Eineinhalb Stunden später, zu Hause, sah Schnötzinger sie lange an und fragte dann: »Hemmungen? Ganz ehrlich!«

Und die Beranek, nun wieder hellwach, überlegte eine Weile

und sagte: »Nein. Eher das Gegenteil. Ein gewisser Kick ist da, wie man heute sagt. Ich hab ihn im Visier, und er hat keine Ahnung davon …«

»Du freust dich aufs Abdrücken.«

»Ja«, lachte die Beranek. »Was soll ich machen: Ja!«

45

Alle hatten sich im großen Studio versammelt, in dem die Diskussion stattfinden sollte. Die Kandidaten selbst waren noch in der Maske, aber die Begleitmannschaften waren da, warum hier im Studio und nicht gleich im Sondergastraum, wo sie dann die Konfrontation verfolgen sollten, das wußte Axel nicht. Hier auf die geschminkten Kandidaten zu warten, schien Teil eines Rituals zu sein. Jede Begleitmannschaft bestand aus vier Personen, auch dies schien reglementiert, bei den Roten, den Schwarzen und den DEMOKRATEN waren es nur Männer, die Grünen und die Liberalen waren mit je zwei Männern und zwei Frauen gekommen.

Die meisten schienen einander zu kennen, redeten, lachten miteinander. Nur DIE DEMOKRATEN – Loitzenthaler, Bruno, Doktor Meerwald und Axel – wurden von allen anderen gemieden, Bruno schien den meisten hier bekannt zu sein, manchmal trat er zu einer anderen Gruppe, aber wen immer er anredete, mehr als ein paar kühl-höfliche Worte wollte niemand mit ihm wechseln, jeder wandte ihm gleich wieder den Rücken zu. Axel ertappte sich, daß er zornig war, auch beleidigt, als hätte man nicht Bruno, sondern ihn so behandelt. Bruno nahm es gelassener als er, und Axel hatte auf einmal den Verdacht, daß Bruno durchaus Gesprächspartner hatte bei den anderen, die sich jetzt aber, vor wiederum den anderen, offenbar nicht dazu bekennen wollten. Axel fing an, *wir* zu denken, und es kam ihm ganz natürlich vor, *wir* hier herüben, *die* da drüben, und das war der ganze Rest, viermal so viele wie *wir*, das ließ trotzigen Selbstbehauptungswillen wachsen.

Um zwanzig Uhr fünfzehn sollte die Sendung beginnen, um zehn vor acht kamen die Kandidaten, geschminkt, vom Moderator, der Axel ein wenig servil vorkam, begleitet und von einer Horde von Fotografen und Kameraleuten. Gruppenfotos wurden gestellt, der Moderator in der Mitte, die Beranek und der Bürgermeister links und rechts von ihm, der schwarze, grüne und der liberale Kandidat an den Flanken. Dann sollte für die Fotografen und Kameraleute jeder jedem die Hand schütteln, für diese Aufnahmen schien sich all das Gefolge hier versammelt zu haben, als seien die Kandidaten nur in Anwesenheit von wenigstens vier Mitarbeitern imstande, irgendwem die Hand zu schütteln. Nur der Händedruck der Beranek mit dem Bürgermeister schien die Journalisten wirklich zu interessieren, Axel glaubte zu sehen, daß der Bürgermeister sich förmlich überwinden mußte, der Beranek die Hand hinzuhalten, Axel spürte wieder den Zorn von vorhin, dann dachte er, daß der Bürgermeister diesen Widerwillen vielleicht nur spielte, daß er Teil einer sorgfältigen Inszenierung sein könnte.

In insgesamt zehn Paarungen, Axel zählte mit, wurden Hände geschüttelt, wobei ein Redakteur die letzten Paare durch aufgeregtes »Wer hat noch nicht mit wem?« ausfindig machen mußte. Dann standen die Kandidaten inmitten ihrer Begleiter da, und in der Bürgermeistergruppe lachte jemand schallend auf, da sagte Loitzenthaler leise: »Denen wird das Lachen vergehen, in einer Stunde lacht keiner mehr von denen.«

Der Moderator bat nun die Kandidaten an den halbrunden Tisch, der Redakteur fing an, die Begleiter und Journalisten aus dem Studio zu scheuchen. Es hieß, der Sondergastraum sei wohl doch zu klein für all die Leute, man bitte hinunter ins Atrium.

Dort nahm jede Mitarbeitergruppe nach Parteien streng getrennt je eine Sitzloge an der hinteren Wand in Beschlag, die Journalisten nahmen an den Tischen davor Platz, dann fing die Sendung an, und Axel nahm, was er auf der großen Leinwand vor sich sah, nur fragmentarisch wahr. Er sah sechs Leute, die redeten, die Beranek unter ihnen, Axel hielt ihr die Daumen, aber er konnte, dazu war er zu aufgeregt, der Diskussion nicht folgen. Alle, die da redeten oder, wenn gerade nicht, auf die Gelegenheit lauerten, das Wort an sich zu reißen, kamen ihm irgendwie ganz gleich vor, austauschbar, und er konnte nicht erkennen, ob jemand sich schon einen Punktevorsprung, falls es so etwas gab, in die Tasche geredet hatte. Doktor Meerwald, der neben Axel saß, schien hingegen Treffer, die ausgeteilt wurden, ebenso gut zu erkennen, wie Treffer, die eingesteckt werden mußten, und er erschien Axel ganz zufrieden, manchmal zuckte er ein wenig zusammen, als habe ein Schlag, der der Beranek gegolten habe, ihn selber getroffen; meistens aber, wenn die Beranek redete, nickte er, und wenn, dachte Axel, Meerwald zufrieden war, wollte er es selber auch sein. Er hatte das Gefühl, als käme die Beranek weniger oft zu Wort als die anderen, aber kurz nach neun erklärte der Moderator, der Bürgermeister und die Beranek lägen, was die Redezeit anlange, gleich auf, die übrigen weit abgeschlagen dahinter, weshalb er den Herrn Bürgermeister und die Frau Doktor Beranek-Schnötzinger ersuchen müsse …

In den Parteilogen wurde die Diskussion flüsternd kommentiert, auch an den Journalisten-Tischen, auf einmal aber war es ganz still. Die Beranek war auf der Leinwand zu sehen, was hatte sie gesagt?

»Das ist absurd!« schrie der Bürgermeister und war nun gleichfalls im Bild, alle waren sie nun zu sehen. »Jeder, der mich kennt, weiß …«

Die Beranek fiel ihm ins Wort: »Wenn's mich bitte ausreden lassen, Herr Bürgermeister, ich hab Sie auch ausreden lassen …«

»Nicht, wenn Sie solche Lügen verbreiten!« Der Bürgermeister schrie immer noch.

»Ich würde das nicht sagen«, meinte die Beranek und schien ganz ruhig, »wenn ich nicht Beweise dafür hätte, die ich Ihnen selbstverständlich nachher gern gebe. Ich hab hier eine notariell beglaubigte eidesstattliche Erklärung …«

»Schweine!« brüllte nun hier im Atrium einer in der Loge der Roten!

»Nach all dem Material, das uns vorliegt«, sagte die Beranek auf der Leinwand, »gibt es keinen anderen Schluß als den, daß Sie sich vor ungefähr zehn Jahren an einem damals minderjährigen Mädchen vergangen haben. Entschuldigen Sie bitte diesen harten Ausdruck, aber anders kann man es nicht nennen …«

Was sie weiter sagte, hörte Axel nicht mehr, weil jetzt alle vier Roten vor der Loge der DEMOKRATEN standen, sie brüllten, Axel verstand nicht was, er fühlte sich plötzlich an den Aufschlägen seiner Jacke gepackt und hochgerissen, dann schlug ihm jemand ins Gesicht. Auch Loitzenthaler, Bruno und Doktor Meerwald waren in die Schlägerei verwickelt, dann flammten Blitzlichter auf.

46

In den Zeitungen erschienen die Fotos erst in den Ausgaben des übernächsten Tages, am nächsten Tag zwar, aber spät am Abend, und jenes auf dem Titelblatt jener Tageszeitung, die Bruno unten von einem Kolporteur geholt hatte und jetzt im Konferenzraum vor Loitzenthaler hinlegte, zeigte Bruno selbst, wie ihm gerade ein Mann die Faust ins Gesicht schlug. Bruno, der übrigens keine Verletzung zeigte, grinste freilich und meinte: »Da, der Kommentar vom Chef ist super!«

Und Loitzenthaler las: »Wem die Argumente fehlen, der antwortet mit roher Gewalt.«

»Super, man kann nicht meckern«, bestätigte Bruno. »Aber noch besser ist das andere da!« Er blätterte die Zeitung um, und auf der dritten Seite fand sich ein Bild einer jungen Frau, ein dicker schwarzer Balken über den Augen machte sie unkenntlich, und im Text hieß es, das sei eben jene Frau, die als Minderjährige vom Bürgermeister vergewaltigt worden sei.

»Vergewaltigt haben wir ja gar nicht gesagt! Und, bitte, woher haben die so schnell ein Opfer, das es überhaupt nicht gibt?« fragte Loitzenthaler, dann schien er verstanden zu haben und grinste Bruno an.

Der aber schüttelte den Kopf: »Ehrlich, Loitzi, ich kenn das arme Kind nicht.« Er hob die Rechte zum Schwur. »Ich hab nix damit zu tun. Ich schwör's beim Augenlicht meiner Großmutter. Ich sag's nicht gern, aber die Hunde sind im ... wie sagt der Dings, der Meerwald? – im Wirklichkeit-Konstruieren sind diese Hunde mindestens so gut wie wir.«

47

Am Dienstag, dem neunundzwanzigsten September, um halb acht am Morgen, als Axel hinauf in die Lanzgasse fuhr, rief ihn Bruno am Handy an, lud ihn ein, am Abend oder in der Nacht, »wann immer du eben fertig bist«, in die Sonder-Bar zu kommen. Sie müßten sich nun endlich ein bißchen näher kennenlernen, »nachdem wir tapfer gekämpft haben, Schulter an Schulter«, die Doktor Beranek brauche übrigens nichts zu wissen von diesem Treffen.

Den Tag über war Axel mehr als einmal versucht, ihr doch von dieser Einladung zu erzählen. Er tat es nicht. Konnte er sich nicht treffen, mit wem er wollte?

Kurz vor Mitternacht stand er dann mit Bruno an einer Theke, sie tranken Wodka, Bruno redete von der Prügelei im Atrium wie von einer Schlacht, und Axel fand sich als Kampfgefährte anerkannt. Und hatten sie sich nicht tatsächlich gemeinsam für die gemeinsame Sache geprügelt? So konnte es, wer wollte, immerhin sehen. »Prügeln lassen«, hätte Axel lieber gesagt, denn er hatte nicht ein einziges Mal zugeschlagen, dessen war er sicher. Nach dem Schlag in sein Gesicht hatte er nur versucht, seinen Kopf mit erhobenen Armen vor weiteren Schlägen zu schützen, am Ende war er dann mit einem Roten rangelnd wie seinerzeit in der Schule auf dem Boden gelegen. Übrigens hatten den Zeitungsberichten nach auch Loitzenthaler, Bruno und Doktor Meerwald nicht zurückgeschlagen, entweder tatsächlich so überrascht vom tätlichen Angriff der Roten, daß sie ans Zurückschlagen gar nicht gedacht hatten, was Axel sich jedoch wenigstens in Brunos Fall nicht vorstellen konnte, oder aber instinktiv sofort die dankbare Opferrolle annehmend, die es ihnen nun erlaubte, sich nun zu Märtyrern zu stilisieren.

Hier, knapp vor Mitternacht in der Bar, sah Bruno sich freilich als unerschrockenen Kämpfer, und auch Axel war ein Held für ihn: »Jedenfalls brauchen wir Leut wie dich. Und du weißt, daß bei uns auch sehr junge Leut was werden können ...«

»Was müßt ich dafür tun?« fragte Axel nach einer Weile.

»Wozu wärst du denn bereit?« fragte Bruno, dann lachte er aber. »Nein, damit wir uns nicht mißverstehen: Wir in der Zentrale haben einfach das Gefühl, du machst das alles sehr gut. Ganz unabhängig von der Frau Doktor, verstehst?«

Worauf wollte Bruno hinaus? Er deutete ein wenig später an, daß es mit der Beranek nach der Wahl vielleicht nicht so weitergehen würde, wie sie sich das denke, weil sie vor allem ihres Mannes wegen eigentlich überhaupt nicht in die neue Parteilinie passe. Es war kein Zweifel möglich, er bot Axel an, er könne im Fall des Falles auch für sich allein Karriere machen in der Partei. Und der Preis dafür? Bruno nannte keinen. Er sage das alles aus keinem bestimmten aktuellen Anlaß, rede nur ganz allgemein.

(Am andern Tag beim frühmorgendlichen Joggen fragte Loitzenthaler: »Und du meinst, er hat angebissen?«

»Der Stachel sitzt in seinem Fleisch«, meinte Bruno, »und so leicht kriegt er den nicht heraus.«

»Und was erwartest du dir davon?«

»Irgendwas kommt immer heraus. Und manchmal auch was Spannendes. Ich bin immer noch ein Kind, das weißt du ja. Ich spiel gern.« Nach hundert Metern fügte er dann hinzu: »Und weißt du, das Thema Verrat hat mich immer schon interessiert. Was braucht's, daß einer zum Verräter wird?«)

»Klar«, sagte Axel am Frühstückstisch, »erwartet er, daß ich ihm irgendwas liefere.«

»Sagst du der Beranek was davon?« fragte Martin.

»Wenn ich's tu, dann macht sie vielleicht einen Wirbel, und der Bruno weiß sofort, von wem sie's hat. – Ich hab mir gedacht, vielleicht – wenn er mir sagt, was er will – liefere ich ihm auch was, aber halt was ganz Harmloses ...«

»Axel!« bat Martin. »Laß dich nicht auf was ein, was dir auf jeden Fall über den Kopf wachsen tät!«

»Ich bin erwachsen«, sagte Axel schroff. »Ich weiß schon, was ich tu!«

48

Am letzten Donnerstag vor der Wahl, am ersten Oktober, nahm Axel an einer Sitzung der Landesparteileitung teil, er saß auf Krennhofers Platz. Niemand sonst außer der Beranek hatte einen Mitarbeiter mitgebracht, niemand sonst hätte einen mitbringen dürfen. Sie selbst hatte mit der Übernahme seines Listenplatzes Krennhofer de facto verdrängt, um ihn nicht zu brüskieren, hatte man ihn weiter an den Landesparteileitungssitzungen teilnehmen lassen, als gewähltes Mitglied, wie er es selber sah, als ihren Mitarbeiter, wie die Beranek es zu sehen wünschte, als solchen hatte sie ihn nun gegen Axel ausgetauscht, Krennhofers Abhalfterung war damit vollzogen, und sie konnte, das war Axel klar, nicht ohne Loitzenthalers Zustimmung geschehen sein; was das für Axel bedeute, hatte die Beranek vorhin gemeint, könne er sich selbst ausrechnen.

(Nach seinem Tod wird seine Anwesenheit in dieser Sitzung eine wichtige Rolle spielen. Er sei an diesem ersten Oktober in die Landesparteileitung kooptiert worden, werden die DEMOKRATEN behaupten.)

Von den jetzt hier Versammelten kannte Axel außer der Beranek, Bruno und Loitzenthaler nur noch Öllerer, den ehemaligen Spitzenkandidaten, und Doktor Rindfüssler, den Obmann der Bezirksgruppe Innere Stadt, mit dem Axel aus organisatorischen Gründen schon ein paarmal hatte sprechen müssen.

Der Stuhl am Kopfende des langen Tisches war leer, und immer wenn Loitzenthaler vom Chef redete, verband er seine Erwähnung mit einer kleinen Handbewegung zum leeren Stuhl hin, so daß der Chef fast leibhaftig, wenn auch unsichtbar, unter ihnen weilte. Loitzenthaler redete vom vernichtenden Schlag, den man den Roten zugefügt und von dem sie sich nie mehr erholen würden, der Sieg sei zum Greifen nahe, »und er kann uns, wenn das geschieht, wovon wir erfahren haben, nicht mehr genommen werden. Bitte, Bruno!«

Loitzenthaler setzte sich hin, Bruno stand auf, sagte »Danke, Loitzi!«, alles ging seltsam förmlich vonstatten, dann berichtete Bruno von Informationen über einen Terroranschlag, den eine linkslinke Gruppierung plane, für diese Nacht noch, in den frühen Morgenstunden, einen Brandanschlag auf ein Polizeiwachzimmer, »und über die Täterschaft wird es keinerlei Zweifel geben, weil man nämlich so Flugblätter am Tatort finden wird, in der sich diese linkslinke Anarchogruppe zur Tat bekennen wird …«

Nun stand Loitzenthaler wieder auf: »Es geht darum, wie wir darauf reagieren. Wir brauchen eine Sprachregelung, wir müssen morgen, wenn das bekannt wird, mit einer Stimme sprechen. Und zwar ist unsere Grundaussage die: Die Roten drehen durch. Ihren Spitzenkandidaten können s' als Kinderschänder, als den wir ihn entlarvt haben, nur mehr verstecken. Drum drehn s' jetzt durch und greifen zur Gewalt. Die Roten haben ihren linksanarchistischen Rand nicht mehr unter Kontrolle. Wien muß also geschützt werden, und die einzigen, die dazu wirklich imstande sind, das sind wir!«

Die Herren am Tisch klopften auf denselben. Die Beranek klopfte nicht, auch Axel rührte keine Hand – und er hoffte, er habe das alles mißverstanden.

»Diese ... Aktion hat noch einen zweiten Sinn«, redete Loitzenthaler aber weiter. »Wir müssen uns nach der Wahl auf die Exekutive verlassen können. Die Frau Doktor Beranek-Schnötzinger hat vorbildliche politische Aufklärungsarbeit gerade bei der Polizei geleistet, und dieser verbrecherische Anschlag wird die Bereitschaft der Exekutive, mit uns nach der Wahl zusammenzuarbeiten, ganz ohne Zweifel noch erheblich fördern.«

»Nein!« sagte da die Beranek.

»Tschuldigung, Frau Doktor, was heißt nein?« fragte Loitzenthaler.

»Dieser Anschlag auf ein Polizeiwachzimmer wird nicht stattfinden!«

Bruno versuchte zu lachen: »Ja, aber auf die linkslinken Anarchisten, die das machen werden, haben wir keinen Einfluß, Frau Doktor ...«

Da schrie die Beranek ihn: »Hörn S' auf mit der blöden Herumrederei! Sie stoppen das! Ich sag nein! Irgendwo muß auch eine Grenze sein! Und ich garantier Ihnen, wenn's trotzdem passiert, dann stell ich mich in aller Öffentlichkeit hin und sag, was ich drüber weiß!«

Sie meinte es ernst, Loitzenthaler und Bruno wußten es, die anderen hatten ohnehin nichts zu sagen, die Sitzung war zu Ende.

Unten auf der Straße hatte Axel dann den Wagen schon aufgesperrt, da entdeckte die Beranek vorne an der Ecke ein

Gasthaus, sie wolle jetzt, sagte sie, ein Bier trinken, seit zehn Jahren oder noch länger habe sie kein Bier mehr getrunken, jetzt sei ihr danach, als Schlaftrunk wolle sie es nehmen, vielleicht könne sie sich auf diese Art heute die Schlaftablette ersparen.

Als Axel auf den vielleicht fünfzig Metern zum Gasthaus von diesem geplanten Anschlag zu reden anfangen wollte, da schrie die Beranek nun ihn an: »Kinderl, wie naiv bist denn wirklich! Wie hast du denn geglaubt, daß es zugeht, wenn man um die Macht kämpft?«

(Den Termin mit Meseritz abzusagen war kein Problem, aber nur Doktor Wischnewski konnte den Anschlag jetzt noch stoppen. Bruno rief bei ihm an und erfuhr von seiner Frau, daß er in seinem Preßhaus und dort telefonisch nicht zu erreichen sei. Zum ersten Mal, seit Loitzenthaler ihn kannte, sah er Bruno zittern.)

Die Gaststube war leer, die Beranek setzte sich an einen Tisch, und ehe Axel noch Platz genommen, war der Wirt schon da, »Sperrstunde!«, aber die Beranek sagte nur: »Ein Bier kriegen wir schon noch. Ein großes für mich.«

Nun blickte ihr der Wirt ins Gesicht und stammelte: »Entschuldigen S', gnä' Frau, ich hab Sie nicht gleich erkannt. – Für den Herrn auch ein Bier?«

Axel nickte und setzte sich hin. »Daß die vor mir so ... naja, so ganz ungeniert reden ...!« sagte er dann.

»Du gehörst jetzt dazu.«

»Aber die kennen mich ja kaum«, überlegte Axel. »Ich könnt jetzt hergehen und ...«

Die Beranek lachte, nahm dem Wirt, der wieder an den Tisch kam, das eine Glas aus der Hand, trank einen langen Zug und sagte dann, als der Wirt wieder hinter die Schank gegangen war: »Gar nix könntest du! Und wenn ja, dann wär das nicht gut für dich.«

Jetzt hätte Axel von seinem Treffen mit Bruno in der Sonder-Bar erzählen müssen. Aber sie hätte ihn gefragt, wieso er ihr das nicht schon gestern in der Früh gesagt hätte. Und was hätte er darauf antworten können?

Während er noch darüber nachdachte, fragte sie: »In den Computer bist noch nicht hineingekommen?«

Das Paßwort wußte Axel längst, »aber der Krennhofer und die Isolde sind jeden Tag bis nach Mitternacht im Büro ... Wenn Sie wollen, ich fahr Sie nach Hause, und dann ...«

»Ich glaub, das hat sich vielleicht eh schon erübrigt.« Sie schien unendlich müde, eine alte Frau auf einmal, die Augen ganz klein in tiefen Faltennestern, Axel fühlte sich plötzlich selbst so müde, wie die Beranek aussah, und hätte jetzt gern seinen Arm um ihre Schultern gelegt, wagte es aber nicht. Das mit Bruno konnte er ihr jetzt jedenfalls nicht sagen, einen ungünstigeren Augenblick dafür gab es gar nicht.

Später dann, schon im Auto, fragte er: »Und was ist, wenn das doch geschieht?«

»Ja, was ist dann?« fragte hinten die Beranek, und ihre Stimme kam Axel ganz fremd vor.

»Wer weiß, ob der Bruno das überhaupt noch stoppen kann. Was werden Sie denn jetzt tun?«

»Was werd ich schon tun? Morgen bei der großen Schlußkundgebung ... Ist das schon morgen?«

»Nein, erst übermorgen, am Samstag.«

»Ich hab überhaupt keinen Zeitbegriff mehr ... Was wolltest wissen? Ah, ja, was ich tun werde, wenn der Bruno das nicht mehr stoppen kann. Naja, dann werd ich, wenn ich mit dem Chef auf der Riesenbühne steh, da werd ich ans Mikrofon gehen und sagen: Wählts uns, weil nur bei uns könnts ihr sicher sein, daß wir wirklich über Leichen gehen!« Sie lachte plötzlich so hysterisch auf, daß Axel erschrak. »Ich kann überhaupt nicht mehr denken, das Hirn ist leer, einfach leer. Ich bin so müd, daß ich, wenn ich jetzt aufstehn tät, einfach umfallen würde. Aber wenn ich im Bett lieg, kann ich ohne Tablette nicht einschlafen. Kinderl, ich kann dir beim besten Willen jetzt nicht sagen, was ich tun werd.«

Als sie in die Lanzgasse einbogen, kam ihnen mit Blaulicht ein Krankenwagen entgegen, und Axel dachte einen Augenblick lang daran, was geschehen würde, wenn die Beranek im letzten Augenblick einfach umkippte, übermorgen bei der Schlußkundgebung auf der großen Bühne, mitten im Satz einfach umfallen ...

Sie wankte ein wenig, als sie aus dem Auto stieg, jetzt legte Axel tatsächlich den Arm um ihre Schultern und führte sie zur Villa hinauf, er wartete, bis sie die Haustür aufgesperrt hatte, dann küßte sie ihn auf die Wange und sagte leise: »Axel! Ich dank dir jetzt schon für alles! Ohne dich hätt ich das alles nicht durchgestanden. – Und was jetzt noch kommt, das schaffen wir auch noch, was?«

»Klar«, sagte Axel.

Die Beranek nickte, ging ins Haus.

»Gute Nacht«, sagte Axel, als die Haustür schon geschlossen war.

Er nahm sich vor, sie morgen in der Früh zu einem Arzt zu bringen, der mußte sie fit spritzen, Axel wußte nicht, was er sich genau darunter vorstellen sollte, aber er hatte immer wieder gehört, daß das möglich war, irgendetwas mußte sie bekommen, was ihr half, die letzten paar Meter bis zum Ziel noch zu schaffen, schlappmachen durfte sie jetzt auf keinen Fall!

Als Axel draußen auf der Straße in den Wagen steigen wollte, stand plötzlich eine Frau da, sie stand mit dem Rücken zur nächsten Straßenlaterne, so daß Axel ihr Gesicht nicht erkennen konnte. »Entschuldigung, daß ich Sie anspreche«, sagte sie. »Aber ich hab gesehen, daß Sie die Frau Doktor Beranek heimgebracht haben ... Ah, Sie kennen mich ja nicht, woher auch? Ich bin die Frau Winterndorfer, die Frau von dem Sozialschmarotzer, wissen Sie ...«

Irgendetwas stammelte Axel jetzt, er wußte selbst nicht, was es hätte bedeuten können.

Und, als habe sie selbst Unverständliches gesagt, meinte Frau Winterndorfer: »Entschuldigung, ich bin ein bissel durcheinander, weil meinen Mann haben s' grad ins Spital gebracht und ...«

Axel erschrak, wußte nur, daß er jetzt etwas sagen mußte, aber was konnte er sagen?

Freilich ließ Frau Winterndorfer ihn ohnehin nicht zu Wort kommen. »Nein, nein, er wird nicht sterben«, sagte sie schnell. »Umgebracht habts ihr ihn nicht, das doch nicht. Aber ich weiß gar nicht, ob ihm das nicht lieber wär. Können Sie sich das vorstellen: Mein Mann war sein Leben lang so korrekt, übertrieben korrekt fast ... Der kriegt eine Krankheit, die ich keinem wünsch, und dann wird er von euch hingestellt als ein ... Unser Sohn ... Haben S' das überhaupt gewußt, daß wir einen Sohn haben? Fünfzehn Jahr ist er alt, ins Gymnasium geht er ... Der wollt ein paar Tag lang nimmer in die Schule gehen, weil alle ihn ... Sogar einer von den Professoren ... Unser Leben lang waren wir anständige Leut, uns hat niemand was nachsagen können, und jetzt grüßen mich manche Leut auf einmal nicht mehr, gehn auf die andere Straßenseite, wie wenn ich Aussatz hätt ... Und man kann überhaupt nichts dagegen machen, das ist das Schlimmste. Man kann hundertmal sagen, daß ... Aber das hilft nichts. Irgendwas bleibt hängen an einem. Die Leut denken, irgendwas wird schon dran sein, sonst wär's ja nicht in der Zeitung gestanden. Übrigens, wie in der einen Zeitung gestanden ist, wie's wirklich ist, da sind auf einmal noch mehr anonyme Briefe gekommen – und Anrufe mitten in der Nacht, daß wir schon vorgemerkt sind, daß wir uns drauf freuen sollen, wenn bald ein anderer Wind weht ... Und am Sonntag wird's so weit sein, nicht? So wie's ausschaut ...«

»Frau Winterndorfer, sagen Sie mir, wenn ich was tun kann ...«

»Was kann man da schon tun? Nichts können Sie tun. Geschehen ist geschehen, nicht?«

»Aber das hat doch einen Grund, warum Sie mich ...«

»Jaja, das ist wahr ... Irgendeinen Grund hat das ... hab ich schon gehabt, aber ich weiß ihn auf einmal nicht mehr. Entschuldigen Sie, daß ich Sie belästigt hab.« Frau Winterndorfer drehte sich sehr plötzlich um und überquerte die Straße.

»Frau Winterndorfer!« rief Axel ihr nach.

Da fing Frau Winterndorfer zu laufen an, als müsse sie sich fürchten vor Axel, schon hatte sie das Gartentor erreicht, ein paar Meter noch, dann war sie in ihrem kleinen Haus verschwunden.

Axel wollte ihr nachlaufen, irgendetwas mußte er ihr sagen, wenigstens daß er keine Schuld an all dem hatte, aber das würde sie kaum interessieren, wahrscheinlich würde sie ihm gar nicht öffnen.

Also lief Axel in den Park zurück, er klingelte an der Tür, und die Beranek stand auf einmal vor ihm, er erzählte ihr von Frau Winterndorfer, und die Beranek sagte nur: »Na gut, hab ich mich halt geirrt! Kann passieren!«

»Sie haben diese Leut ruiniert!« schrie Axel.

»Na! Scheiß dich an, Kinderl!« Sie lachte gar nicht, aber, so kam es Axel vor, sie lachte ihn aus.

»Ja!« schrie er. »Stell dir vor, ich scheiß mich an! Wenn du sowas mit wem von einer anderen Partei machst ... Aber diese Leut haben überhaupt nix damit zu tun!«

»Hats halt einmal einen Falschen erwischt«, plötzlich wirkte die Beranek trotzig wie ein kleines Kind. »Dafür rennen tausende herum, denen das gehören würde!«

»Du weißt ja nicht, was du redest!« Axel wollte sie an den Schultern fassen und rütteln, aber sie wich erschrocken vor ihm zurück: »Axel, nicht heut! Wir reden drüber, wenn ...«

Axel schüttelte den Kopf: »Nein, darüber reden wir jetzt.«

Und die Beranek fing an: »Axel, diese Stadt, dieser Staat ist ein Saustall, da muß einmal ausgemistet werden.« Sie spulte es einfach ab, es klang, als memoriere sie eine Rede. »Und wer ausmisten will, der darf sich nicht zu fein dazu sein, eine Mistgabel in die Hand zu nehmen!« Das hatte sie, glaubte Axel sich zu erinnern, schon einmal gesagt. Nun hob sie die Stimme, aber es klang immer noch leiernd: »Herrgott, Axel, wo gehobelt wird, da fallen Späne!«

»Sprüche!«

»Axel! Es geht um die Macht, da kann man nicht zimperlich sein, und da kann's auch einmal passieren ...« Sie denkt überhaupt nicht, überlegte Axel, sie redet jetzt nur. »Die von den anderen Parteien tun immer so, als wär Macht was Schlechtes, aber das ist Heuchelei. Nur darf die Macht nicht in den Händen von Leuten sein, die nur an sich selber denken und keine Ideale haben. Macht ist gut, wenn sie in den Händen einer wirklichen Elite liegt. Und, Axel, du gehörst zu dieser Elite!«

»Nein, zu der Elite gehör ich bestimmt nicht.«

Da war zum ersten Mal wieder ein Gefühl in ihrer Stimme, blanker Hohn nämlich: »Ah, steigst schon wieder einmal aus? Gut, dann steig aus! Ist mir doch wurscht. Ich muß jetzt schlafen. – Na, was ist? Gibt's noch was?«

Axel schüttelte den Kopf, drehte sich um und ging.

»Baba – und fall net!« rief die Beranek ihm nach.

(Doktor Wischnewski war nicht allein, ein Herr Wegner war bei ihm, ein guter Freund, ein Gesinnungsgenosse, vor dem Bruno ruhig reden könne. Aber Wegner verabschiedete sich, es sei ohnehin spät geworden, schon Mitternacht vorbei.

Wischnewski erschrak, als Bruno ihm sagte, daß die Aktion unbedingt gestoppt werden müsse. »Wie soll ich das machen? Die Leute sind wahrscheinlich schon unterwegs, und ich hab hier nicht einmal Telefon ...«

Bruno hielt ihm sein Handy hin, aber Wischnewski sagte kleinlaut: »Ich weiß die Telefonnummer, die ich eventuell anrufen könnte, nicht auswendig.«)

Axel fuhr in die Stadt hinunter und hätte alles darum gegeben, hätte er jetzt Sandra anrufen können, sich mit ihr treffen, mit ihr reden. Mit Martin konnte er immerhin reden, aber was gab es eigentlich zu bereden? Auf einmal wollte er sich nur mehr verkriechen, irgendwo verkriechen, wo niemand ihn finden konnte, so tun, als sei nichts geschehen in den letzten Wochen, als habe sich nichts verändert. Totstellen wollte er sich, tot und blind und taub. Er war, ohne es gewollt und ohne es bemerkt zu haben, vom Gürtel in die Josefstädter Straße eingebogen, und da vorne war das Haus, in dem er nun eine Wohnung hatte, eine eigene Wohnung! Kein Parkplatz weit und breit, natürlich nicht, aber was machte das schon, er stellte den Wagen in zweiter Spur ab, morgen früh konnte er jedem Polizisten, der etwas dagegen haben sollte, sagen, er sei der Fahrer der Frau Doktor Beranek-Schnötzinger, somit von allen Strafen und überhaupt jeder Verfolgung befreit, schließlich sei er nicht nur der Fahrer, vielmehr zum engsten Mitarbeiter der Frau Doktor avanciert, schon werde über seine demnächst bevorstehende Parteikarriere gemunkelt, immerhin habe er vor wenigen Stunden erst an einer Sitzung der Landesparteileitung teilgenommen, auf der übrigens über etwas gesprochen worden sei, worüber er kein Sterbenswörtchen verraten dürfe …

Er saß jetzt und wußte nicht, wie er heraufgekommen war, im größten Zimmer seiner neuen Wohnung, es gab keine Lampen, so saß er im Finstern, doch nicht ganz, denn von der Straße her kam genug Licht herein, daß Axel, als er sich daran gewöhnt hatte, alles hätte erkennen können, hätte es nur irgendetwas Erkennenswertes gegeben in diesem großen, leeren, bei Tageslicht so weißen Zimmer.

In einer Ecke hockte er und sagte sich immer wieder vor, daß ihn hier niemand finden würde. So viel Angst hatte er wie nie zuvor in seinem Leben und hätte nicht sagen können, wovor er sich fürchtete, denn ihm drohte, er konnte es drehen und wenden, wie er wollte, von keiner Seite Gefahr.

Er schlief ein und wachte wieder auf, es war viel heller als zuvor im Zimmer, es war zehn Minuten vor sechs. Das Wasser im Badezimmer war immerhin nicht abgestellt, er wusch sein Gesicht, dann ging er hinunter, der Wagen stand immer noch in zweiter Spur, hatte niemanden gestört. Er startete, drehte das Radio auf, hörte die Sechs-Uhr-Nachrichten, es schien kein Anschlag auf ein Polizeiwachzimmer stattgefunden zu haben.

In der Wohnung seines Bruders duschte er, kochte Kaffee, er frühstückte mit Martin. Gestern abend, sagte der, habe die Mutter angerufen, Axel solle sich gefälligst wieder einmal melden bei ihr.

»Wie geht's ihr denn?«

»Eh nicht schlecht, glaub ich.«

Axel erzählte nichts von der Parteileitungssitzung und sagte kein Wort über Frau Winterndorfer.

Er hatte, fiel ihm jetzt ein, in dieser Nacht von Afrika geträumt, ein paar Bilder waren noch in seinem Kopf, unverschlüsselte Bilder, weniger Traum- als Fotoalbumbilder, wie es sie übrigens nicht gab, weil Axel nichts fotografiert hatte. Eine Shona-Frau sah er, an kleinen Hautnarben als Kundin eines N'HANGAS zu erkennen, ihre Hände formten aus SADZA kleine Bällchen, die sie einem Kind in den Mund steckte. Ein Boabab, Zweige und Äste sahen eher wie in die Luft gereckte Wurzeln aus, ein Greifvogel hockte ganz oben, ein schwarzer Kaffernadler vielleicht. Die Jacaranda-Alleen in Harare. Eine Tonga-Frau, der die Vorderzähne fehlten, mit einer Pfeife im Mund, darin vermutlich DAGGA, Eigenbau-Marihuana. Eine Schirmakazie, trockenes Gras, verwitterte Granitblöcke im Hintergrund, irgendwo in der Gegend von Marondera vielleicht. Die Bilder aus dem Traum vermischten sich jetzt mit anderen Bildern, die Axel sich mühelos in Erinnerung rufen konnte: Ein sehr würdevoll aussehender Schwarzer in feierlichem Anzug, eine Straße entlanggehend, hinter ihm zwei Frauen und drei Kinder, alle schwer mit Koffern und Säcken und Plastikbeuteln beladen. Axel konnte mühelos den Geschmack von SADZA abrufen und den von Krokodilfleisch. Und den DAGGA-Geruch. Und wie die weißen Knospen des Boabab stanken. Und wie ihm vor dem ersten Schluck vor DORO gegraust hatte. Und seine Angst vor BOOMSLANGS, die sich, angeblich kaum erkennbar, gern in Bougainvilleas aufhalten…

Er mochte auf einmal nicht glauben, daß erst wenig mehr als ein halbes Jahr vergangen war, seit er aus Zimbabwe zurückgekehrt war.

49

Wen Axel denn nun gewählt habe, fragte Martin, als sie aus dem Wahllokal kamen.

Axel hatte einen leeren Stimmzettel ins Kuvert gesteckt, sagte es aber nicht, sondern fragte zurück: »Und du?«

»Die Demokraten«, sagte Martin. »Mit Bauchweh, wenn du's genau wissen willst. Wann gehst denn zur Feier?«

»Nicht vor fünf.«

»Du mußt jetzt aufpassen«, meinte Martin. »Weißt, wenn's geklappt hat, dann erinnern sich manche Leute auf einmal nimmer daran, was wer anderer getan hat – und was sie selber versprochen haben.«

»Gemma irgendwo was essen?« schlug Axel vor. »Und nachher leg ich mich eine Stunde hin, ich bin derartig müd...« Lieber hätte er leer gesagt, scheute sich aber vor diesem Wort und wußte nicht warum.

Am Nachmittag schlief er dreieinhalb Stunden lang, tief und traumlos, und hätte weitergeschlafen, hätte Martin ihn nicht kurz nach vier geweckt.

Er kam in der Zentrale in der Rathausstraße gerade zur ersten Hochrechnung im Fernsehen zurecht. Ganz still wurde es, als Punkt fünf auf den Monitoren, die überall im Haus aufgestellt waren, der Schriftzug Die Wahl in Wien sich ein paarmal um die eigene Achse drehte, dann erschien ein Moderator auf den Schirmen, die Wahl sei geschlagen, und eine Sensation bahne sich an: »Nach der ersten Hochrechnung haben Die Demokraten die absolute Mehrheit im Wiener Gemeinderat und Landtag erreicht...« Was er weiter sagte, ging im losbrechenden Jubel unter. Axel sah Grafiken, ein Türmchen für jede Partei, und das Türmchen der DEMOKRATEN wuchs und wuchs bis auf 55,8 Prozent.

Die Leute, unter denen Axel stand und von denen er niemand kannte, umarmten sich, auch Axel wurde umarmt, geküßt und wieder umarmt, er ließ sich anstecken von der allgemeinen Freude, wollte sich anstecken lassen. Wir haben's geschafft, wir haben gewonnen! dachte er und dachte es immer wieder, bis sich ein dazu passendes Gefühl einstellte. Eine Wahlhelferin in blau-gelber Uniform stand jetzt vor ihm, er nahm ein Glas Sekt von ihrem Tablett, trank es in einem Zug leer, stellte es zurück, griff nach einem zweiten Glas.

Sie waren in einem großen Raum im Erdgeschoß, der SALA TERRENA genannt wurde, und oben auf dem ersten Treppenabsatz stand nun ein junger Mann, auch ihn hatte Axel nie zuvor gesehen, der ließ den Korken aus einer halbmetergroßen Sektflasche ploppen, hielt die Flasche schnell mit dem Daumen zu, schüttelte sie und verspritzte den Sekt dann wie die Formel-1-Fahrer auf dem Siegespodest.

Kameraleute waren auf einmal da, Axel sah ein Objektiv auf sich gerichtet, er lachte hinein, riß den Arm hoch, machte, wie es andere um ihn herum taten, das Victory-Zeichen, und ihm fiel ein, wer ihn in diesem Augenblick vielleicht sehen würde, Sandra, Gicko, seine Eltern in Zell am See. Rasch drehte Axel sich um, es mußte ihm gelingen, an etwas anderes zu denken, jetzt wollte er sich ganz gewiß nicht überlegen, wie er es seinem Vater erklären würde.

WE ARE THE CHAMPIONS fing jemand zu singen an, gleich darauf grölten es alle.

Axel ging hinauf in den ersten Stock, da kam Loitzenthaler ihm entgegen, klopfte ihm auf die Schulter und war schon wieder weg. Im großen Konferenzraum, aus dem man nun den langen Tisch entfernt hatte, traf er Bruno, der schlug mit der Faust an Axels Schulter, sagte »Na!« und wandte sich wieder den Leuten zu, mit denen er zuvor geredet hatte.

Plötzlich drängten sie alle zur Tür hin, in weniger als einer Minute waren sie draußen, Axel war versucht, ihnen zu folgen, aber er trat an eins der Fenster und sah, daß unten die Straße voll von Menschen war. Zwei große Autos fuhren vor, eine amerikanische Stretch-Limousine und ein schwarzer Mercedes, mindestens ein Fünfhunderter, dachte Axel. Die Menschen da unten jubelten, Fernsehteams und Fotografen drängten sich an die Autos heran, die Axel nun, da sie nahe am Palais hielten, nicht mehr sehen konnte. Als er sich freilich umdrehte, sah er sie auf den beiden Fernsehern, die im Konferenzraum standen. Der Chef stieg aus dem Ami-Schlitten aus, einige Männer stürzten auf ihn zu, es sah einen Augenblick lang gefährlich aus, aber sie hoben ihn nur auf die Schultern. Ganz groß war gleich darauf seine nach oben gestreckte Hand zu sehen: das Victory-Zeichen.

Den Jubel hörte Axel nun von der Tür her, er ging hinaus auf den Gang und nach vorne bis zur Treppe, dort sah er, daß der Chef, den Axel nur von Bildern her kannte, von den Männern auf den Schultern hereingetragen wurde. Und hinter ihm kamen seine beiden Stellvertreter herein, dann die Beranek, von zwei Männern flankiert, von Öllerer nämlich und einem weißhaarigen alten Herrn, der ihr Mann sein mußte.

Axel ging, er wußte nicht warum, in den leeren Konferenzraum zurück, dachte wieder an seinen Vater und war auf einmal guten Mutes, daß er es ihm würde erklären können. Und Martin, dachte er, würde ihm helfen dabei.

Der Lärm kam näher, Axel rechnete damit, daß der Konferenzraum gleich voll von Leuten sein würde, dann würde er die Beranek sehen und beglückwünschen, es war ihr Sieg, vor allem ihr Sieg! Aber der Lärm entfernte sich wieder, Axel ging hinaus und sah, daß sie den Chef hinauf in den zweiten Stock trugen. Wahrscheinlich gab es da oben einen Saal, in dem die Siegesfeier stattfinden sollte.

So viele Leute drängten sich jetzt auf der Treppe, Axel wäre nie an die Beranek herangekommen, und ihr Platz war jetzt wohl auch neben dem Chef, neben ihrem Mann und neben Öllerer, der nun vermutlich Bürgermeister werden würde, falls nicht die Beranek, es wäre Axel nur gerecht erschienen, diese Position für sich beanspruchte. Eine Sekunde lang verband Axel mit diesem Gedanken Erwartungen für sich selbst, er unterdrückte sie, um sich vor späteren Enttäuschungen zu schützen.

Isolde stand plötzlich neben ihm und küßte ihn und faßte ihn an der Hand und wollte ihn offenbar hinter sich her die Treppe hinaufschleppen, aber Axel machte sich los von ihr, ging in den Konferenzraum zurück und sah hier auf dem Bildschirm, was oben geschah:

Es war ein prunkvoller Saal, marmorverkleidet, wie es schien, es gab ein Deckenfresko, das zu kurz im Bild war, als daß man hätte erkennen können, was es darstellte. Gerammelt voll der Saal, die Beranek, Öllerer und der Chef auf einem kleinen Podium. Der Chef umarmte und küßte nun die Beranek und küßte sie, da die Fotografen es verlangten, noch einmal, dann nahm der Chef ihre linke Hand und riß sie hoch, sattes Siegesbewußtsein, Öllerer, ein wenig abseits der beiden, ahmte die Geste nach, dann verschwand das Bild, FADE OUT. Der Fernsehmoderator war wieder zu sehen, sagte, daß man nun in die übrigen Parteizentralen schalten und mit den Sozialdemokraten beginnen wolle.

Axel dachte, daß jetzt, da das Fernsehen nicht mehr live aus dem Saal da oben übertrug, sich die Beranek über kurz oder lang aufmachen würde, um ihn zu suchen. Er konnte ihr, überlegte er, entgegengehen, in den Saal würde er sich gewiß nicht drängen, im Gewusel dort würde er die Beranek auch mit großer Wahrscheinlichkeit verfehlen, aber hinaus auf die Treppe konnte er gehen, dort mußte sie, wenn sie ihn suchen ging, an ihm vorbei … Doch blieb er stehen, wo er stand.

Im Fernsehen war nun einer zu sehen und zu hören, der sich über die in der österreichischen Geschichte beispiellose Verleumdungskampagne der DEMOKRATEN beklagte und über all den Schmutz, der kübelweise über den noch amtierenden Bürgermeister ausgegossen worden sei, was übrigens gewiß ein gerichtliches Nachspiel haben werde. Draußen vom Gang her, wo die Fernsehberichterstattung gleichfalls verfolgt wurde, ertönten Pfiffe.

Junge Männer in schwarzen Anzügen brachten jetzt Tische in den Konferenzraum, breiteten weiße Tücher darüber, blaugelbe Wahlhelferinnen bauten ein Buffet auf. Kameraleute und ihre Assistenten kamen herein, stellten ihr Equipment in einer Ecke ab und machten sich über die Lachsbrötchen her, über das Roastbeef, die geräucherten Forellenfilets, die kleinen Wiener Schnitzel und die Schinkenfleckerl. Sie reklamierten Getränke, und aus ihren Gesprächen hörte Axel heraus, daß der Chef, Öllerer und die Beranek – sie redeten von der »Schnötzingerin« – ins Rathaus gefahren waren.

Ein mit weißen Tüchern verkleideter Wagen wurde hereingeschoben, dessen Zapfhähne Faßbier versprachen, Wahlhelferinnen brachten Tabletts voll mit Wein- und Sektgläsern herein. Da oben die Hauptpersonen, die den Sieg verkörperten, gegangen waren, würden hier gleich die Menschenmassen hereindrängen, also ging Axel rasch ans Buffet, lud sich einen Teller voll, dann waren die Leute auch schon da, niemand darunter, den Axel gekannt hätte, er wich essend immer weiter zurück, stand dann in einer Fensternische und sagte sich, daß die Beranek gewiß hierher zurückkommen würde, die Siegesfeier sollte, das war fest vereinbart, hier stattfinden.

Manchmal trank Axel, wenn ein Tablett in erreichbarer Nähe war, ein Glas Weißwein, lieber hätte er Bier getrunken, aber es schien ihm ganz aussichtslos, sich durch all die Menschen zum Bierwagen an der gegenüberliegenden Wand durchzukämpfen. Er beobachtete die Leute und fragte sich, was sie mit der Partei zu tun haben mochten, was sie im Wahlkampf getan hatten. Noch lief, wie es schien, die Berichterstattung im Fernsehen, aber Axels Sicht auf die Bildschirme war verstellt, die Nachrichten schienen gut zu sein, denn hin und wieder jubelten und schrien und pfiffen jene, die etwas sahen und hörten, vor Begeisterung.

Axel kam sich fremd vor, und es schien ihm nur natürlich, er hatte bisher alles aus der Perspektive der Beranek gesehen, die wenn auch vielleicht ein wichtiges, so doch nur *ein* Rädchen in der ganzen großen Parteimaschinerie war, es müsse ihn, sagte er sich, nicht beunruhigen, daß er niemand von all den Leuten hier kannte.

Doch das Unbehagen blieb, er gehörte nicht hierher, er war zufällig hierher geraten, so wie er zufällig nach Zimbabwe gekommen war, obwohl er eigentlich nach Australien hatte reisen wollen, und alles hier war ihm fremd, wie ihm Afrika fremd gewesen war. Daß die Leute hier mehr oder weniger aussahen und redeten wie er, sich mehr oder weniger verhielten wie er oder irgendwer draußen in der Stadt, das änderte nichts daran, daß sie ihm fremd waren und daß er Angst vor ihnen hatte, was ihm, kaum hatte er es gedacht, ganz lächerlich vorkam. Es hätte nur eines Schrittes bedurft, er hätte nur aus seiner Fensternische heraustreten müssen, sich zu irgendeiner Gruppe gesellen, ein begeistertes Wort über den Wahlsieg sagen, schon hätten sie ihn in ihrer Mitte aufgenommen. Aber Axel blieb in seiner Nische stehen.

Ganz am Anfang, in der zweiten Woche schon, war er in überfüllten Bussen durch halb Zimbabwe gereist; bis auf einen halben Tag, zwischen Kwekwe und Gweru erinnerte er sich, der einzige Weiße, eingekeilt zwischen Schwarzen jeden Alters und ihrem Gepäck, gestoßen und geschubst von denen, die ausstiegen oder in den Bus hineindrängten; fast einen ganzen Tag lang, zwischen Zvishavane und Birchenough Bridge, in enger Nachbarschaft mit einer Ziege, deren Geruch ihm an Ende fast noch lieber war als der Geruch des DORO; heute noch spürte er leichten Brechreiz, wenn er an das milchig-trübe TRADITIONAL BEER dachte, das in den BEER HALLS in Zwei-Liter-Kübeln ausgeschenkt wurde und das die Männer nicht selten in großen Plastikkanistern mit in den Bus nahmen. Am zweiten, endgültig dann am dritten Tag hatte Axel sich aber zurechtgefunden, er erfuhr, daß man in Shona-Gebieten den Menschen nicht direkt in die Augen schauen durfte, weil dies als feindselig empfunden wurde, er lernte die Sitzplätze links und rechts vom Gang zu meiden, und um bei einem Stop rasch aussteigen und etwas zu essen oder zu trinken kaufen zu können, war es angebracht, möglichst weit vorne im Bus zu sitzen ... Er würde nach ein paar Tagen auch hier zurechtkommen, sagte er sich.

Der Konferenzraum war jetzt nur mehr locker gefüllt, die Leute standen in kleinen Gruppen zusammen, Axel durchquerte den Raum, holte sich ein Bier, kehrte in seine Fensternische zurück; draußen dämmerte es. Wie spät war es denn? Bald neun. Waren die Sieger schon aus dem Rathaus zurückgekehrt?

Krennhofer, erinnerte sich Axel jetzt, war vor einer halben Stunde hereingekommen und hatte sich, als er Axels ansichtig geworden war, demonstrativ umgedreht und war wieder hinausgegangen, er schien böse zu sein auf Axel, und der wußte nicht warum.

Was machte er hier, wie war er hierher gekommen? Ein Glücksfall! schoß es ihm durch den Kopf. Er wollte es einen Glücksfall nennen und es auch so sehen. Eine Chance hatte sich ihm geboten, und er hatte sie ergriffen. So mußte er es sehen! Und er würde lernen, es so zu sehen! Sich die Karriere, die ihm nun ganz gewiß offenstand, auszumalen, dieser Versuchung widerstand er auch jetzt. Die Beranek würde wissen, bestimmt wußte sie es jetzt schon, wohin sie Axel stellen wollte, sie brauchte ihn ja, das hatte sie oft genug gesagt, sie könne ohne ihn nicht auskommen, sie traue niemandem in der Partei, brauche aber einen Mitarbeiter, auf dessen Loyalität sie bedingungslos zählen könne. Morgen oder jedenfalls in den nächsten Tagen würden sie darüber reden. Heute, das wußte Axel auf einmal, würde er die Beranek nicht mehr sehen, oder nur kurz, zu kurz jedenfalls, um über die Zukunft zu reden.

Es gab eine Zukunft für ihn, das genügte ihm für heute, und wenn der Gedanke daran ihn nicht euphorisch stimmte, so lag das nur daran... Woran lag es denn? Axel wußte es nicht. Er fragte sich, ob er nicht einfach überrascht war, er hatte, glaubte er jetzt, im Ernst nie mit diesem Wahlergebnis gerechnet...

Es war heiß im Konferenzraum, heiß und stickig, das Hemd klebte ihm am Körper, und Axel wollte das Fenster öffnen, vor dem er stand, aber dann wollte er auf einmal nur mehr nach Hause, Martin würde ihm ausführlich erklären, was dieser Abend für seine Zukunft bedeuten konnte, er würde ihn darauf hinweisen, worauf er nun zu achten hatte...

Axel ging hinaus, und da, er erschrak, stand auf einmal Bruno vor ihm:

»Na, gibt's irgendwas? Du weißt schon...«

»Was speziell würd dich denn interessieren?« fragte Axel.

»Alles. Mich interessiert prinzipiell alles.« Es sah aus, als weide sich Bruno an Axels Verlegenheit, aber dann klopft er ihm auf die Schulter: »Wir reden nächste Woche einmal.« Schon war er wieder verschwunden.

Axel sah, daß die Leute sich im ganzen großen alten Haus verteilt hatten, das nun summte wie ein Bienenstock, aber der Vergleich, dachte Axel, stimmte nicht. Der Siegestaumel jedenfalls war konzentrierten Gesprächen gewichen, da wurden, wohin Axel auch blickte, neue Strategien entworfen, Posten vergeben, Positionen neu bestimmt.

Bruno stand jetzt mit Krennhofer am steinernen Geländer oben im zweiten Stock, sie gestikulierten wild, schrien einander an, aber Axel konnte nicht hören, was sie schrien.

Draußen auf der Straße standen nun eineinhalb Meter hohe runde Tische, an denen ernst diskutierende Menschen lehnten. Niemand lachte mehr, fiel Axel auf. Ein angenehm kühler Wind wehte ihn an, und er hatte auf einmal Lust, noch eine Weile allein durch die Straßen zu gehen. Irgendwohin, jedenfalls noch nicht nach Hause.

Einmal kam ihm mitten auf einer schmalen Straße eine Gruppe von Menschen entgegen, die den Sieg der DEMOKRATEN feierten, sie sangen WE ARE THE CHAMPIONS und schwenkten Sektflaschen dabei. Als sie Axel kommen sahen, fächerten sie sich über die ganze Fahrbahnbreite auf, faßten sich an den Händen und hakten sich ineinander, eine Menschenkette sperrte die Straße und kam bedrohlich auf Axel zu, er wich zwischen parkenden Autos auf den Gehsteig aus, aber zwei junge Männer machten sich von der Menschenkette los, um auch den Gehsteig zu sperren, Axel rannte los, entkam ihnen. Als er sich im Laufen umdrehte, sah er, daß einer eine leere Sektflasche nach ihm warf, sie zerschellte an einem Auto, die Leute lachten und kümmerten sich nicht mehr um Axel, fingen wieder WE ARE THE CHAMPIONS zu singen an.

Axel achtete nicht darauf, wohin er ging, mied nur die Hauptstraßen, auf denen er Menschen treffen würde, dann sah er weiter vorne rotierendes Blaulicht, das ihn anzog.

Ein Polizeiauto, quer über die Fahrbahn gestellt, sperrte eine Gasse von Zinskasernen, und weiter unten an der nächsten Kreuzung stand ein zweiter Polizeiwagen. Die Gehsteige waren voll von Menschen, viele davon mit Bierflaschen in den Händen. Sie sahen zu, wie türkische Männer, Frauen und Kinder – fast alle unvollständig gekleidet, ein kleines Mädchen im Nachthemd, ein alter Mann im Pyjama – aus einem Haus getrieben wurden, nicht eigentlich getrieben, aber geführt, nicht eigentlich mit Gewalt, aber doch mit Nachdruck. Von allen Seiten redete man auf sie ein, und aus den Fenstern der Häuser schrie man auf sie hinunter:

»So, Kollega, jetzt gehts heim – Türkei, du verstehn!«

»Ein bissel schneller, ja! Renn ein bissel, wo's eben ist!«

»Türkei gut, Österreich nix gut für Türken, nur gut für Österreicher!«

»Habts euchs eh lang genug gut gehen lassen bei uns, jetzt erste Klasse heim!«

»Istanbul-Expreß warten!«

»Ausländerrückführung nennt man das, und die ist sogar gratis!«

Jetzt erst sah Axel, wohin die Türken gebracht wurden, zu einem Reisebus nämlich, hinter dessen Windschutzscheibe ein handgeschriebenes Schild steckte: ISTANBUL-EXPRESS. Und in diesen Bus wurden die Türken hineingestoßen, nein, nicht eigentlich gestoßen, aber geschubst und gedrängt.

»Ruckts z'samm, dann haben alle Platz!«

»Geht des vielleicht ein bissel schneller!«

»Z'sammrucken! Da kommen noch mehr!«

Die Polizisten standen neben ihren Autos und schauten zu, lachten, amüsierten sich. Als sie aber sahen, daß ein Wiener, betrunken offenbar, auf einen Türken einschlug, da schrie einer der Polizisten, dem roten Band und dem vielen Gold an der Kappe nach ein Offizier: »Keine Gewalt!« Und zu seinen Untergebenen sagte er lachend: »Wenn schon ein Pogrom, dann bitte ein kommodes.«

Da hielt plötzlich ein Auto neben dem Blaulichtwagen, zwei Männer sprangen heraus, einer trug eine Fernsehkamera und fand sich augenblicklich von Polizisten umringt, die ihn am Drehen hinderten und ihn schließlich, ohne ein Wort zu sagen, einfach indem sie immer näher auf ihn zukamen, zwangen, wieder ins Auto zu steigen und wegzufahren.

Axel stand die ganze Zeit über kaum sechs, sieben Meter von ihnen entfernt und fühlte sich jetzt fixiert von ihnen, es schien ihm, als wolle einer von ihnen zu ihm herkommen, da wandte er sich rasch ab und ging davon.

Drei Gassen weiter blieb er stehen. Wo war er hier überhaupt? In der Dunkelheit konnte er die Schilder über den Haustoren nicht entziffern, also ging er weiter auf eine belebtere Straße zu, in der er eine Straßenbahn fahren sah, es war der 38er, er stand auf der Nußdorferstraße, es konnte nicht weit bis zum Gürtel sein, zu Fuß waren es keine zehn Minuten mehr bis zur Billrothstraße.

Brach er ein ins Büro? Aber nein, er sperrte einfach auf, freilich machte er kein Licht, sondern tastete sich im Dunkeln zu Isoldes Schreibtisch und schaltete ihren Computer ein. Das Paßwort hieß FRÜHLING, er tippte es ein, dann dauerte es eine ganze Weile, bis er sich in der Dateien-Struktur zurechtgefunden hatte, er klickte dies an und das, schließlich hatte er das »Karteiblatt« der Beranek auf dem Schirm. Was er las, verwirrte ihn ein wenig, manches war in Abkürzungen notiert, die er so rasch nicht würde entziffern können. Er mußte die Datei kopieren, in Isoldes Schreibtisch fand er eine frische Zehnerpackung Disketten, er riß sie auf, steckte eine Diskette in den Computer, suchte die Beranek-Daten im Datei-Manager, fand sie schließlich in einem Unterverzeichnis mit mindestens hundert anderen, er wollte das ganze Verzeichnis kopieren, all die Daten hatten auf der einen Diskette gar nicht Platz, er brauchte eine zweite, dritte, vierte. Dann kopierte er noch zwei weitere Verzeichnisse, von denen er gar nicht wußte, was sie enthielten, und hörte erst auf, als er alle zehn Disketten verbraucht hatte.

Um elf war er zu Hause, Martin wollte gerade ins Bett gehen, Axel sagte, aber ja, es sei eine tolle Feier gewesen, aber er sei jetzt zu müde, um noch lange zu erzählen.

Am anderen Tag schlief er bis fast zu Mittag, dann stand er im Bad vor dem Spiegel, betrachtete seine kurzen Haare – als habe er sich mit dieser Frisur noch nie gesehen.

Dann saß er in der Küche, trank den Kaffee, den sein Bruder in der Früh gekocht hatte und der nun längst kalt war. Kurz dachte er daran, daß er vielleicht Wanek anrufen sollte, immerhin war er immer noch bei ihm angestellt, aber er schob es auf.

Dann stand er, immer noch in Unterhose und T-Shirt, mit seinem Saxophon in seinem Zimmer am Fenster und versuchte, das Solo von der Lenny-Krawitz-CD FIVE nachzuspielen, was ihm aber nicht gelang.

Dann saß er im Wohnzimmer, wollte Sandra anrufen, wieder war nur ihre Mutter da, und sie wußte angeblich nicht, wo Sandra war und wann sie nach Hause käme. Kurz dachte er daran, daß er vielleicht die Beranek anrufen sollte, aber er schob es auf.

Er kehrte, um sich anzuziehen, in sein Zimmer zurück und sah jetzt über einem Stuhl die Anzugjacke hängen, da fiel ihm etwas ein: Er griff in die Taschen und fand die Disketten.

Dann saß er, nach wie vor in Unterhose und T-Shirt, am Wohnzimmertisch vor dem Notebook und hörte schließlich, wie draußen die Wohnungstür aufgesperrt wurde. Martin kam heim.

»Servus«, sagte Axel, ohne aufzublicken. »Wieso bist'nn heut schon ...?«

»Was heißt? Es ist halb sieben.«

»Wahnsinn!«

»Warst du heut gar nicht aus dem Haus?«

»Komm her!« sagte Axel. »Schau dir das da an!«

Martin aber blieb mitten im Zimmer stehen und fragte: »Na? Was sagst'nn?«

»Wozu?«

»Sag bloß, du hast keine Nachrichten gehört? Dann weißt gar net, wer Bürgermeister wird ...?«

50

Der Chef, sagte Loitzenthaler und deutete zum leeren Stuhl am Kopfende des langen Tisches hin, habe sich entschlossen, diese Aufgabe selbst zu übernehmen. »Das ist auf jeden Fall eine hervorragende Ausgangsposition für den Kampf um den Bundeskanzler.«

Öllerer meldete sich jetzt zu Wort: Es wäre ihm schon lieber gewesen, wenn er das nicht aus dem Radio hätte erfahren müssen.

Loitzenthaler achtete nicht auf ihn: »Wir haben erreicht, was drin war. Wir haben mehr erreicht, als man uns zugetraut hat. Aber jetzt geht's erst richtig los. Ab heute läuft der Wahlkampf für den Nationalrat, und der Chef ...«, die übliche kleine Handbewegung nach rechts, »hat mich beauftragt, gemeinsam mit dem Bruno auch diesen Wahlkampf zu leiten. Wir werden, wenn alles nach Plan läuft, spätestens in einem halben Jahr Neuwahlen haben ...«

Rindfüssler lachte auf: »Da müßten die anderen aber schön teppert sein, wenn sie sich jetzt auf eine Wahl einlassen täten!«

Man könne Wahlen auch erzwingen, meinte Loitzenthaler, »und wir werden sie erzwingen, indem wir ... indem die Stadt Wien sich weigern wird, bestimmte Bundesgesetze zu vollziehen. Vor allem werden wir in Wien unsere eigene Ausländerpolitik machen und unsere eigene Beschäftigungspolitik – und zwar ganz bewußt gegen die geltende Gesetzeslage. Die Leut haben uns nicht gewählt, damit alles so bleibt, wie's ist, sondern damit was anders wird. Und das zeigen wir damit. Und außerdem kann sich der Bund das nicht gefallen lassen, dann haben wir die Neuwahlen ...«

Die Beranek hörte zu und schwieg. Wovon Loitzenthaler da redete, das war offenbar lange schon geplant worden, sie hätte fragen mögen, warum sie nichts davon wußte, aber lieber schwieg sie.

»Uns trifft der Erfolg nicht unvorbereitet« sagte Loitzenthaler jetzt wie als Antwort auf die Überlegungen der Beranek. »Die Pläne, was zu geschehen hat in den nächsten Monaten, sind generalstabsmäßig ausgearbeitet ... Die meisten von euch kennen sie ja in den Grundzügen ...«

Die Beranek kannte sie nicht, hatte nie davon gehört, weder Loitzenthaler noch der Chef hatten je ein Wort darüber gesagt.

»Wichtig ist«, fuhr Loitzenthaler fort, »in diesem Zusammenhang aber äußerste Zurückhaltung bei allen Äußerungen! *Jetzt wird aufgeräumt!*, sowas möcht ich nie wieder hören. Und diese sogenannte Ausländerrückführungsaktion gestern nacht war auch nicht sehr gescheit, ich möcht gar nicht wissen, wer dafür verantwortlich ist…«

Kaplaner, den die Beranek nur vom Sehen her kannte, fühlte sich angesprochen: »Mein Gott, das war doch ganz spontan, eine Gaudi, so im Siegestaumel halt, wie man sagt… Die Leut haben sich eine Hetz g'macht…«

Nun meldete sich Bruno: »Aber wenn die Polizei nicht Gottseidank drauf geschaut hätte, daß es keine Fernsehaufnahmen gibt… Wenn das im Ausland gezeigt worden wär…«

Loitzenthaler fiel ihm ins Wort: »Das bringt mich auf einen ganz wichtigen Punkt: Zusammenarbeit mit der Exekutive. Die Frau Doktor hat ja, wie man zugeben muß, sogar früher schon als die meisten von uns in der Zentrale erkannt, daß man die Exekutive intensiv betreuen muß…« Vom vereitelten Anschlag auf ein Wachzimmer sagte er kein Wort. »Die Basis der Exekutive ist für uns, die Zahl der Parteieintritte seit dem Sonntag ist enorm… Jetzt müssen wir einen Schritt weitergehen… – Bruno!«

»Danke, Loitzi. – Kurz gesagt: Die noch von den Roten eingesetzte Führung muß… Wir rechnen mit höchstens drei Wochen… Material haben wir wirklich genug, dann haben wir den Sicherheitsdirektor und den Polizeipräsidenten zum Rücktritt gezwungen und natürlich noch ein paar andere… Womit wir auch beweisen werden, daß das stimmt, was wir immer gesagt haben… Nämlich über den Sumpf von Korruption und Amtsmißbrauch, der da unter den Roten… Jedenfalls: Diese Leut werden durch Männer ersetzt werden, die begriffen haben, woher der neue Wind weht. Dann haben wir von der Seite her den Rücken frei.«

51

Eine lange Liste war auf dem Notebook-Display zu sehen. »Wofür hältst du das?« fragte Axel.

»Schaut aus wie … wie eine Schwarze Liste«, sagte Martin, der Schulter an Schulter neben ihm hockte. »Das gibt's doch überhaupt nicht!«

»Da! Wegenstein, Präsident des Oberlandesgerichts …«, las Axel. »Da! Anklage wegen Amtsmißbrauchs. Das heißt für mich, daß der ausgeschaltet werden soll, indem man ihn …«

Martin drückte zweimal auf die PAGE-DOWN-Taste: »Diese B-Liste, das sind, glaub ich, alles Journalisten … Da, das ist der, der über den mit der Multiplen Sklerose geschrieben hat …«

»Ewig werden wir das bestimmten Journalisten nicht erlauben, daß sie Lügen über uns verbreiten«, sagte Axel und dann, auf einen fragenden Blick seines Bruders hin: »Das hat der Krennhofer einmal gesagt.« Daß es die Beranek von ihm übernommen und ein paarmal bei Veranstaltungen gesagt hatte, verschwieg Axel.

Zweimal PAGE DOWN, eine C-Liste war da: »Das sind Schriftsteller und … so Theaterleut und … Von dem da hab ich einmal einen Film gesehen …«

»Martin, wenn's keine Schwarze Liste ist, dann sag mir, was das sonst bedeutet!«

»Das sind meiner Meinung nach die exakten Pläne, was nach der – wie soll ich sagen? – nach der Machtergreifung geschehen soll … Das ist doch nicht alles aus dem Computer im Bezirksbüro?«

»Der hängt im Netz mit'm Computer in der Zentrale, da kommst spielend rein …« Axel ließ die eine Diskette herausschnappen, schob eine neue ein, klickte mit dem Trackball, tippte auf der Tastatur herum, auf dem Display erscheinen »Karteikarten«, mit dem Tabulator konnte man blättern, er schlug seine eigene Karte auf.

Martin las und schrie dann: »Hörst, woher wissen die, was der Vater ...? Hörst, ich glaub, ich spinn! Bitte woher wissen die, wieviel *ich* im Monat verdien? Das ist ... Ein Wahnsinn ist das! – Aber da! Was heißt'nn das? Du warst doch nie in Angola?«

»Nein, nur in Zimbabwe.« Aber Axel hatte noch mehr vorzuführen, sogenannte Zukunftspläne, zwei Disketten waren voll davon.

Martin las hinein und lachte dann: »Wenn das die Methoden sind, mit denen sie die Arbeitslosenziffern senken wollen, da werden sich manche Leut aber anschauen, nämlich grad von denen, die DIE DEMOKRATEN gewählt haben ... Aber das hat ja eh niemand geglaubt, dem's nicht ins Hirn geschissen haben, daß es denen um die sogenannten kleinen Leut geht ...«

»Doch«, sagte Axel, »bei den Veranstaltungen hab ich viele gesehen, die daran geglaubt haben.«

»Da, das ist super!« spottete Martin. »Drogenabhängige und Asoziale verschwinden aus dem Wiener Stadtbild«.

»Und wohin verschwinden sie?«

»Kannst alles lesen, steht alles da«, sagte Martin. »Sonderabteilungen auf dem Steinhof ... Geschlossene Anstalten ... Wegsperren mit einem Wort. Wenn man sie nicht mehr sieht, gibt es sie nicht mehr. Und wieder ist ein Problem gelöst.«

»Damit sind die meisten Wähler der DEMOKRATEN garantiert einverstanden ...«

»Nicht nur die!« meinte Martin.

»Aber das andere ... Die Arbeitslosen, die geglaubt haben ... Ich hab die Leut doch gesehen bei den Veranstaltungen, Vierzig-, Fünfzigjährige, die keine Arbeit mehr finden, die haben geglaubt, wenn DIE DEMOKRATEN kommen, dann ...«

»Dann wird alles anders. – Na und? Vielleicht nicht?«

»So haben sie sich das, glaub ich, nicht vorgestellt.«

»Da gibt's so einen Spruch: Nur die dümmsten Kälber wählen sich ihre Schlächter selber. Das hat der Großvater immer gesagt, kannst dich erinnern?« fragte Martin. »Geh, da vorn war ein Querverweis auf das Wirtschaftsprogramm, das muß ich sehen!«

»Wenn ich das hab, dann auf einer anderen Diskette.« Sie suchten und fanden es, Martin las und schüttelte immer wieder den Kopf: »Wenn die das ein Wirtschaftskonzept nennen, na servas!«

»Was heißt das?«

»Heiße Luft«, meinte Martin. »Kannst auch sagen: ein Schas im Wald. Aber nur ein ganz leiser. Für eine Proseminar-Arbeit an der Wirtschaftsuni wär das zu dilletantisch!«

52

Die Landesparteileitungssitzung war zu Ende, und Bruno, der eben noch am Handy angerufen worden war, aber nicht mehr gesagt hatte als »Ich verstehe, alles klar«, kam um den Tisch herum zur Beranek: »Frau Doktor, es hat seinerzeit gewisse Bedenken gegen den Axel gegeben. Sie sind hundertprozentig von seiner Loyalität überzeugt?«

»Zweihundertprozentig. – Gibt's einen besonderen Grund, warum Sie das fragen?«

»Nein, überhaupt nicht.« Bruno wartete, bis er mit Loitzenthaler allein war, und sagte dann: »Die kleine Drecksau hat gestern in der Nacht im Computer herumgestierlt.«

»Aber! Das war nicht g'scheit von ihm!« meinte Loitzenthaler, und die Frage, ob er diese Nachricht an den Chef weitergeben sollte, konnte ihm auch Bruno nicht beantworten.

Er war wieder einmal zum Rapport ins Penthouse bestellt, und wieder erfüllte ihn Ehrfurcht, als er im Glaszylinder von unten her direkt in den riesigen Wohnraum schwebte.

Er fand den Chef vor der Spiegelwand stehen, die den Raum noch einmal so groß erscheinen ließ, er trug einen eigenwillig geschnittenen schwarzen Anzug, drehte und wendete sich, um sich von allen Seiten im Spiegel betrachten zu können, und neben ihm stand erwartungsvoll ein kaum dreißigjähriger, sehr blonder Mann. »Von der Tendenz her ist das schon richtig«, sagte der Chef zu ihm, »aber irgendwas fehlt noch. Vielleicht kann man das Revers noch schmäler machen oder ganz weglassen. Es schaut zu brav aus, zu bieder. Wenn ich zum ersten Mal im Gemeinderat auftret, dann muß das auch optisch ein Signal sein...«

Der Mann, ein Schneider offenbar, ein Couturier, verbesserte sich Loitzenthaler in Gedanken sofort, der Couturier also schlug dem Chef vor, doch auch den anderen Entwurf noch zu probieren.

Und während er sich nun umzog, wandte sich der Chef endlich an Loitzenthaler. »Diese sogenannte Ausländerrückführungsaktion...«, fing er an, aber weiter kam er nicht, denn Loitzenthaler versicherte augenblicklich, die Verantwortlichen würden zur Rechenschaft gezogen, er garantiere persönlich dafür, daß so etwas nie wieder vorkäme.

»Wieso denn?« lachte der Chef, der nun in Unterhosen dastand. »Soll eine Gaudi gewesen sein. Und keinem ist ein Haar gekrümmt worden.«

»Nein, natürlich nicht«, Loitzenthaler kam sich blöd vor.

»Sowas ist ein Signal«, erläuterte der Chef, »da merken die Leut, daß sich jetzt was ändert.« Manches sei ja leider nicht zu ändern, führte er dann aus. Die ganze Arbeitslosenproblematik zum Beispiel. »Wenn man da wirklich was machen könnt, dann hätten's die anderen schon lange getan. Aber das sind globale Probleme, die kann man nicht lokal lösen. Folglich kann man damit auch nicht punkten. Punkten kann man mit deutlichen Signalen. Die Leut haben uns nicht gewählt, damit alles so bleibt, wie's ist, sondern damit was anders wird.« Diesen Satz hatte Loitzenthaler wenigstens einmal schon von ihm gehört. »Und das muß auch der Blödeste mitkriegen!«

»Ich verstehe«, sagte Loitzenthaler und nahm sich vor, sich das Stichwort Signal zu merken.

(»Und wenn die draufkommen, daß ich das kopiert hab?« fragte Axel, aber Martin antwortete nicht, sondern las vor, was jetzt auf dem Notebook-Schirm zu lesen stand: »Die sogenannten demokratischen Grundrechte bleiben so lange in Kraft, bis etwa ein linker Terroranschlag sowohl die Voraussetzungen als auch die Notwendigkeit schafft, sie zum Schutz des Staates und seiner Bevölkerung teilweise außer Kraft zu setzen beziehungsweise zu suspendieren…« Martin lehnte sich jetzt zurück und sagte leise: »Das muß ich völlig falsch verstehen, weil sonst würde das nämlich bedeuten…«

»Martin, sag, daß wir uns da irgendeinen Blödsinn zusammenreimen!« bat Axel, aber sein Bruder schüttelte nur den Kopf.)

Mit dem zweiten, für Loitzenthalers Geschmack noch eigenwilligeren Anzug war der Chef zufrieden, ja, genau so etwas habe er sich vorgestellt!, und der Couturier strahlte.

Der Chef aber wandte sich wieder an Loitzenthaler. »Den Leuten geht's ja nicht schlecht«, fing er an, offenbar gewillt, wieder einmal Grundsätzliches zu erörtern. »Die Leute haben nur das Gefühl, daß es ihnen nicht gut geht. Also muß es ihnen auch nicht besser gehen, sondern sie müssen das Gefühl haben, jetzt wird's besser, jetzt geht's aufwärts.«

Loitzenthaler hatte verstanden. »Und dafür brauchen wir Signale«, sagte er und erntete dankbar einen zufriedenen Blick des Chefs, der also fortfuhr: »Zu allererst verschwinden die Drogenabhängigen und die Sandler aus dem Stadtbild, die müssen weg von der Straße! Damit fängts einmal an. Die Veränderungen müssen im Stadtbild sichtbar werden!« Gleichzeitig aber müßten, auf daß die guten Leute da draußen nicht euphorisch würden, neue Bedrohungsszenarien entwickelt werden, die ein Zusammenstehen erforderten, Österreich werde – in diese Richtung etwa werde man argumentieren – von Millionen von auswanderungswilligen Albanern und Ukrainern bedroht, Millionen und Abermillionen von Schwarzafrikanern würden sich demnächst aufmachen, um die Festung Europa zu belagern ...

Was der Chef ihm dann weiter erläuterte, beschäftigte Loitzenthaler auch am anderen Morgen noch, als er mit Bruno in der Prater Hauptallee joggte, diesmal war auch Krennhofer dabei, in der Nacht hatte Loitzenthaler ihn noch für halb sieben hierherbestellt.

»Kann' sein«, fragte er im Laufen, »daß der Schnötzingerin ihr Gigolo die Wirtschaftskonzepte auch kopiert hat?«

»Das, bitte, ist doch scheißegal«, meinte Bruno, »die ganzen Listen sind ja wohl brisanter.«

»Das ist eben nicht scheißegal«, wußte Loitzenthaler. Der Chef habe ihm gestern abend erklärt, daß die Wirtschaftskonzepte noch nicht voll ausgereift und ausformuliert seien. Auch seien es Oppositionskonzepte, nur sehr bedingt verkaufbar, sobald man, womit man nun rechnen müsse, selber die Regierung stelle, denn alle suggerierten sie, daß man selbst für alle Wirtschaftsprobleme die Lösungen kenne, diese aber würden von den derzeit Regierenden strikt abgelehnt. Sobald man selber regiere, würden diese Konzepte auf ihre Umsetzbarkeit geprüft werden und bestünden sie diese Prüfung nicht, könne man die Schuld nicht mehr so einfach den Roten und den Schwarzen zuschieben, allenfalls könne man ja davon sprechen, man habe eine desaströse Erbschaft antreten müssen, aber das alles, hatte der Chef ausgeführt, sei noch nicht wirklich ausgereift, müsse vor allem erst noch griffig formuliert werden ...

»Ich hab die Schnötzingerin noch gewarnt ...«, sagte Krennhofer, der zwei Schritte hinter den beiden anderen herlief.

»Von wem kann er das Paßwort haben?« wollte Loitzenthaler wissen.

»Von mir net!« meinte Krennhofer, dann schrie er plötzlich auf: »Herrgott, die Isolde, dieser Trampel! – Was kann die kleine Drecksau jetzt machen mit den Disketten?«

»Also die Zeitungen«, überlegte Bruno, »die haben uns grad

bestätigt, daß wir demokratisch gewählt worden sind ... Ich glaub nicht, daß die sich jetzt wirklich mit uns anlegen möchten – wegen ein paar Leuten, denen's an den Kragen gehen soll, und das ja eh nur bildlich gesprochen.«

Loitzenthaler aber kam noch einmal auf die Wirtschaftskonzepte zu sprechen, er habe sich nie darum gekümmert, habe sie nicht einmal gelesen, aber wenn sie so beschaffen seien, wie der Chef gestern angedeutet habe, dann sollte sie wohl besser niemand zu Gesicht bekommen: »Unsere Wirtschaftskompetenz darf nicht in Zweifel gezogen werden!«

Eine Weile liefen sie schweigend, leichter Nebel stieg von den Wiesen auf, der Herbst kündigte sich an. Bruno schlug vor, das Tempo zu verschärfen: »Und dann nach dem Duschen werd ich mich gleich einmal um die kleine Drecksau kümmern.«

53

Die Türklingel schrillte, Axel wachte auf davon, er sagte, obwohl niemand ihn hören konnte »Ich komm ja schon«, ging hinaus ins Vorzimmer, wollte aufsperren, schaute aber dann doch durch den Spion und sah draußen auf dem Gang Bruno stehen.

»Augenblick! Ich zieh mir nur schnell was an.« Axel lief zurück in sein Zimmer, schlüpfte in die Jeans, und als er ins Wohnzimmer zurückkam, sah er die Disketten auf dem Tisch liegen, er nahm sie an sich, aber wohin damit?

Immer noch schrillte die Klingel, jetzt ließ Bruno draußen den Knopf gar nicht mehr los. An der Garderobenwand im Vorzimmer sah Axel seine Lederjacke hängen, die er schon mindestens eine Woche lang nicht mehr getragen hatte. Er steckte die Disketten in die Innentasche, dann öffnete er die Tür und sah, daß Bruno nicht allein gekommen war. Ein Mann war bei ihm, den Axel noch nie gesehen hatte, älter als Bruno, er hätte, wäre da nicht sein eleganter Anzug gewesen, Taxifahrer sein können oder Installateur oder Polizist.

Bruno sagte kein Wort, sondern stieß Axel vor sich her durch den Vorraum ins Wohnzimmer hinein, dann streckte er einfach die rechte Hand aus, Handfläche nach oben. Axel tat, als verstünde er nicht, da sagte Bruno: »Komm, gib die Disketten her, und wir sagen, es war nix.«

»Was für Disketten? Wovon redest du?«

»Mach mich nicht bös!« Bruno lachte zuerst zu Axel hin, dann zu seinem Begleiter, der an der Tür Aufstellung genommen hatte. »Für wie teppert haltst uns denn? Der Zentralrechner protokolliert ganz genau, wer wann wo hineinwill. Und am Sonntag in der Nacht war jemand in dem einen Computer. Der Krennhofer oder die Isolde können's nicht gewesen sein, die waren bei der Siegesfeier. Bis zum Ende. Du nicht. Also warst es du!«

Er würde alles tun, um die Disketten zu kriegen, und er würde nicht zimperlich sein, Axel wußte es und wunderte sich, daß er keine Angst spürte.

»Gib die Disketten her, und wir lassen's gut sein«, sagte Bruno noch einmal.

»Okay, okay«, Axel versuchte zu lachen, »ich war drin im Computer, aber kopiert hab ich nichts ...«

Da trat Bruno einen Schritt auf Axel zu und ohrfeigte ihn. »Du begreifst offenbar doch nicht so schnell, wie die Schnötzingerin behauptet.«

Axel sagte nichts, rührte sich nicht, blickte Bruno nur ins Gesicht, und es erstaunte ihn: Immer noch keine Angst.

Bruno schien das zu spüren, er blickte sich um, offenbar dachte er nach, dann sagte er: »Die Wohnung da gehört deinem Bruder, nicht? Der kauft gern schöne Sachen ein, wie ich seh. Ich glaub nicht, daß ihm seine Wohnung noch gefallen würde, wenn du darauf bestehst, daß wir die Disketten selber suchen.«

»Für wie blöd haltst du mich?« schrie Axel jetzt. »Glaubst du wirklich, daß ich die da in der Wohnung hab?«

»Axel, übernimm dich nicht! Du hast keine Chance. Also spiel jetzt nicht den Superschlauen.« Bruno wandte sich an seinen Begleiter an der Tür: »Ich tät sagen, wir fangen doch da einmal zu suchen an.«

»Ich hab die Disketten nimmer«, sagte Axel schnell, und weil ihm nichts anderes einfiel: »Ich hab sie weggeschmissen.«

»In die Donau, was?« Bruno sah aus, als würde er Axel gleich wieder ohrfeigen.

»Die Disketten sind ... in einem Schließfach sind die.«

»Auf welchem Bahnhof? Her mit dem Schlüssel!«

Da Axel nicht sofort reagierte, packte ihn Bruno an den Schultern, drängte ihn an die Wand: »Ich frag jetzt zum letzten Mal.«

Und da hatte Axel nun, fast erleichtert stellte er es fest, auf einmal Angst. »Die Disketten sind ...« Was sollte er nur sagen? »Die Beranek hat sie.«

Bruno ließ ihn los. »Okay, dann fahren wir zu ihr.« Er stieß Axel hinaus ins Vorzimmer, Axel schlüpfte in die Lederjacke, Bruno stieß ihn auf die Wohnungstür zu, aber Axel sagte, daß er sich Schuhe anziehen müsse, die seien in seinem Zimmer. Bruno begleitete ihn, und als Axel dann im Wohnzimmer das Handy nahm, sagte Bruno: »Mach keinen Blödsinn, mach dich nicht unglücklich!« Als aber Axel nicht telefonieren, das Handy nur einstecken wollte, grinste er.

Der Mann, den Axel nicht kannte, ging auf der Treppe voran, Bruno ging hinter Axel her. Vor dem Haus stand ein großer BMW, der fremde Mann setzte sich hinters Lenkrad, Bruno öffnete die hintere Tür, schob Axel hinein, setzte sich neben ihn. Sie fuhren hinaus auf den Rennweg, hinunter zum Schwarzenbergplatz.

»Was ist gescheiter um diese Tageszeit«, fragte der Mann hinterm Steuer, »über die Zweier-Linie oder über den Ring?«

»Zweier-Linie«, sagte Axel, obwohl die Frage gewiß nicht an ihn gerichtet war.

Tatsächlich aber reihte sich der Mann auf dem Schwarzenberg-Platz ein, um nach links abzubiegen. Die Ampel in Richtung Karlsplatz zeigte rot, der BMW stand auf den Straßenbahnschienen, und Axel dachte, wenn jetzt, wie es ihm selbst schon oft passiert war, der D-Wagen oder ein 71er daherkam und der verstellten Schienen wegen bimmelte, dann würde er die Gelegenheit nützen und einfach aus dem Wagen springen. Aber es kam keine Straßenbahn, die Ampel sprang auf grün, sie fuhren los.

Auch die Ampel an der Kreuzung Operngasse stand auf grün, aber davor staute sich der Verkehr. »Das ist da jeden Tag mindestens zehnmal so«, sagte Axel, »ein paar Idioten fahren im letzten Augenblick noch in die Kreuzung hinein und blockieren dann alles.«

Weder Bruno noch der Fahrer antworteten ihm.

Die Ampel wurde rot, der Querverkehr in der Operngasse fing träge zu fließen an, die Ampel wurde gelb, immer noch fuhren da vorne Autos in die Kreuzung hinein, und als die Ampel wieder grün zeigte, war die Kreuzung erneut verstopft.

»Das kann eine halbe Stunde dauern oder noch länger«, sagte Axel, »hab ich alles schon erlebt.« Wieder blieb er ohne Antwort, dann schrie er auf einmal: »Da drüben! Ich werd wahnsinnig! Das packst ja net!«

Da schauten Bruno und der Fahrer neugierig zuerst nach der einen, dann nach der anderen Seite, konnten aber nichts entdecken, worauf Axels Ausruf sich hätte beziehen können. Inzwischen war Axel aus dem Wagen gesprungen, rannte auf das Café Museum vorne an der Kreuzung zu. Als er sich umdrehte, sah er, daß Brunos Begleiter aus dem BMW gestiegen war und Anstalten machte, ihm nachzulaufen, da fing aber der Verkehr wieder zu rollen an. Axel kam beim Abgang zur U-Bahnstation an, da hörte er Hupen, wieder blickte er sich um und sah, daß das Hupen Brunos Begleiter galt.

(»Steig endlich ein!« schrie Bruno drinnen im Wagen. »Den hättest sowieso nicht erwischt.«

»Ich schlag vor«, meinte sein Begleiter, als er endlich wieder losfuhr, damit das Hupkonzert aufhörte, »wir schauen uns die Wohnung doch genauer an.«

»Nein«, Bruno blieb gelassen, »so blöd ist er nicht.«)

Als Axel hinunter in die U-Bahnstation Karlsplatz kam, sah er zuallererst Polizisten, zwanzig oder noch mehr, er wollte sofort umdrehen, ein Reflex: Polizei sehen und wegrennen wollen. Aber vor den Polizisten war er nicht auf der Flucht, von ihnen hatte er nichts zu befürchten, freilich im Zweifelsfall vermutlich auch nichts zu erwarten.

Eine Razzia war im Gange, Junkies und Sandler wurden eingesammelt, in Handschellen gelegt und abgeführt. An den Rändern der Szene Rambo-Typen mit Helm, schußsicherer Weste und Maschinenpistole, der eine oder andere mit einem Hund an der Leine. Ein Aufgebot, als gelte es einem bewaffneten Aufstand zu begegnen, im lächerlichen Kontrast dazu der blöd-starre Blick eines Fixers, der sich kaum auf den Beinen halten konnte, das sabbernde Brabbeln eines alten Mannes, der selbst im Wintermantel, den er trug, zu frieren schien und mit seinen gefesselten Händen einen Billa-Sack fest umklammert hielt, in dem vermutlich all seine Habe steckte.

Hinter den Rambos ein paar Pensionisten, männlich und weiblich, die männlichen hatten den gleichen entschlossenen Jetzt-wird-aufgeräumt!-Blick wie die harten Burschen in den Kampfanzügen, deren Maschinenpistolen auch ihnen Kraft und Macht zu verleihen schienen. Und wenn sie auch selber nicht Hand anlegen durften, konnten sie doch ihrer Zustimmung Ausdruck verleihen: Jetzt gehe es mit denen endlich wieder in einem anderen Ton, jetzt wehe der Wind endlich wieder aus einer anderen Richtung; die heilsame Wirkung von Arbeitslagern wurde angepriesen, bei Wasser und Brot müsse man die arbeiten lassen, dann kämen sie schon wieder auf den rechten Weg, »und einmal am Tag g'hörn s' herdroschen wie die Bären.«

Es fängt an! dachte Axel. Gestern noch hab ich davon gelesen, heute fängt's schon an, sie verlieren wirklich keine Zeit.

Dann fiel ihm ein, daß Bruno und sein Begleiter auf dem Weg zur Beranek waren, er mußte sie warnen, er rief bei ihr zu Hause an, aber das Telefon war besetzt.

Ruhig bleiben, ein paar Minuten spielten jetzt keine Rolle! Bruno und der andere, sie konnten jetzt noch nicht einmal beim Volkstheater sein, bis hinaus in die Lanzgasse würden sie wenigstens noch zwanzig Minuten brauchen. Aber was, wenn sie den BMW längst irgendwo abgestellt hatten? Dann konnten sie schon hier unten sein, konnten im nächsten Augenblick neben ihm stehen. Und von der Polizei hatte er dann keine Hilfe zu erwarten. Hier unten saß er, wenn es darauf ankam, in der Falle, er mußte wieder hinauf auf die Straßen, er wollte losrennen, der nächste Ausgang – in Sichtweite! – hätte ihn in den Resselpark geführt, aber dann hätte er an den Polizisten vorbeilaufen müssen, und sie hätten vermutlich sein Laufen mißverstanden, also rannte er den langen Tunnel Richtung Oper entlang. Ein alter Mann schrie hinter ihm her »Da! Der kommt euch aus!«, aber niemand verfolgte ihn.

In der Opernpassage angekommen, fiel ihm die Geschichte mit Gicko ein, damals schon hätte er etwas kapieren müssen, aber was hatte er jetzt von dieser Einsicht? Er blieb stehen, sah sich um, drückte auf dem Handy den YES-Knopf, um die Nummer der Beranek noch einmal zu wählen. Dann hatte er sie am Apparat, während er auf die Rolltreppe zur Kärntnerstraße zuging, erzählte er ihr, was zu erzählen war, und sie schrie: »Du Idiot! Herrgott, was bist du für ein Idiot!«

Axel drückte auf NO, daß er ein Idiot war, wußte er längst selbst. Er rief Martin an, erzählte, erwähnte dabei freilich nicht, daß sehr wohl die Möglichkeit bestand, daß Bruno die Wohnung durchsuchte, bat Martin aber, er möge versuchen, Sandra zu erreichen. »Wenn ich anruf«, sagte er, »hab ich das Gefühl, daß sie einfach nicht an den Apparat geht. Probier's du bitte! Ich muß sie treffen, heute noch ... Wart, irgendwo, wo ich sonst nie hingeh. Sagen wir, im Restaurant am Westbahnhof... Ich ruf dich in einer Stunde wieder an, vielleicht hast du die Sandra bis dahin schon erreicht.«

Dann ging Axel die Kärntnerstraße hinunter, langsam, da und dort blieb er vor einem Schaufenster stehen. Er fühlte sich auf einmal wie in einem Film, er wurde verfolgt, er war in Gefahr, ja, sehr wahrscheinlich war er wirklich in Gefahr, das kannte er nur aus dem Kino, ihm fiel nur ein, was die Leute in solchen Fällen in den Filmen taten: langsam gehen, nicht auffallen. Wenn er sich umdrehte, um nach möglichen Verfolgern Ausschau zu halten, tat er, als sähe er einem Mädchen nach, dann wieder blieb er stehen und beobachtete seine Umgebung im Spiegel einer Auslagenscheibe.

(»Hören S', wie reden Sie mit mir!« schrie die Beranek.

»Ich weiß net, ob Ihr Tonfall gar so passend ist«, meinte Bruno. »Nach dem, was Ihr Buberl da angestellt hat, schaut's für Sie auch nicht so gut aus.«

»Wie's für mich ausschaut, bestimmen ganz bestimmt nicht Sie! Ich hab grad mit dem Chef telefoniert, und wenn was zu klären ist, dann klär ich das mit ihm. Mit Ihnen bestimmt nicht!«)

Die eine Stunde, die Axel hatte warten wollen, wurde ihm lang, länger als ein paar Minuten hielt das Kino-Gefühl nicht an, dann wich es nackter Angst. Endlich rief er Martin wieder an, der hatte tatsächlich mit Sandra gesprochen, gerade im Weggehen habe er sie noch erwischt, und er habe sie auch überreden können, »frag mich nicht wie!«, sich mit Axel zu treffen, wenn es denn sein mußte auch im Restaurant am Westbahnhof, aber es gehe erst um zehn am Abend, den ganzen Tag über habe sie auf der Uni zu tun. Sie habe übrigens, erzählte Martin, jetzt endlich einen Job in Aussicht, wo genau, das habe er allerdings schon wieder vergessen.

»Danke, Martin«, sagte Axel. Und dann: »Du, Martin, wennst heimkommst, sei vorsichtig und schau zuerst, ob niemand in der Wohnung ist ... – Wenn jemand anruft oder so, du weißt nicht, wo ich bin ...«

Er kam auf dem Stephansplatz an einem Bankomaten vorbei und hob fünftausend Schilling ab, wahrscheinlich war es jetzt, da er nicht wußte, was auf ihn zukam, nützlich, wenn er ein wenig Geld eingesteckt hatte.

Er ging über den Graben, da meldete sich sein Handy, er dachte zuerst an Martin, dann an die Beranek, aber das Display zeigte die Nummer der Parteizentrale. Annehmen? Er nahm an. Bruno war am Apparat: »Ah, servas, Axel, schön, daß ich dich erwisch«, es klang beinahe fröhlich. »Ich sag dir jetzt was, Axel, jetzt hören wir auf mit der kindischen Spielerei, verstehst mich? Du möchtest bestimmt nicht, daß irgendwer, der gar nichts damit zu tun hat, deinetwegen in Gefahr kommt, oder? Dein Bruder zum Beispiel oder die Musiker, mit denen du früher gespielt hast ...«

»Hör zu, Bruno«, sagte Axel und wußte noch nicht, was er sagen sollte, aber Bruno ließ ihn ohnehin nicht weiterreden: »Axel, wir diskutieren jetzt net lang herum, du weißt, was du zu tun hast!«

(Bruno legte auf, und Loitzenthaler fragte: »Du meinst wirklich, daß er sich so leicht einschüchtern läßt?«

»Schwer zu sagen«, meinte Bruno. »Vielleicht sollten wir der kleinen Drecksau wirklich zeigen, daß wir's ernst meinen. Ich könnte wen in der Wohnung von seinem Bruder vorbeischicken oder in den Proberaum von der Band ...«

Loitzenthaler hielt das nicht für notwendig, nicht jetzt. Wirklich gefährlich seien die Disketten kaum, höchstens wenn Axel damit zu den Roten gegangen wäre ...

»Aber das hat er nicht getan«, sagte Bruno, »ich wüßte sonst was davon, ich hab mich erkundigt.«

Loitzenthaler grinste auf einmal: »Es gibt nichts Schlechtes, was nicht auch was Gutes hätte.«

»Und was es sonst noch für schöne Sprüche gibt«, sagte Bruno.

»Die kleine Drecksau«, begann Loitzenthaler, »wird mit den Scheißdisketten nicht viel anfangen können, wahrscheinlich gar nichts. Aber das müssen wir zum Beispiel der Schnötzingerin nicht sagen, die soll ruhig ein bisserl zittern ...«

Bruno schüttelte den Kopf: »Die Schnötzinger schießen wir so auch ab, wenn wir wollen. Ich hab kein gutes Gefühl dabei ... Wir sollten zuerst schauen, daß wir die Disketten kriegen, alles andere kommt danach. Laß mich die Geschichte auf meine Art angehen, dann hab ich die Disketten bis spätestens am Abend.«

»Nein. Mir geht da was durch den Kopf, ich kann noch nicht sagen, was dabei herauskommt, aber ... Möglicherweise kann die kleine Drecksau noch was ganz Wichtiges für uns tun ...«

Nun grinste Bruno: »Ich weiß nicht, ob wir das gleiche denken, aber was ich denke, darüber sollte ich dir lieber nichts sagen, weil damit sollte die Partei besser nie in Verbindung gebracht werden.«)

54

Sie legte den Telefonhörer auf, und ihre Stimme zitterte vor Wut: »Landtagspräsidentin. Ich werd nicht Kulturstadträtin, sondern Landtagspräsidentin.«

Protokollarisch, meinte Schnötzinger, sei das die Nummer zwei nach dem Bürgermeister, aber natürlich müsse man es als Abschiebeposten sehen, denn gestalten könne eine Landtagspräsidentin rein gar nichts. »Du hast auf die Geschäftsordnung zu achten«, Bitterkeit auch in seiner Stimme, »und wenn möglich hübsch auszusehen.«

(Wie er den Tag denn verbracht habe, fragte Sandra, und Axel wußte es nicht mehr. Er erinnerte sich, daß er in seine Wohnung, von der Sandra noch nichts wußte, in die Josefstädter Straße hatte gehen wollen, es aber nicht gewagt hatte, er mußte den ganzen Tag herumgelaufen sein in der Stadt, um neun war er dann schon zum Westbahnhof gekommen, war zweimal durchs Restaurant gegangen, um sich umzusehen, ehe er sich hinsetzte.

»Wennst willst«, sagte Sandra jetzt, »von mir aus kannst bei mir übernachten. Meine Mutter wird sich zwar wundern, weil die glaubt nämlich ... Aber das ist ja wurscht.«

»Danke«, sagte Axel, »aber ... Du, die wissen alles, die wissen genau, wo du wohnst. Ich muß mir ein Hotelzimmer nehmen. Da gleich ein Stückel die Mariahilferstraße rauf, da ist ein Hotel ...«

»Übertreibst da nicht ein bissel?«

Axel schüttelte nur den Kopf.

»Wennst willst, ich komm mit«, sagte Sandra nach einer Weile. »Weil, wie man sieht, wenn man dich allein läßt, schon baust irgendeinen Scheiß ...«)

Dafür habe sie nicht fünf Wochen lang Tag und Nacht geschuftet! schrie die Beranek, sie hatte sich schon ein wenig beruhigt gehabt, nun war die Wut plötzlich wieder da. »Er traut sich nicht, sich mit der linken Kulturmafia anzulegen, das feige Schwein!« Aber sie wußte, daß das nicht der Grund war. Auch die Geschichte mit Axel, dem blöden Buben, dem blöden, war nicht der wirkliche Grund. »Er hat mich reingelegt. Und dich auch. Daß ich Kulturstadträtin werde, daran hat er nie auch nur eine Sekunde lang gedacht.«

»Hat er etwas in dieser Richtung gesagt?«

»Nein. Aber ich weiß es. Frag mich nicht warum, ich weiß es einfach, und ich hätte es von Anfang an wissen müssen.«

Schnötzinger schlug das Notizbuch auf, das neben dem Telefon lag: »Dann wird man den Herrn eben mit allem Nachdruck an bestimmte Dinge erinnern müssen!« Er wählte, aber eine Frauenstimme sagte ihm, der Chef sei im Augenblick nicht zu erreichen, nein, auch nicht unter den anderen Nummern. Er sei im Augenblick sehr beschäftigt, werde aber gewiß zurückrufen, das könne freilich ein wenig dauern.

»Ich krieg ihn zu fassen«, sagte Schnötzinger, »und was ich ihm dann sage, wird er sich nicht hinter den Spiegel stecken wollen. Ich werd ihm schonend beibringen müssen, daß ich gewisse Möglichkeiten hab, von denen er vielleicht gar nichts ahnt ...« Schon hatte er den Telefonhörer wieder abgenommen: »Ich werd der Sekretärin, oder wer das auch ist, jetzt einmal klarmachen, daß der gute Mann für mich sehr wohl zu sprechen ist ...«

»Langsam«, sagte da die Beranek. »Bringen wir zuerst die blöde Geschichte mit dem Axel in Ordnung.« Wie das zu bewerkstelligen sei, schien sie allerdings nicht zu wissen.

Schnötzinger legte den Hörer wieder auf. »Ruf ihn einfach an!«

»Wo denn? Er ist irgendwo untergetaucht.«

»Hat er denn nicht so ein Funktelefon?« fragte Schnötzinger, und die Beranek hatte, sie mochte die Handies immer noch nicht, tatsächlich nicht daran gedacht. »Das ist ja heut«, meinte Schnötzinger, »sehr praktisch, man kann sogar einen anrufen, der sich versteckt.«

»Und was soll ich ihm sagen? Er hat sich gegen uns gestellt, und er weiß zu viel.«

(Sandra hatte sich schon hingelegt, Axel saß neben ihr auf der Bettkante.

»Gib ihnen halt die g'schissenen Disketten!« sagte sie. »Schick s' ihnen von mir aus per Post!«

»Die Disketten sind ein Beweis! Damit kann man die stoppen! Ich mein: vielleicht.«

«Du willst aber net den Helden spielen, oder?«

Axels Handy läutete, aber Sandra war schneller als er, sie nahm das Gerät und drückte den No-Knopf.)

55

Ins Fernsehzentrum hatte Axel nicht kommen wollen, vielmehr einen »neutralen« Treffpunkt vorgeschlagen. Doktor Löschenkohl, der Redakteur, den er seit dem Gespräch über die zusätzlichen Minuten für das Report-Interview kannte, hatte über so viel Vorsicht zuerst nur gelacht, dann gemeint, er könne nicht seine Zeit damit verbringen, durch die halbe Stadt zu fahren, schließlich aber einen Treffpunkt außer Haus akzeptiert, wenn er nur ganz in der Nähe wäre. So saßen sie nun beim Bergwirt am oberen Ende der Maxingstraße, und der Redakteur sagte: »Na gut, ich geb Ihnen zehn Minuten im Report.«

Meinte er damit, daß Axel selbst auftreten sollte? Damit hatte er nicht gerechnet, und das konnte er nicht.

»Die Disketten besagen gar nichts«, erklärte der Redakteur. »Die können auch gefälscht sein. Wenn wir was aufdecken wollen, dann muß sich jemand hinstellen, eine glaubwürdige Person, die sagt: So ist das, ich war einmal Mitarbeiter von denen, ich weiß, was die planen, und ich hab Beweise.«

Einen Augenblick lang war Axel versucht zu sagen, gut, ja, ich stell mich hin, aber er wußte, er würde es nicht können, und schlimmer noch, wenn er es täte, sie würden ihn dafür fertigmachen.

»Sie haben Angst vor denen, ja?« fragte Löschenkohl.

Axel schwieg, dann nickte er und schwieg wieder eine ganze Weile.

»Naja, vielleicht haben Sie recht, vielleicht müssen Sie Angst haben vor denen, vielleicht müssen wir alle Angst haben. Wüßt nicht, wer die Demokraten jetzt noch aufhalten könnte. Ob einem das gefällt oder nicht, es ist so. Mir gefällt's nicht. Also muß ich was dagegen tun, nicht? Also, ich tu was, ich geb Ihnen, wie gesagt, zehn Minuten Sendezeit. Mehr können S' nicht verlangen.«

»Eh nicht, aber ...« Was sollte Axel darauf sagen!

»Vergessen Sie's!« sagte da der Redakteur auf einmal. »Sogar wenn ich Ihnen wirklich die Zeit geben wollt, ich könnt's gar nicht.«

Da hätte sich Axel auf einmal über den Tisch beugen mögen, um ihm ins Gesicht zu schlagen, diesem fetten Affen, der sich über ihn nur lustig gemacht hatte.

Durch die breiten Fenster sah Axel hinüber zum Eingang des Hietzinger Friedhofs, eine Schar schwarzgekleideter Menschen kam gerade heraus, wartete darauf, bis der Verkehr es zuließ, daß sie die Straße überquerten.

»Die kommen herüber zum Leichenschmaus, hinten ist ein Tisch gedeckt«, sagte Doktor Löschenkohl und führte dann ganz sachlich aus: »Jeder hat gewußt, daß das mit den sogenannten Demokraten irgendwann einmal so kommen wird, wenn die so weitertun, die an der Macht waren und ja noch sind, die jedenfalls was ändern hätten können. Aber sie haben nichts geändert, also ist es jetzt so weit. Und das alles soll *ich* aufhalten, hm?«

»Aber wenn die Leut erfahren ...!«

»Was erfahren? Die werden einfach behaupten, daß das auf den Disketten eine ganz plumpe Fälschung ist. Aus. Basta. Und niemand wird dem offiziell widersprechen. Die größeren Zeitungen sind schon auf ihrer Linie, bleibt also das Fernsehen. Das müssen sie erst unter Kontrolle bringen, und nach der derzeitigen Gesetzeslage geht das nicht so leicht, aber Gesetze kann man bekanntlich auch ändern. Und dann? Und was ist dann mit mir? Ich hab ein viel zu großes Haus, für das ich noch lange zahlen muß, ich hab eine Familie mit zwei sehr teuren Kindern, ich hab eine Freundin, ich hab ein viel zu teures Auto, und lieber als einen Brünnerstraßler trink ich einen ordentlichen Chardonnay ... Tut mir leid, aber ich brauch meinen Job.«

»Ich versteh.«

Da schrie der Redakteur beinahe: »Herr Kessler, es ist zu spät! Der Zug ist abgefahren! Hören S', wie's noch Zeit gewesen wär, daß man wirklich was hätt tun können für die Demokratie, für eine Demokratie ohne Anführungszeichen nämlich, da wär ich dabei gewesen, und wie ich dabeigewesen wär! Aber jetzt? *Allein gegen die Mafia*, nein, bestimmt nicht. Die vielen braven, ehrlichen, anständigen, fleißigen Leut sind, wie's ausschaut, einfach nicht reif für eine Demokratie. Die wollen das gar nicht, das ist ihnen zu kompliziert. Geführt wollen sie werden, das ist viel bequemer. Diese Wappler sehnen sich alle nach einer starken Hand. Die ihnen eine aufs Maul haut, wenn S' was Unrechtes sagen. So ist das! Weil wenn's nicht so wär, wär's nicht so weit gekommen. – Und jetzt geb ich Ihnen einen guten Rat: Sie könnten die Disketten ins Ausland bringen, dort findet sich bestimmt wer, den das interessiert und der das auch veröffentlichen würde, aber – und jetzt der gute Rat! – tun Sie's im eigenen Interesse nicht! – Und noch was sag ich Ihnen: Kaum hab ich mich von Ihnen verabschiedet, ruf ich den Loitzenthaler an und erzähl ihm, daß Sie bei mir waren.«

Axel nickte, stand auf, ging hinaus.

56

Gut, daß du zu mir gekommen bist«, sagte die Beranek. »Das war das einzig Richtige.« Dann schwiegen sie wieder, jede Vertrautheit schien verschwunden, Schadensbegrenzung war angesagt, danach war der Abschied unvermeidlich. Obwohl: »Axel, wenn du's dir noch einmal überlegen willst, ich würd das schon hinkriegen. Das schaff ich schon, daß ich denen einred, daß das im Grunde ziemlich clever war von dir und daß wir genau solche cleveren Burschen wie dich brauchen ...«

Axel schüttelte den Kopf. Noch nie, fiel ihm ein, hatte er so oft den Kopf geschüttelt wie in den letzten zwei Tagen. »Ich werd nichts unternehmen gegen die Partei, könnt ich ja auch gar nicht. Aber … ich weiß nicht, wie ich sagen soll: Dabei sein möcht ich auch nicht.«

»Na schön. Dann … Irgendwie krieg ich das schon hin. Wir werden das ganz oben regeln, weil wenn wir mit dem Loitzenthaler und dem Bruno verhandeln, dann …«

Der Chef war zuvorkommend, ihm läge selber viel an einer gütlichen Regelung dieser unangenehmen kleinen Geschichte, ein Treffen wurde vereinbart, ja, jetzt gleich, warum denn nicht?, in der Rathausstraße, im Konferenzraum, den die Frau Doktor ja kenne, und ihr junger Mitarbeiter wohl auch.

Dann sahen Axel und die Beranek also den Stuhl am Kopfende des langen Tisches zum ersten Mal besetzt. Loitzenthaler saß auf seinem gewohnten Platz, die Beranek und Axel ihm gegenüber, zur Linken des Chefs, und auf dem Tisch lag der kleine Stapel Disketten.

»Herr Kessler«, sagte der Chef, »ich bin sehr froh, daß wir das auf eine faire und anständige Weise regeln können …«

Da meldete sich die Beranek rasch zu Wort: »Ich muß zu den Disketten noch was sagen. Leider bin mehr oder weniger ich schuld an dieser unerfreulichen Geschichte. Ich hab den Axel gebeten … Ich hab gewußt, daß der Krennhofer Material gegen mich sammelt …«

»Das ist der bei euch im Bezirksbüro, oder?« fragte der Chef.

»Ich hab« sagte die Beranek, »den Axel gebeten, heimlich für mich nachzuschauen, was der Krennhofer gegen mich hat …«

Der Chef beugte sich nach links, ganz nah kam sein Gesicht auf die Beranek zu: »Frau Doktor, wissen Sie, was Sie dem Krennhofer damit vorwerfen?« Gleich darauf wandte er sich mit einem Ruck nach der anderen Seite und schrie: »Loitzenthaler?«

Der sagte nur: »Für ausgeschlossen halt ich's nicht. Der Krennhofer hat mit einem fixen Listenplatz gerechnet und …«

Da brüllte er los, der Chef: »Was ist das für eine unglaubliche Sauerei! Loitzenthaler, Sie überprüfen das, und wenn nur irgendwas dran ist, dann leiten Sie sofort ein Parteiausschlußverfahren gegen dieses Schwein, diesen Krennhofer, ein!« Er wandte sich zu Axel, und seine Stimme war wieder ganz ruhig: »Entschuldigen Sie bitte, Herr Kessler. – Was ich Ihnen vor allem sagen wollte, auch persönlich sagen, daß es mir sehr leid tut, daß Sie nicht weiter für uns arbeiten wollen. Ich respektiere Ihre Entscheidung, wenn's sein muß, aber wir könnten Leute wie Sie brauchen. Die Frau Doktor spricht nur in allerhöchsten Tönen von Ihnen.« Aber, naja, es sei wahr, die Politik sei ein hartes Geschäft, und das könne nicht jedermanns Sache sein. »Nur wissen Sie, Herr Kessler, ich möcht nicht, daß Sie sich nach diesen dummen Mißverständnissen, die's offenbar gegeben hat, im bösen von uns trennen. Ich hab gehört, daß Sie sich, was Ihre berufliche Zukunft angeht, noch nicht endgültig festgelegt haben.« Und er könne sich durchaus vorstellen, daß man Axel helfen könnte, einen Aufgabenbereich zu finden, der seinen Fähigkeiten entspräche, dabei aber – nun lachte der Chef sogar ein bißchen – garantiert nichts mit Politik zu tun habe. »Wir müssen da jetzt nicht im Detail darüber reden, Sie lassen's mich einfach wissen, wenn Sie interessiert sind, ja?«

Axel hatte bisher nur zugehört, ein wenig verwirrt, dann wieder skeptisch, jetzt fragte er: »Heißt das, alles paletti, oder was? Sie lassen mich einfach laufen, obwohl ich ...«

Wieder lachte der Chef, aber ganz anders als zuvor. »Laufen lassen! Wie das klingt! Wirklich, Herr Kessler, ich fürcht, Sie haben durch Leute wie den Krennhofer einen ganz falschen Eindruck von unserer Partei gekriegt.«

Axel riß sich zusammen: »Ich weiß immerhin eine ganze Menge, was der Partei schaden könnte!«

»Und Sie haben ja auch schon versucht, dieses Wissen zu verkaufen, nicht?«

»Doch nicht verkaufen!« sagte Axel.

»Aber wer hat's denn haben wollen, Ihr Wissen, hm? Herr Kessler, keine Feindschaft zwischen uns, solange Sie uns nicht feindselig entgegentreten! Sie wollen uns nichts Böses, wir wollen Ihnen nichts Böses. – Okay?«

»Okay.«

»Danke, Herr Kessler«, sagte der Chef, und das interpretierte Axel so, daß man mit ihm fertig war. Er stand auf, und der Chef sagte noch: »Vor uns liegt viel Arbeit, wenn wir's wirklich schaffen wollen, in diesem Land wieder Ordnung zu machen.«

Irgendetwas hätte Axel wahrscheinlich jetzt noch sagen sollen, nicht zu Loitzenthaler, aber zum Chef oder zur Beranek, aber ihm fiel nichts ein, sollte er »Auf Wiedersehen« sagen? Er drehte sich um, vermied es, die Beranek dabei anzusehen, ging stumm auf die Tür zu, der Weg kam ihm lang vor, dann war er endlich draußen.

Der Chef deutete Loitzenthaler, den Raum zu verlassen, dann war er allein mit der Beranek. »Frau Doktor, das ist vielleicht ein bißchen uncharmant, wenn ich das sag, aber Sie schauen nicht gut aus.«

»Ja, das hat mich schon ein bissel hergenommen«, sagte die Beranek.

»Fühlen Sie sich in der Lage, das Amt der Landtagspräsidentin zu übernehmen?«

»Ja, natürlich.«

»Und aus gesundheitlichen Gründen darauf zu verzichten, haben Sie daran schon gedacht?«

»Wieso?« fragte die Beranek erschrocken.

»Das mit dem jungen Mann hätt dumm ausgehen können«, sehr leise redete der Chef, sehr eindringlich, »das spricht nicht für Ihre Menschenkenntnis, und das, ich sag's ganz offen, disqualifiziert Sie für dieses hohe Amt.«

»Ich verstehe. Aber so leicht werden Sie mich nicht los!« War da Kampfeslust in ihrer Stimme?

»Womit wollen Sie mich umstimmen?« fragte der Chef, es klang geduldig, fast nachsichtig. »Mit dem Hinweis auf gewisse finanzielle Transaktionen? Meine Partei hat sich ausschließlich aus sauberen Quellen finanziert, und niemand kann das Gegenteil beweisen. Auch nicht Ihr Mann, liebe Frau Doktor. Aber wir haben eindeutige Beweise, daß Ihr Mann ein Wirtschaftskrimineller von hohen Graden ist. Eigentlich einer von denen, von denen dieser Staat gesäubert werden muß. Und weil wir grad von Ihrem Mann reden, Sie hätten mir einige wesentliche Dinge aus seiner schon länger zurückliegenden Vergangenheit nicht verschweigen dürfen.«

»Da gibt's nichts!« Die Beranek hatte alle Mühe, nicht zu schreien. »Und was es gibt, das haben Sie alles gewußt!«

»Ich?« Wieder lachte der Chef. »Na, bestimmt nicht. Sonst hätt ich Sie gewiß nicht aufgestellt. – Also, Sie treten das Amt, für das ich Sie vorgesehen hab, aus gesundheitlichen Gründen nicht an. Alles klar?«

»Nein. Hundertmal nein. Tausendmal nein.«

»Ich hab Sie für klüger gehalten«, der Chef klang ehrlich enttäuscht. »Schaun Sie, es gibt immer noch ein paar Journalisten und ein paar Zeitungen, vor allem im Ausland, die uns ins rechte Eck stellen möchten. Wenn ich jetzt sag, ich bin grad im letzten Augenblick noch draufgekommen, welchem alten und undemokratischen Gedankengut Sie und Ihr verehrter Herr Gemahl bedauerlicherweise immer noch anhängen, und wenn ich mich deshalb mit Pauken und Trompeten von Ihnen trenne, das wär doch recht vorteilhaft für unser Image. Geradezu der Beweis dafür, daß wir mit den fürchterlichen und menschenverachtenden alten Ideologien wirklich nichts mehr zu tun haben.«

Da stand die Beranek auf und nickte.

»Der Loitzenthaler hat die Rücktrittserklärung schon vorbereitet«, sagte er noch, der Chef.

57

Axel stand eine halbe Stunde später in der Universität vor der Portierloge und kaufte sich ein Vorlesungsverzeichnis für das Wintersemester. Er fragte nach der Inskriptionsfrist, sie lief noch gut zwei Wochen. Er würde Jus studieren, wenigstens einmal damit anfangen. Mit Wanek konnte er vielleicht vereinbaren, daß er nur drei, vier Tage in der Woche fuhr. Und eine eigene Wohnung hatte er immerhin, obwohl ihm nun einfiel, daß er zwar den Schlüssel besaß, aber keinen Mietvertrag. Wenigstens einmal würde er also mit der Beranek noch reden müssen, und im schlimmsten Fall mußte Martin ihn eben noch ein paar Wochen oder Monate beherbergen.

Jetzt wollte er etwas trinken, er ging ins METEORIT, und dort sah er neben der Tür zu den Toiletten einen Zettel hängen: Seine ehemalige Band suchte einen Saxophonisten, Interessierte sollten am achten Oktober – das war morgen! – ab zwanzig Uhr im Proberaum in der Rochusgasse zu einer AUDITION vorbeikommen.

Axel würde hingehen und einfach vorspielen, vielleicht spielte er besser als die anderen, die sich meldeten, vielleicht ließ Gicko sich umstimmen, wenn Axel von den letzten paar Tagen erzählte.

(Er müsse sich entschuldigen, so spät noch anzurufen, sagte Bruno zum Kommerzialrat Wanek, aber eben sei ihm der Wagen eingefallen, den er der Partei freundlicherweise zur Verfügung gestellt habe. Ob Axel Kessler ihn denn schon zurückgebracht habe?

Er habe gedacht, sagte Wanek, der Wagen würde vielleicht noch gebraucht, er habe nicht kleinlich sein wollen, von Axel habe er schon seit mehr als einer Woche nichts gehört, werde ihn aber gleich einmal anrufen.

»Wenn Sie wollen, Herr Kommerzialrat«, sagte Bruno, »dann erledige ich das für Sie …«

»Nein, nein, ich mach das schon.«)

Es war kurz nach halb zehn, als Wanek Axel am Handy anrief. Ob er daran gedacht habe, sich den Wagen unter den Nagel zu reißen? Er habe, sagte Wanek, das Auto für die Zeit des Wahlkampfes zur Verfügung gestellt, morgen um acht wolle er es wieder auf dem Hof stehen sehen!

(Um dreiviertel zehn meldete Bruno sich noch einmal bei Wanek. Ob alles in Ordnung sei? Aber ja, meinte Wanek, morgen früh Punkt acht werde Axel den Wagen bringen.

Bruno entschuldigte sich, im Zuge der höchst erfreulichen Ereignisse habe er leider auf den Wagen einfach vergessen.

»Der Axel hätt selbst dran denken können«, sagte Wanek, und das fand Bruno auch.)

Es war nach halb elf, als Axel in der Marokkanergasse ankam, die nun ganz leer, ganz still war. Er blieb vor dem Haustor stehen, suchte in der Hosentasche nach dem Schlüssel.

»Axel!« Es war, kein Zweifel, die Stimme der Beranek. Axel drehte sich um und sah sie auf sich zukommen und erschrak vor ihrem Blick.

»Du Idiot!« flüsterte sie, und es wäre Axel lieber gewesen, sie hätte geschrien. »Du lächerlicher, kleiner, hirnloser Vollidiot!«

»Was ist denn? Was ist denn geschehen?« Axel wollte sie an den Schultern fassen, aber sie wich erschrocken und angewidert vor seiner Berührung zurück.

»Ich hätt was gemacht aus dir! Die Chance deines Lebens wär das gewesen! Und du kriegst nie mehr eine, das wollt ich dir nur sagen!« Sie drehte sich um, ging ein paar Schritte davon, dann drehte sie sich noch einmal zu Axel um und lachte plötzlich auf: »Ich hab zwar überhaupt nichts mehr zu reden, aber dafür sorg ich noch: Du wirst nichts in deinem Leben! Nie! Nie!«

58

Bruno fragte: »Meinst du, sie hat ihn gewarnt?«

»Wovor denn?«, fragte Loitzenthaler, »Sie weiß ja von nichts, wo nicht einmal ich von irgendwas weiß.«

Das sei richtig – und gut so, meinte Bruno.

Axel würde also morgen früh das Haus frühestens um halb acht verlassen … Was jetzt noch organisiert werden mußte, war rasch getan. Bruno hatte nun die Telefonnummern, er brauchte also nicht mehr die Vermittlung Wischnewskis, um dessen Männer zu informieren, er konnte es freilich erst tun, nachdem er mit Günter Meseritz gesprochen hatte.

Er ging, was er sonst nur selten tat, hinauf in sein kleines Büro im zweiten Stock und rief von einem Wertkarten-Handy, das nirgends registriert war, Meseritz an und fragte, ob er denn noch immer an brisanten Informationen über den Chef der DEMOKRATEN interessiert sei.

Das sei er immer, sagte Meseritz, aber er klang vorsichtig, mißtrauisch. »Wollen Sie mir nicht Ihren Namen nennen?«

»Nein, natürlich nicht«, sagte Bruno. Es tue ihm leid, daß das letzte Woche nicht geklappt habe, aber es liege wohl in der Natur der Sache, daß er mit äußerster Vorsicht vorgehen müsse.

Meseritz schwieg, wartete ab. Es war eine Handy-Nummer, die Bruno angerufen hatte, das Gespräch konnte also nicht aufgezeichnet werden.

Er habe nun, sagte Bruno, einen neuen Treffpunkt anzubieten.

»Und zwar?«

»Morgen in der Früh im Garten vom Schloß Belvedere.«

»Wann genau?«

»Um halb acht«, sagte Bruno, »aber ich muß eine Garantie haben, daß Sie allein kommen.«

»Wieso sollte ich nicht allein kommen?« fragte Meseritz.

»Wenn irgendjemand erfährt, daß ich Ihnen was geb, dann

bin ich ein toter Mann«, sagte Bruno. »Also muß ich auf Nummer Sicher gehen. Ich möchte, daß Sie um sieben Uhr fünfzehn mit dem Auto in die Marokkanergasse kommen, Sie stellen das Auto vor dem Postamt ab, das ist nur ein paar Häuser vom Rennweg entfernt, bleiben Sie notfalls in zweiter Spur stehen, das stört um diese Zeit keinen. Und Sie bleiben sitzen im Auto, bis ich Sie am Handy anrufe und Ihnen sage, wo genau im Belvedere-Garten wir uns treffen, das sind dann nur ein paar Schritte. Oder vielleicht sag ich Ihnen, wenn ich das Gefühl habe, daß der Garten nicht sicher genug ist, im letzten Augenblick auch einen ganz anderen Treffpunkt an. Und nehmen Sie, wenn Sie aussteigen, das Handy mit.«

»Warum so bald in der Früh?« fragte Meseritz.

»Sind Sie an dem Material interessiert oder nicht?«

»Gut. Ich bin morgen um sieben Uhr fünfzehn vor dem Postamt in der Marokkanergasse.«

Und das war Günter Meseritz dann auch, er wartete, und fünf vor halb acht erhielt er einen Anruf, alles sei in Ordnung, alles sei gecheckt, er möge nun aussteigen und hinüber in den Belvedere-Garten kommen, er möge einfach die Marokkanergasse entlang zum Rennweg gehen und durch den gegenüberliegenden Eingang in den Garten kommen, dort würde er dann von einem Mann angesprochen werden.

Günter Meseritz tat, wie der Mann, den er nicht kannte, angeordnet hatte, er blieb im Garten zuerst nahe dem Eingang stehen, ging dann aber weiter, niemand war zu sehen, nur ganz nahe beim Oberen Belvedere ging ein Mann, ein Gärtner wahrscheinlich, mit einer Schubkarre. Astern blühten in der medaillonförmigen Rabatte, vor der Meseritz stehenblieb.

Um sieben Uhr fünfunddreißig trat in der Marokkanergasse Axel aus dem Haus und wandte sich nach rechts, wollte zum Modenapark gehen, wo er am Samstag den Renault Espace abgestellt hatte. Er sah ein Auto auf sich zukommen, und im offenen Fenster hinter dem Fahrer sah er den Lauf einer Maschinenpistole.

Wie in einem Film, dachte Axel, mehr nicht, dann sah er das Mündungsfeuer. Daß aus dem Fenster hinter dem Beifahrersitz Zettel aus dem Wagen geworfen wurden, sah er nicht mehr.

(Insgesamt sechs Schüsse, wird man feststellen, hatten Axel getroffen, wenigstens zwei davon seien sofort tödlich gewesen. Der Tod müsse innerhalb weniger Sekunden eingetreten sein.)

Günter Meseritz im Park des Schlosses Belvedere erschrak, als er glaubte Schüsse gehört zu haben. Gleich darauf meldete sich das Handy, und der fremde Mann war nun sehr aufgeregt: Etwas sei schiefgelaufen, Meseritz solle sofort zum Auto zurücklaufen und augenblicklich von hier verschwinden, wenn er nicht in eine Sache verwickelt werden wolle, die ihn das Leben kosten könne.

Da lief Meseritz, als er das Auto vor dem Postamt in der Marokkanergasse erreichte, sah er weiter unten eine Funkstreife mit Blaulicht um die Ecke biegen. Meseritz stieg ein, fuhr los, fuhr hinaus auf den Rennweg, und vorne auf dem Schwarzenbergplatz vor einer roten Ampel stand plötzlich ein Funkstreifenwagen neben ihm, vier Polizisten stiegen aus, zwei waren mit Maschinenpistolen bewaffnet.

»Vorsichtig aussteigen! Und keine falsche Bewegung!« schrie einer von ihnen. Was hätte Meseritz sonst tun sollen, er stieg aus, ein Polizist packte ihn am Arm, drehte ihn nach hinten, gleich darauf war er mit Handschellen gefesselt. Einer der Polizisten setzte sich in Meseritz' Wagen.

Man brachte ihn und sein Auto in die Rossauerkaserne. Im Kofferraum des Wagens fand man jene Kalaschnikow, mit der, wie eine Untersuchung noch am gleichen Tag ergeben wird, Axel Kessler erschossen wurde, sowie ein Flugblatt, das mit jenen identisch war, die man am Tatort in der Marokkanergasse gefunden hatte und auf denen der Beginn des bewaffneten Kampfes gegen das »faschistische Demokraten-Regime« angekündigt wurde.

(Bruno wird mit seiner Schätzung recht behalten. Die Beweise gegen Meseritz, wird der Staatsanwalt sagen, seien erdrückend, die Versuche des Angeklagten, sich selbst als Opfer einer Intrige darzustellen, hingegen seien geradezu lächerlich, und das Gericht wird sich dieser Meinung anschließen und Günter Meseritz zu zehn Jahren Zuchthaus verurteilen.)

An diesem Abend, am achten Oktober, sprach, was er so selten tat, der Chef der DEMOKRATEN im Fernsehen. In einem kleinen Rechteck war, so lange er redete, neben ihm das Porträt Axel Kesslers eingeblendet. Zu Beginn hielt der Chef eines jener Flugblätter in die Kamera: »Dieses Bekennerschreiben läßt nicht den geringsten Zweifel daran, wer hinter diesem feigen, hinterhältigen Mord steckt.« Er legte das Blatt weg, nein, er ließ es einfach fallen, schluckte und sagte dann: »Axel Kessler war einer unserer besten jungen Mitarbeiter. Vor wenigen Tagen erst wurde er in den Vorstand der Wiener Demokraten kooptiert. Bei der nächsten Nationalratswahl, die im Licht dieser Ereignisse meiner Meinung nach zum ehestmöglichen Zeitpunkt stattfinden muß, bei dieser Nationalratswahl hätte Axel Kessler einen sicheren Listenplatz gehabt.«

Daß man Axel Kessler als Opfer dieses erbärmlichen, feigen Anschlages ausgewählt habe, sagte der Chef weiter im Fernsehen, sei kein Zufall. Man habe sich einen der besten ausgesucht, kaltblütig und ohne Skrupel. »Und man hat sich den Jüngsten von uns ausgesucht, das ist so ... erbärmlich, so feige, so ...« Er rang, niemand konnte es übersehen, mit den Tränen, faßte sich aber gleich wieder und sagte: »Ich fühle mich ... Bis zu einem gewissen Grad fühle ich mich mitschuldig am Tod von Herrn Kessler: Ich hab die Skrupellosigkeit dieser verrotteten Politikerclique unterschätzt. Wir alle haben einfach nicht glauben wollen, daß die, die jetzt nach mehr als fünfzig Jahren endlich die Macht abgeben müssen, auch vor kaltblütigem Mord nicht zurückschrecken. Aber das Maß ist jetzt voll! Die anständigen, fleißigen und ehrlichen Österreicher haben genug von diesem Gesindel, das Österreich zuerst ruiniert hat und sich jetzt nicht damit abfinden kann, daß man ihm dafür in einer demokratischen Wahl die Rechnung präsentiert hat. Und die, weil sie das Vertrauen der Österreicher verloren haben und mit ihrem Latein am Ende sind, nur mehr eine Antwort wissen, nämlich Österreich mit Terror und Mord in Angst und Schrecken zu versetzen.«

(Kurz nach diesem Fernsehauftritt wird es – ganz spontan, wie man sagen wird – an mehreren Stellen in Wien gleichzeitig zu Demonstrationen kommen, die binnen einer Stunde zu Massenkundgebungen gegen den linken Terror anwachsen werden.)

»Aber wir werden Österreich zu schützen wissen!« sagte der Chef weiter im Fernsehen. DIE DEMOKRATEN würden diese Verbrecher zur Verantwortung ziehen – und ihre Hintermänner und Helfershelfer nicht ungestraft davonkommen lassen! Und wenn die derzeitige Gesetzeslage das nicht zulassen sollte, dann werde der neue Nationalrat neue Gesetze beschließen müssen.